「関帝文献」の研究

伊藤晋太郎 著

汲古書院

目　次

「関帝文献」の研究

序論

はじめに

三国蜀の武将である関羽に対する崇拝は、遅くとも唐代に始まり、明清にいたって隆盛を極める。また、北宋以降、関羽に対する爵位の追贈も続いた。北宋の徽宗が「忠恵公」に追贈したのをはじめ、明の万暦年間には帝位に登り、清代になっても加封は続けられた。さらに、神となった関羽を祀る関帝廟も各地に建立されていった。

関帝信仰[1]の高まりと共に、元代以降、関羽／関帝の伝記や伝説、関羽／関帝に関する評論や詩詞などを収録した文献が数多く出版された。これらの文献を「関帝文献」と総称することにする。[2]「関帝文献」の内容は多岐に渉り、文献によって、また時代によってそれぞれ異なっている。

本書は、「関帝文献」とはいったい如何なるものであるのかを解明することを目的とする。具体的には、多種の「関帝文献」は総体として如何なる特徴や性格を持つのか、各文献にはそれぞれどのような特色があるのか、「関帝文献」は如何なる目的で出版されたのか、「関帝文献」は関帝信仰の中でどのように位置づけられるのか、などである。

これらを解明するにあたって、本書では、それぞれの文献を構成する内容（篇）のうち、文献間に共通する内容に注目して比較分析・検討を行なうという手法を採る。文献間に共通する内容について分析・検討することは、総体としての「関帝文献」の特質を解明するのに有効であるだけでなく、かえって個々の文献の特色や傾向を浮き彫りにしたり、それぞれの文献の位置づけについて明らかにしたりすることにもつながるからである。

序論では、本書における研究対象と研究の意義を明確にするにあたって、まず「関帝文献」を生み出した関帝信仰の歴史的流れを概観する。次いで「関帝文献」について定義づけを行ない、元代以降に世に出た数多の「関帝文献」を成立順に一覧する。併せてこれらの「関帝文献」について従来どのような研究がなされてきたのかを振り返り、その上で研究上の課題を指摘して、本書の意義を示す。最後に本書の構成について述べ、本書において主要な資料とする「関帝文献」を提示する。

一、関帝信仰史

「関帝文献」は関帝信仰の中から生まれて来たものであるから、「関帝文献」を研究する前提として、関帝信仰の歴史を押さえておく必要がある。ここでは関帝信仰の歴史を概観して、「関帝文献」が出現するに至る背景を確認する。

関帝信仰に関してはすでに数多の先行研究がある。そこで、多くを先学の成果に拠ることになる。

関帝信仰は、三国時代の蜀の武将で、後に神となった関羽に対する信仰である。そこで、先に歴史上の関羽の生涯を正史『三国志』によって辿っておきたい。関帝信仰史を概観する上でも、「関帝文献」について研究を進める上でも、その前提として関羽の生涯について押さえておく必要があるからである。

関羽（?～二一九）は字を雲長（もとの字は長生）といい、河東郡解県、今の山西省運城市の人である。若いうちに涿郡に亡命し、劉備・張飛と出会う。後漢の光和七年（一八四）に起きた黄巾の乱の討伐に劉備と共に参加していると思われることから、劉備や張飛との出会いはそれ以前であろう。劉備・張飛と義兄弟の契りを交わす、いわゆる「桃園結義」は後世の虚構であるが、正史『三国志』にも、彼らの関係について「恩愛は兄弟のようであった（恩若兄弟）」「共に死ぬことを誓った（誓以共死）[3]」などとあり、ただの君臣関係ではなかったことがうかがえる。

建安四年（一九九）、劉備は曹操から徐州の地を奪う。河北を支配する袁紹との決戦を控えていた曹操であったが、躊躇せずに劉備を攻撃。多勢に無勢の劉備は袁紹のもとに逃亡した。劉備から下邳を任されていた関羽も曹操の攻撃を受け、やむなく降参した。建安五年（二〇〇）のことである。この当時、敗者が勝者に降服して仕えるようになることは珍しくないが、関羽は曹操に対し、「曹公が私を厚遇して下さっていることはよく分かっております。しかし、私は劉将軍から厚恩を受け、共に死ぬことを誓っておりますので、背くことはできません。私は最終的にはこちらに留まることはありませんが、手柄を立てて曹公に報いてから立ち去るつもりです[4]」と伝える。これを聞いて曹操は関羽の態度を「義」であると評価した（曹公義之）。同年四月、袁紹の軍勢が曹操の支配域にある白馬を囲む。関羽は包囲軍の中に切り込むと、大将の顔良を刺し殺し、その首を斬って戻る。袁紹軍の諸将は誰も太刀打ちできず、白馬の包囲は解けた。「手柄を立てて曹公に報い」たのである。そこで、関羽は曹操から下賜されたものを全て密封し、手紙で別れを告げて、劉備のもとへと戻った。

「赤壁の戦い」（二〇八年）の後、劉備は荊州を手に入れ、次いで西の益州をも手中にする。益州を本拠地に定めた劉備は、荊州を関羽に任せる。さらに、建安二十四年（二一九）、漢中王の位についた劉備は、関羽を前将軍に任ずると共に「假節鉞」とし、命令がなくても出兵できる特別待遇を与える。同年、関羽は曹操が支配していた樊に出兵する。関羽は優勢に戦いを進め、長雨の助けもあって、于禁を降服させ、龐徳を斬った。この勢いに曹操は遷都を考えるほどであった。しかし、司馬懿らは、江南の支配を認めることを餌にして、孫権に関羽の背後を突かせるよう曹操に進言する。日頃から孫権を見下してきた関羽の傲慢さも災いした。孫権は曹操の誘いに応じる。曹操軍と孫権軍に挟み撃ちにされ、荊州の本拠地を失った関羽は、遂に孫権軍に捕らわれ、子の関平と共に斬刑に処された。その後、蜀の景耀三年（二六〇）に後主・劉禅から「壮繆侯」と諡されている。

以下、関帝信仰の歴史を時代ごとに見ていくが、先述のように、関帝信仰に関してはこれまで数多くの著書・論文が発表されている。三国時代の歴史や『三国志演義』について論じたもの、関羽の評伝等の中で関帝信仰に触れる場合も多いが、関帝信仰の専論書に限って主要なものを挙げれば、次の通りである。

・黄華節『関公的人格与神格』（人人文庫）台湾商務印書館、一九六七年(5)
・梅錚錚『忠義春秋――関公崇拝与民族文化心理』（《三国文化・伝統与現代》系列叢書）四川人民出版社、一九九四年
・鄭土有『関公信仰』（中華民俗文叢）学苑出版社、一九九四年
・趙波・侯学金・裴根長『関公文化大透視』中国社会科学出版社、二〇〇一年
・蔡東洲・文廷海『関羽崇拝研究』巴蜀書社、二〇〇一年
・顔清洋『関公全伝』台湾学生書局、二〇〇二年
・劉海燕『従民間到経典――関羽形象与関羽崇拝的生成演変史論』（当代学人論叢）上海三聯書店、二〇〇四年
・張志江『関公』（中国民俗文化叢書）中国社会出版社、二〇〇八年
・馬書田・馬書俠『全像関公』（全像民間神叢書）江西美術出版社、二〇〇八年
・胡小偉『関公崇拝遡源』上下冊、北岳文芸出版社、二〇〇九年
・渡邉義浩『関羽　神になった「三国志」の英雄』（筑摩選書）筑摩書房、二〇一一年

これらの専論書、および

・井上以智為「関羽祠廟の由来並に変遷」（『史林』二六―一・二、一九四一年）
・原田正巳「関羽信仰の二三の要素について」（『東方宗教』第八・九合集号、一九五五年）

といった論文を主に参照しながら、以下に関帝信仰史を概観する。上記以外を参照した時はその旨をいちいち注記する。

（一）　南北朝隋唐――関帝信仰の揺籃期

関帝信仰はいつから始まったのか。その起源を探るための手がかりとされている資料が、唐の貞元十八年（八〇二）に董侹が著した「荊南節度使江陵尹裴公重修玉泉関廟記」である。その冒頭に次のようにある。

玉泉寺は覆船山の東にあり、当陽県から三十里のところにある。(6)重なり連なる山々がめぐっておおいかぶさり、滝が連なるように続く。まことに旅人にとっての浄土であり、天下の絶景である。寺の西北三百歩のところに、蜀の将軍にして都督荊州事(7)であった関公の古い廟が残っている。(8)

この碑記は、荊南節度使であった裴均が当陽の玉泉寺の西北にあった関羽の廟を再建した時に董侹に命じて書かせたものである。当陽は関羽が最後に立て籠もった麦城の所在地であり、落命の地である臨沮からも近い。この記述から当陽には貞元年間よりもずっと前から関羽を祀った廟があり、この一帯ではすでに関羽が神とされていたことがうかがえる。

玉泉寺の開基は天台宗の開祖・智顗であるが、この碑記には次のような伝説が見える。

これより先、陳の光大年間（五六七～五六八）に智顗禅師が、天台山からこの地にやって来て、高い木の下で座禅をしていると、夜分、にわかに神と遭遇し、「僧坊とするためにこの土地を寄進したいと存じますので、禅師にはお山をお出になって、某の働きをご覧いただきたい」と言われた。指定された日の夕、前の谷が震動し、風は叫び雷はおどろおどろしく、前には巨大な嶺を引き裂き、下には水の澄んだ淵を埋め、たくさんのよい材木が、その上をめぐったが、壮麗な僧坊を建てるのに、十分な量であった。[9]

関帝は伽藍神として仏教の神の体系に組み入れられるが、この伝説をもってその起源を南北朝時代や隋代に求める見解もある。[10] しかし、儒教・仏教・道教の三教のうち、特に仏教と道教はいずれも関帝を自らの体系に取り込んで勢力拡大を図ろうとした。そのため、この伝説は関帝と仏教の因縁が早くからあったとすることによって仏教（特に天台宗）の優位性を示すために、もっと後の時代に作られたと考える方が自然であろう。現にこの立場に立つ先学も多い。[11]

ただ、当陽で関羽が早くから神として祀られていたといっても、非業の死を遂げた関羽は当初、祟り神として恐れられていた。中国では非業の死を遂げた人物が祭祀の対象となってきた。伍子胥や屈原などはその例である。しかも、関羽が治めた荊州はかつての楚である。楚には非業の死を遂げた勇猛の士を「鬼雄」として祀る習俗があったという。[12] 関羽落命の地に近い玉泉寺にあった祠についてもこの文脈で考えるべきであろう。

時代は下るが五代・孫光憲の『北夢瑣言』巻十一には、唐末のこととして次のような話が見える。

唐の咸通年間（八六〇～八七四）の騒乱の後、巷では関三郎の鬼兵が入城するという流言が広まり、家々では大いに恐れた。その災いを被った者は、悪寒がして発熱し、ふるえが起こるが、大きな苦しみはない。弘農県の楊玭は家族を引き連れて駱谷路から洋州・源州の地に入り、秦嶺山脈まで行って、都の方を振り返ってから、「ここなら関三郎もついて来ないはずだ」と言ったところ、その言葉も終わらないうちに、足がふるえ出した。これはいったいどういうことか。そもそも世が乱れている間は、陰鬱で厳しい状況が広く起こっているから、心に疑いを抱いている以上、邪もまたついてくるのである。関妖の説とは、まさにそういうことなのである。[13]

ここに出てくる「関三郎」とは関羽のことだという。この話の趣旨は心理的な不安から迷信が生まれることを説く点にあるが、その迷信とされる関三郎は鬼兵、すなわち冥界の兵を率いる恐ろしい存在とされている。悲劇的な最期を遂げた関羽は神として祀られる対象とはなったが、当初、その性格は上記のような祟り神だったわけである。[14]ただ、唐代には関帝信仰に次の段階につながる動きもあったことは注意に値する。それは建中三年（七八二）、太公望を軍神として祀った武成王廟に徳宗が関帝を配祀したことである。本尊ではなく、しかもわずか五年で配祀から外されているが、宋代以降、関帝が本尊たる軍神として祀られる萌芽がここに見られる。[15]

以上に見た如く、南北朝から唐代にかけて関羽は確かに祭祀の対象となっていた。しかし、民間では非業の死を遂げた関羽を祟り神として恐れるがために祀っていたに過ぎない。それも関羽落命の地である当陽のある荊州一帯に限定される。唐代になると、董侹の「荊南節度使江陵尹裴公重修玉泉関廟記」から分かるように、仏教において関帝を取り込む動きが見られる。ただ、宋代に関帝が智顗から五戒を授けられて仏門に入ったと喧伝されるようになるのに比べれば（北宋・張商英「重建関将軍廟記」など）、まだその動きは本格的とはいい難い。朝廷においては関帝を軍神の一人と位置づける動きが見られたものの、関三郎に象徴されるように、全般的にいえば後世の関帝とはまだ懸隔がある。この時代を関帝信仰の揺籃期とみなす所以である。

（二）　宋元——関帝信仰の発展期

宋代になると、朝廷による関羽への爵位の追贈が始まる。北宋の徽宗は崇寧元年（一一〇二）に「忠恵公」、大観二年（一一〇八）に「武安王」の位を贈った。死後に蜀の後主・劉禅から「壮繆侯」という諡号を与えられていた関羽は、「侯」から「公」を経て「王」になった。南宋になっても関羽への爵位追贈は続いていく。例えば、淳熙十四年（一一八七）には孝宗が「義勇武安英済王」に封じている。

宋代は北宋・南宋を通じて、遼・西夏・金といった異民族国家からの圧迫に悩まされていた時代であり、そのために国家の守護は切迫した重大事であった。朝廷は関帝を軍神として祀り、戦の勝利と国家の守護を祈願した。その地位の高まりには唐代と大きな懸隔がある。

ただ、北宋における関帝重視の背景には、国家守護とは別の事情もあったようだ。関帝に爵位を追贈した徽宗は、自ら「教主道君皇帝」と名乗るほど道教を崇め尊んだことで知られる。林霊素という道士は重用されて大きな影響力を持った。つまり、関帝が重視された背景には道教の影響力拡大がある。そのことを示す一つの伝説がある。

関羽の故郷である解県、北宋の解州には有名な塩湖である解池がある。古代の伝説上の帝王である黄帝が蚩尤神と戦った際、蚩尤をばらばらに「解」体した。この時に流れた蚩尤の血が塩湖をつくったという。

北宋期、その解池で水が減り塩の生産量が減少する事態が発生した。どうやら蚩尤が祟りをなしているらしいという報告を受け、皇帝は道教の教主である張天師に退治を依頼する。鬼神を使役できる張天師は関帝を呼び出し、蚩尤の退治を命じた。関帝は蚩尤を退治し、解池は元通りになったという。

これを北宋期のいつのこととするかについては資料によって一定しない[16]。この伝説を伝える最も早い資料は、宋末元初の話本『宣和遺事』の前集に見えるものであり、それによれば崇寧五年（一一〇六）の出来事だという。すなわち、徽宗の御世である。唐代に仏教が自己の優位性を示すために智顗と関帝を関係づける伝説を作り出したように、この「破蚩尤」伝説も道教が関帝を取り込んでその影響力拡大を図ったものであろう。これまで道教と関帝の間の関係を示す伝説はなく、関帝の取り込みについては仏教に後れを取っていた道教だが、ここにきて徽宗まで持ち出して関帝が道教の神であることを宣言したのである。かくして関帝は道教の神の体系にも組み込まれた。

そして、この伝説が関羽の故郷である解州を舞台とする点も注意に値する。解州には後に中国最大の関帝廟となる解州関帝廟があるが、この伝説はこれまで落命の地である当陽を中心に発展してきた関帝信仰にもう一つの中心地として解州が浮上してきたことを表している。

三教のもう一角である儒教においても、後の関帝信仰の隆盛につながる動きが宋代にあった。それは南宋における朱子学の大成である。

魏・蜀・呉の三国のうち、どの国家を正統とするかは時代によって変わる。西晋に著された正史『三国志』が魏を正統とするのをはじめ、統一王朝の時代はおおむね魏正統論であった。一方、分裂時代や世の安定が乱れた時期には蜀正統論が出ている。蜀正統論の代表的著作として東晋・習鑿歯『漢晋春秋』はよく知られる。北宋は統一王朝であるから魏が正統とされた。北宋期に編まれた編年体の史書『資治通鑑』においても、三国時代については消極的ながらも魏の年号を用いている。

この魏正統論に異を唱えたのが朱子である。朱子は南宋の人であるが、南宋は中原を金に奪われて南中国に押し込められた王朝である。やはり一地方に割拠せざるを得なかった蜀に共感しやすい時代的事情があった。朱子は敢然と蜀正統論を唱える。彼が編んだ『資治通鑑綱目』は、『資治通鑑』とは違い、蜀を正統としている。朱子学が後に官学となると、それに伴って三国の正統論も蜀を正統とすることで決着する。生前は蜀の武将であった関帝にとってこれは追い風になった。

以上の三国の正統についての議論は、あくまでも士大夫の間でのものだが、宋代には民衆の間にも蜀を贔屓する傾向があった。いわゆる「尊劉貶曹」思想である。

宋代における民衆の一番の娯楽は「説話」、すなわち講談であった。都の繁華街では「説話」を楽しめる寄席や劇場の類が繁盛し、「説話人」とよばれる講談師が聴衆に物語を語って聞かせた。「説話」の中で「三国志」ものはとりわけ人気があったらしい。「三国志」ものの講談は「説三分」という名で特に一つの独立したジャンルとなっていたほどであり、「説三分」を専門とする講談師もいた。当時の「説三分」の状況を伝える資料としてよく知られるのは、蘇軾の『東坡志林』巻一に見える次の一節である。

王彭がこのように語ったことがある。「町なかでは子供たちがわんぱくなために、家でもてあますと、そのつど銭を与えて、集めて座らせ、昔のお話を語る講談を聞かせた。『三国志』の話になると、劉玄徳が負けたと聞けば、顔をしかめて泣くのがおり、曹操が負けたと聞けば、喜んで快哉を叫ぶのがいる。このことから君子と小人の後世への影響は、永久に消えないことが分かる」と。(17)

ここに描かれているのは子供であるが、子供ですらこのような反応を示すということは、「尊劉貶曹」が民衆の間にかなり深く浸透していたことを物語る。蘇軾は北宋の人であるから、民間では士大夫に先駆けて北宋のうちから蜀を贔屓していたことになる。

「説話」は印刷技術の発達に伴い文字化されて出版されるようになる。「説三分」も例外ではない。「説三分」を文字化した『三国志平話』が作られたのは一説に南宋の頃といわれる。現存する『三国志平話』は元の至治年間（一三二一～一三二三）に建安の虞氏という書坊が出版したもので、全編にわたって版面の上三分の一に挿図がある。『三国志平話』は宋代以来の「説三分」を集成したもので、民間の「三国志」物語の一部始終を網羅した現存最古の書物である。章回小説の『三国志演義』はこれを基礎として成立した。

『三国志平話』では張飛が最も目立っているが、関羽の主な見せ場もすでに整っている。注目すべきは関羽の死が直接描かれず、大雨によって象徴されることである。その後、曹操と孫権の役人が荊州に入り、関羽が天に帰したことを告げる。すでに神格化されていたため、関羽の無念の死を直接描くことははばかられたのである。雨は龍が天に昇る時に降るとされている。このことから、この時期にはすでに関帝が下凡転生した龍神であると考えられていたことが分かる。(18)

元代においても関帝への爵位の追贈は続いた。例えば、天暦元年（一三二八）には「顕霊義勇武安英済王」に封じられている。漢族が多数を占める中国をモンゴル人が支配するには、関帝を統治のために利用する必要があった。

元代は演劇の時代である。この時代を代表するのは「雑劇」という演劇で、元代に盛行したことから「元曲」とも呼ばれる。雑劇には「三国志」を題材にした演目も少なくない。雑劇でも張飛の活躍が目立つが、関羽を主役とした雑劇にも印象的なものが多い。先述の関帝が蚩尤を退治する話も雑劇になっている。雑劇が関帝信仰の普及に果たした役割も大きいであろう。

元代最高の劇作家といわれる関漢卿に「単刀会」という作品がある。孫権配下の魯粛が関羽を宴に招くが、これは劉備から荊州を奪うための罠であった。しかし、関羽はそれを承知で赴く。魯粛は関羽の威厳に気圧されて手を下せなかった。関羽の「勇」を高らかに謳い上げた傑作である。この「単刀会」は関帝の祭祀と関係があったといわれる。祭りの日に「単刀会」が上演されたらしい[19]。清代に誕生した京劇もそうだが、雑劇も幕や大道具、大がかりなしかけなどを使用しない。だから野外でも上演できる。観衆は目と耳で関羽／関帝の威風を感じ、より崇拝の念を深めたのではないだろうか。

以上に見た如く、宋代より関帝に爵位の追贈が始まる。それは軍神として国家の守護を託されたからだけにとどまらず、勢力拡大を狙う道教の思惑、また新たに解州が関帝信仰の中心になっていくという動きも背景にあった。さらに、蜀正統論を唱える朱子学の大成とその官学としての影響力拡大も関帝信仰の普及と発展を後押しした。一方、民間における「尊劉貶曹」思想とそれに則って作られた宋元期の通俗文学も民衆の間に関帝に対する崇拝を広めることになった。解州をはじめ、関帝廟が各地に建てられるようになったことも含め、官と民双方の動きの相乗効果により関帝信仰は宋元期に大きな発展を見せる。そして、最初の「関帝文献」が編纂されるのも元代においてであった。

（三）　明清——関帝信仰の爛熟期

章回小説『三国志演義』が成立したのは元末明初の頃といわれる。作者は羅貫中とされるが、本当のところは分からない。『三国志演義』のベースは『三国志平話』や雑劇など民間の「三国志」物語であり、そこから荒唐無稽な部分を取り除き、さらに歴史書によって考証や補足を加えている[20]。その内容は「七実三虚」と称される。『三国志演義』では関羽の「義」と「武」を、『三国志平話』や雑劇以上に虚構をまじえて強調する。中でも「義」

は最も強調される。その象徴といえるのが「華容放曹」の場面である。「赤壁の戦い」で敗れた曹操を討ち取るべく、諸葛亮は関羽に華容道で待ち伏せさせる。手勢は少なく、もはやこれまでと諦めかけた曹操だが、関羽にねんごろに話しかけ、以前、関羽が曹操のもとにいた時に与えた恩義を思い起こさせる。これに関羽は心を動かされ、曹操を見逃してしまう。軍令違反の罪で処刑される危険をも顧みず、「義」を優先させたこの行為を『三国志演義』は力を込めて称賛する。(21)

「武」については、「温酒斬華雄」が代表的である。董卓を討つべく諸侯は連合して戦ったが、董卓の武将・華雄に苦戦していた。そこへ関羽が挑戦を志願する。曹操は熱い酒を飲んでから出陣するよう勧めるものの、関羽は戻ってからいただくと言って出ていく。しばらくして戻ってくると、華雄の首を差し出した。この時、酒はまだ温かかった。正史『三国志』によれば、華雄を斬ったのは孫堅であるから、(22)「温酒斬華雄」が虚構であることが分かる。

明の万暦年間(一五七三〜一六二〇)になると、『三国志演義』などの小説の出版競争が盛んになる。それに伴い、これら虚構も含めた『三国志演義』の関羽のイメージは、関羽像のスタンダードとして普及し、神としての関帝像もこれに重なっていく(第三章第三節参照)。

また、明代においても関帝への爵位の追贈は行なわれるが、明初には北宋以降の封号が一度リセットされ、「(漢)寿亭侯」に戻されている。これは太祖洪武帝が、本来臣下である者が「王」を称するのは僭越だと考えたためである。だが、加封の流れは止められず、万暦四十二年(一六一四)には「三界伏魔大帝神威遠震天尊関聖帝君」に封じられ、遂に「帝」位にまでのぼりつめた。

清代になってもこの流れは変わらない。順治九年(一六五二)に「忠義神武関聖大帝」に封じられたのを皮切りに、光緒五年(一八七九)には「忠義神武霊佑仁勇威顕護国保民精誠綏靖翊賛宣徳関聖大帝」となって、とうとうその封号は二十六字の長きに達した。これは、関帝が「顕聖」して反乱の鎮圧を助けたなどという理由で、歴代の皇帝が事ある毎に二字ずつ封号を加えていった結果である。咸豊帝に至っては四度も加封している。清朝も国家の守護と安寧を関帝に求めたのである。

関帝本人のみならず、その家族に対する爵位追贈も行なわれた。雍正三年（一七二五）、雍正帝は関帝の曾祖父・祖父・父をそれぞれ「光昭公」「裕昌公」「成忠公」に封じて、関帝廟の後殿に祀るよう命じた。さらに、咸豊五年（一八五五）にはそれぞれ「光昭王」「裕昌王」「成忠王」に格上げされた。また、洛陽・解州・当陽の地に住む関羽の「後裔」が雍正年間（一七二三〜一七三五）に前後して五経博士に任じられ、代々世襲してそれぞれ関帝の祭祀を執り行なわせた。五経博士は孔子をはじめ、曾子・孟子・朱子などの後裔に授けられた官職であるから、これによって関帝がこれら儒教の聖人たちの間に位置づけられたことが分かる。

さらに、関帝はその地位を孔子と同等にまで引き上げられる。関帝廟は「武廟」と呼ばれ、孔子廟を指す「文廟」と並び称された。こういった儒神としての関帝の地位格上げを象徴するのが「関帝聖蹟図」の登場である。「関帝聖蹟図」とは、関帝の生涯を数十枚の絵で表し、説明の文字を加えたものである。孔子にも同様の「孔子聖蹟図」があり、明代に多くの種類が出ていた。「関帝聖蹟図」はこの「孔子聖蹟図」を模倣したのである（第三章参照）。

また、各地に建造されてきた関帝廟の数が大幅に増えたのも明清の時代である。特に清代には省・府・州・県といった行政レベルごとに関帝廟を建てることが求められたこともあり、全国に大小合わせて四万もの関帝廟があったという。

儒教・仏教・道教の三教混合的な民衆道教では、民衆に日常倫理を実践させるため善書を用いるが、明清の時代には関帝に仮託した善書が広く普及した。[23]三大善書の一つとされる『関聖帝君覚世真経』をはじめ、『関聖帝君明聖経』

『忠義経』『関聖帝君戒子文』『関聖大帝返性図』『関聖帝君新降警世文』『武帝救劫永命経』『文武救劫葆生経』など、関帝善書はバリエーションの違いを含めればかなりの数に上る。これらの善書は一部の「関帝文献」にも収録される。

関帝が財神となったのも一説には清代であるという。乾隆帝が自分を守護していた関羽を財神に封じたというのだが[24]、根拠はない。ただ、この伝説では乾隆帝が劉備の生まれ変わりということになっている。千五百年以上たってもゆるがない義兄弟の絆を民衆は理想として夢見ていたのだろうか。

関帝が財神となった理由として、中国では関帝の体現する「義」が商業道徳である「信」に通じることや、関羽が伝統的な簿記法を発明したとされていることが挙げられることが多い[25]。日本の先学では、井上以智為氏は武神としての威力を「招福除災して士民生活の安定昌盛を保障する」ことに向けたのが財神であると述べ[26]、原田正巳氏は関帝信仰の拡大に伴って関帝の神格が多面的になればなるほど「授福の力」が生じたため武財神となったと説き[27]、二階堂善弘氏は「武神と財神の結びつきは、中国の民間信仰ではそう珍しいことではない。……中国ではポピュラーな神は、多く『財』となにがしかの関係を持つものである」と論じる[28]。いずれも財神としての性格は武神からの派生であるととらえている。

以上に見た如く、明清期は宋元期を承けて関帝信仰が各方面で発展し、深度を深める。小説『三国志演義』における関羽の人物像もそれを後押ししたことは見逃せない。朝廷による爵位追贈は相変わらず続き、明代に「帝」となった関帝に、清朝も爵位を贈り続けた。その結果、封号は二十六字にもなった。さらに、関帝の曾祖父・祖父・父への爵位追贈や五経博士の設置など、関帝は儒教の聖人の体系にも組み込まれ、遂にその地位は孔子と同等にまで引き上げられる。関帝廟の数も増え続け、全国津々浦々に建てられた。民間道教によって関帝善書が広く普及したほか、関帝には財神としての性格も加えられて、上下のあらゆる階層の様々な願いを受け入れる神となった。「関帝文献」が編纂されたのもこの明清期が中心で、各地の文人たちによって数多の種類が世に出された。

このように明清の時代に爛熟期を迎えた関帝信仰であるが、現代に至っても中華圏の人々や、海外で生活する華僑・華人に関帝は厚く信仰されている。レストランやホテルなどに関帝の像が飾られていることからも分かるように、財神として崇拝を集めているのである。他国に渡った華僑・華人の暮らす中華街には、必ず関帝廟がある。

関帝がかように厚く信仰されるほどに神格化されたのはなぜか。後世に崇拝されるようになる要素は、先に見た歴史上の関羽の中に見出すことも可能ではある。曹操に降っても劉備を忘れない「忠」は、後世の為政者に利用された。関羽を神として祭り上げることで、人々に王朝への忠誠を求めたのである。これも宋代以降の爵位追贈の理由の一つに加えていい。

関羽は「忠」だけの人ではない。劉備のもとへ戻るにあたり、関羽は曹操に敵対していた顔良を討ち取ることで、曹操に恩返しをしてから出立している。この義理堅さ、すなわち関帝の神格を最も代表する「義」は、上下関係についての徳目である「忠」とは異なり、対等な横の関係に必要な徳目である。よって、民衆は人間関係に欠かせない「義」を重んじた関帝を崇拝した。特に、異郷で商売をしたり、異国に渡ったりした者たちにとって、その地で成功するためには、同じ境遇の同郷人や華僑たちと上手につき合っていくことが肝要となる。そこに求められるのは劉備と関羽のような義兄弟的な絆だ。海外に渡った華僑たちが関帝廟を建立し、中華街の核とする理由がそこにある。「義」の象徴たる関羽を共に祀ることで紐帯を強めるのである。

圧倒的な「武」もそれぞれの立場によってそれぞれに利用されることになる。朝廷が軍神として祀り、戦の勝利と国家の守護を祈願したのも、仏教において伽藍神として祀られるのも、そして現在のように財神として崇拝されるのも、全ては関羽の「武」ゆえである。

また、関羽は今の山西省の出身であった。関帝信仰が高まっていく時期は、ちょうど山西省出身の山西商人たちが全国に商圏を拡大していった時期と重なる。日本では、この山西商人の活動こそ、関帝信仰が中国全国に普及して隆盛を極めた最大の原因であるという論調が目立つ。山西商人は勢力を拡大すると同時に、同郷の関帝を信仰する風習も広めていったというのである。(29)

ただ、二階堂善弘氏によれば、「ある神格が有名になるには、有形無形の様々な要因がからむことが多く、簡単に断を下すことはでき(30)」ないという。よって、山西商人が大きな力を持っていたからこそ関帝が神となり、関帝信仰が広く普及したと言い切るのは難しいだろう。しかし、彼らが関帝信仰において、特に「関帝文献」の出版に際して大きな役割を果たしたこともまた否定できない（第四章第二節参照）。ここでは上記の様々な要因が複雑に絡んだ結果、神格化が進み、信仰が普及したとしておきたい。

二、「関帝文献」とその研究史

本書で対象とする「関帝文献」は元代に初めて編纂され、明清期に夥しい点数が世に出た。関帝信仰の発展期の終わりに登場し、関帝信仰が爛熟に向かうに随って刊行点数も爆発的に増えている。後述するように明清期、特に清代の「関帝文献」はその編纂者の思想や立場によって内容や性格にかなりの差異がある。「関帝文献」の多様性は関帝信仰の爛熟ぶりを反映しているといっていい。

それでは、「関帝文献」とはどのような形態を持つ文献を指すのか。ここではまずその定義づけを行ない、元代以降に世に出た「関帝文献」を一覧する。そしてそれらの文献についてどのような研究がこれまでなされて来たのかを振り返る。

（一）「関帝文献」の定義

「関帝文献」の嚆矢は元・胡琦の『関王事蹟』である。そこでこの文献の「目録」（目次）を見てみよう。[31]

關王事迹《ママ》目錄
巻第一　實錄上
巻第二　實錄下　論説
巻第三　神像圖　世系圖
　　　　年譜圖　司馬印圖
　　　　亭侯印圖　大王塚圖
　　　　顯烈廟圖　追封爵號圖
巻第四　靈異　制命
巻第五　碑記　題詠

「実録」は関羽／関帝生前の伝記。「論説」は関羽と同時代の人物や後代の人物による関羽や三国時代に対する評論を集めたもの。「神像図」は関帝の肖像。「世系図」は関羽／関帝の先祖から子孫に至る家系図。「年譜図」は関羽の生涯を年表にしたもの。「司馬印図」は劉備の平原相時代に関羽が任命された別部司馬の印の図。「亭侯印図」は関羽が曹操陣営にいた時に封じられた漢寿亭侯の印。「大王塚図」は関羽の墓の図。「顕烈廟図」は当陽の関帝廟の図（「顕烈」は当陽関帝廟の廟名）。「追封爵号図」は後世に追贈された封号の一覧。「霊異」は関帝の顕聖伝説。「制命」は爵位追贈時に出された詔。「碑記」は関帝廟の建造や修築の際などに立てられた碑の文章。「題詠」は後世の文人たちによる関帝や関帝廟についての詩など。

これらは生前の関羽と神格化された関帝にまつわる様々な資料であり、関羽／関帝本人とその周辺の情報を多角的に博捜集成している。まさに関羽／関帝の百科全書といった観がある。かかる内容を持つ文献は『関王事蹟』が最初であるため、後代の同類の文献ほどには含まれる内容が豊富ではない。それでも伝記や肖像、系図や年表、廟や墓の図、顕聖伝説、後世の文人による碑記や詩といった同類の多くの文献に共通して含まれる内容がすでにそろっている。かかる内容を持つ文献を「関帝文献」と定義づけることにする。[32]

（二）「関帝文献」一覧

それでは、この定義に該当する「関帝文献」はいかほど世に出たのか。そのおおよそのところを成立順に概観したい。やはり「関帝文献」の一種である『関帝事蹟徴信編』[33]（乾隆四十年（一七七五）初刊）の巻三十「書略」は、乾隆年間中葉までに世に出た「関帝文献」の一覧である。そこで、乾隆年間中葉までは主にこの文献を参照する。[34]また、大塚秀高氏に民国期までの「関帝文献」を含む関羽関係文献の目録「関羽関係文献目録兼所蔵目録[35]」がある。特に乾隆年間中葉以後はこちらを参考にした。

Ⅰ　元代

1　『新編関王事蹟』

五巻。胡琦撰。至大元年（一三〇八）刊。「関帝文献」の嚆矢。

Ⅱ　明代

1　『義勇録』

張寧撰。成化年間（一四六五～一四八七）刊。Ⅰ―1を増補したものという。解州の「関帝文献」の嚆矢という。

2　『義勇集』

任福撰。弘治二年（一四八九）刊。Ⅱ―1を増補したもの。

3　『重訂関王義勇録』

楊巽撰。弘治年間（一四八八～一五〇五）刊。Ⅱ―1を修訂したものか。

4　『義勇武安王集』

六巻。呂柟撰。嘉靖四年（一五二五）刊。Ⅰ―1を修訂したもの。

5　『義勇武安王集』

八巻。顧問輯。嘉靖四十三年（一五六四）刊。Ⅱ―4に基づく。

6　『重訂義勇武安王集』

三冊。呂文南撰。隆慶元年（一五六七）刊。Ⅱ―4を増補したもの。

7　『重刻漢寿亭侯集』

方瑩撰。万暦二年（一五七四）刊。旧本を増補したというが、どの文献を指すのかは不明。大塚氏によれば、北京師範大学図書館蔵『漢寿亭侯誌』五巻がこれであるという。

8　『関侯祠志』
趙欽湯撰。万暦二十六年（一五九八）刊、万暦二十九年（一六〇一）重刊。Ⅰ―1の不備を補っているという。

9　『漢前将軍関公祠志』
九巻[36]。焦竑撰。万暦三十一年（一六〇三）刊。Ⅱ―8を修訂したもの。

10　『関将軍幽賛録』
瞿九思撰。内容の荒唐無稽さから識者のそしりを受けたという。

11　『関帝実録』
朱国盛撰。万暦四十七年（一六一九）刊。

12　『関帝紀』
沈泰灝撰。天啓元年（一六二一）刊。

13　『関帝誌』
四巻。胡棟撰。天啓初刊。

14　『関帝祠志』
六巻。侯加乗撰。天啓年間（一六二一～一六二七）刊、順治十六年（一六五九）重刊。

15　『関侯集定本』
戴某撰。大塚氏によれば、『四庫全書総目提要』巻六十に著録される戴光啓・邵潜編『関帝紀定本』四巻がこれであるという。

16　『関帝集』
四巻。辛全撰。崇禎六年（一六三三）刊。『関帝事蹟徴信編』によれば、『山西通志』は『関聖志』に作るという。

17　『関志』
十二巻。丁鉱撰。崇禎十五年（一六四二）刊。Ⅰ—1・Ⅱ—4・9を合して増補したもの。

18　『関公世家』
王鐸撰。明末の成立。

Ⅲ　清代

1　『重編義勇武安王集』
八巻。銭謙益輯。稿本。Ⅰ—1・Ⅱ—4に基づく。

2　『重編義勇武安王集』
八巻。顧湄訂。康熙八年（一六六九）刊。Ⅰ—1・Ⅱ—4に基づき、修訂・刪補したもの。

3　『武安王集附録』
二巻。顧湄撰。康熙八年（一六六九）刊。Ⅲ—2の附録。Ⅱ—13に基づき、自らの見聞を加えている。

4　『武安王集補遺』
一巻。李葉（別名榑）撰。康熙十年（一六七一）刊。蕭光浩による道光二年（一八二二）重刊本があるというが、大塚氏によれば、『販書偶記』に見える李枡・蕭光浩等編『漢関聖世系続集合刻』（別名『武安王集附録』）がそれであるという[37]。

5 『続関帝祠志』

一巻。王朱旦撰。康熙十七年（一六七八）刊。Ⅱ—14を増補したもの。

6 『関忠義公考』[38]

一巻。冉観祖撰。康熙二十年（一六八一）刊。

7 『関夫子志』

二巻。張鵬翮撰。康熙二十四年（一六八五）刊。

8 『関侯類編』

黄希声撰。康熙三十二年（一六九三）刊。Ⅱ—7・8・9・16に基づき、増補・修訂したもの。『関帝事蹟徴信編』によれば、『山西通志』は『関聖彙編』に作るという。

9 『関聖帝君聖蹟図誌全集』

五巻。盧湛撰。康熙三十二年（一六九三）刊。主にⅢ—1に基づき、Ⅱ—9・16を参考にしている。王朱旦「漢前将軍壮繆侯関聖帝君祖墓碑記」（以下、「祖墓碑記」）に基づく孫百齢『関夫子聖蹟図』（「関帝聖蹟図」）を収める。多くの重刊本がある[39]。

10 『関帝事蹟紀略』

一巻。王遜撰。康熙三十六年（一六九七）刊。王朱旦「祖墓碑記」に基づく。

11 『忠義集』

二巻。方熊撰。康熙三十七年（一六九八）刊。Ⅲ—2・3・4を一つにしてさらに増補したもの。

12『関聖陵廟紀略』
四巻。王禹書撰。康熙四十年（一七〇一）刊。Ⅲ―8を删補したもの。

13『季漢五志』
十二巻。王復礼撰。康熙四十一年（一七〇二）刊。

14『重修関夫子志』
二巻。王柱国纂。康熙四十四年（一七〇五）刊。Ⅲ―7を増補したもの。

15『蒲東夫子家乗考』
一巻。曹広憲編。康熙四十四年（一七〇五）鈔本。王朱旦「祖墓碑記」に基づく。

16『関忠義弁』
孫雲霞撰。

17『関帝文献会要』
八巻。孫芑撰。康熙四十九年（一七一〇）刊。『関帝事蹟徴信編』によれば、黄之雋『唐堂集』は『関侯文献集』に作るという。

18『重訂忠義公考』
一巻。相欽抜撰。康熙五十六年（一七一七）刊。Ⅲ―6を删補したもの。増補にあたってはⅡ―18を用いている。

19『関公考』
一冊。陳常撰。

20『関帝譜』

五巻。無名氏撰。抄本。王朱旦「祖墓碑記」に拠っている。

21『関聖全書』

二冊。李歳芳編。雍正六年（一七二八）刊。Ⅲ―9を修訂したもの。

22『聖蹟図誌』

十四巻。葛崙輯。雍正十一年（一七三三）刊。Ⅲ―9にかなり私淑する。

23『重訂関聖全書』

二巻。蕭光祖編。乾隆十二年（一七四七）刊。Ⅲ―21を増補したもの。

24『関帝全書』

四巻。姚大源撰。乾隆二十年（一七五五）刊。Ⅲ―9・21に基づく。

25『関帝志』

四巻。張鎮撰。乾隆二十二年（一七五七）刊。(40) Ⅲ―7を増補したもの。『関帝事蹟徴信編』の評価は高い。

26『関聖帝君真蹟伝』

一巻。范心撰。乾隆二十四年（一七五九）刊。

27『聖蹟纂要』

一巻。徐観海輯。乾隆二十九年（一七六四）刊。Ⅲ―23を修訂したもの。

28『関聖帝君実録』

八巻。彭宗古輯。乾隆三十一年（一七六六）刊。Ⅲ―7・9を修訂したもの。ただし、王朱旦「祖墓碑記」に見える「井磚」の俗説は削っている。

29『乾坤正気録』
五巻。周懋勷編。乾隆三十二年（一七六七）刊。Ⅲ―9から「関帝聖蹟図」等を削り、増補したもの。
30『関聖帝君全書』
六巻。彭紹升輯。乾隆三十七年（一七七二）刊。Ⅲ―9を修訂したもの。
31『関帝事蹟徴信編』
三十巻、首一巻、末一巻。周広業・崔応榴輯。乾隆四十年（一七七五）刊[41]。
32『漢漢寿亭侯関神武世家』
一巻。鄭環撰。嘉慶八年（一八〇三）刊。
33『忠義集』
八巻。周之冕輯。嘉慶二十年（一八一五）刊。
34『関聖帝君事蹟録』
八巻、首一巻。洪符孫輯。道光二十五年（一八四五）序刊本。
35『関帝全書』
四十巻。黄啓曙輯。咸豊八年（一八五八）刊。
36『漢関侯事蹟彙編』
八巻、附録四巻。万之蘅・呉宝謨輯。咸豊年間（一八五一～一八六一）刊。
37『武帝全書』
十八巻、首一巻。甘雨施輯。同治十一年（一八七二）刊。

38 『関帝心月編』
十巻。陸初望編。同治十一年（一八七二）刊。

Ⅳ 民国

1 『関壮繆侯事迹』
八巻、附録一巻、索引一巻。韓組康撰。民国三十七年序鉛印本。

以上、元から民国までに世に出た「関帝文献」を一覧した。清代の文献数の多さは突出している。『関帝事蹟徴信編』では、王朱旦「祖墓碑記」とそれに基づく『関聖帝君聖蹟図誌全集』、およびそれらに基づく後の「関帝文献」に対して厳しい評価がなされる傾向にある。

（三）「関帝文献」研究史

次にこれまで「関帝文献」についてどのような研究がなされてきたのかを見ていきたい。実際のところ、「関帝文献」についての先行する専論は少ない。そこで、広く関帝信仰について論じた研究の中で「関帝文献」に触れているものも含めて、「関帝文献」についてどのようなことが論じられてきたのかを概観し、研究上の課題を指摘する。そして本書の研究史上の意義について述べる。

先行研究のうち、「関帝文献」全体を概括的に論じているものに、顔清洋『関公全伝』（台湾学生書局、二〇〇二年）がある。「関帝文献」の専論ではなく、関帝信仰について通時的かつ全面的に詳述した著書で、関羽の生涯から周囲の人物の紹介、関羽に対する後世の評、各時代における関帝信仰の様相などについて網羅的に述べられる。時代を追っての論述なので、「関帝文献」について論じられた部分は、各時代に分散している。

まず、「関帝文献」が登場した元代の関帝信仰について述べた部分で、「関帝文献」の特徴を四点にまとめる。

甲、著者は必ず関公（筆者注：本書でいうところの「関帝」）の忠実な信徒であり、関公をこの上なく崇敬し、世の中の「忠義」の模範とみなして、聖賢、ひいては孔子になぞらえて、文武の代表としている。そして関公が死後に神になった後は、神威はひろくとどろき、霊験はあらたかで、神の世界において人間界の帝王のような存在であると考えている。

乙、著者は強い使命感を持ち、関公の忠義の事跡と霊験や神話を宣揚することは「名分ある教化に貢献し」、「その教えを聞く者を鼓舞し、その像を見る者をつつしんで敬わ」せることができると考えている。世人がたまたま関公に対して多少でも遠回しな批判をしたり、あるいは神威を世に広めるには値しないなどと言っているのを伝え聞いたりすれば、すべて冒瀆・不敬とみなし、校正し、反駁しなければならず、書物を刊行することはすなわち実際的な「道を守る」行動であって、「世にもまれな聖人を助けるに足り」、しかも「学術界の生彩を増すことができる」と考えている。

丙、著者の信仰は熱狂的で盲目的に等しく、理性を欠いていて、関公の生涯の事跡はすべて「この上ない正義」であり、並み外れて偉大であり、欠点は全くなく、味方の感情を害したり、戦に敗れて殉難したりしたことも、すべて合理的に解釈できると考えている。死後神になったことについては、いっそう間違いないことであり、「祭祀すれば福を授かる」ことは、疑う余地がないと考えている。よって、霊異を宣揚し、不思議な故事を作り出すことは、それらに真偽が入り混じっていようとも、それに没頭して疲れを知らないのである。丁、内容は雑駁である。生涯の事跡については史伝のほか、他を参考にしたり連想したりして、多くの三国小説や民間神話の故事を加えている。しかも内容はあらゆることに及び、先祖や家系、子孫、生前の筆跡、官印なども、乱雑に含まれる。関公の高貴な人格と精神、霊験あらたかさを世に広めるのに有効な神威の故事にいたっては、いっそうなくてはならない内容とされる。(42)

「関帝文献」のみに焦点を当てた著書ではなく、関帝信仰全体について述べたものであるから、「関帝文献」についてかかる簡略なまとめ方になるのはやむを得ないところがある。しかし、「関帝文献」はその全てが同じ方針で編纂されているわけではなく、編纂者の姿勢によって文献の性格に違いが見られる。よって、「関帝文献」研究の立場からすれば、以上のような総括では分析が浅いといわざるを得ない。

明代の「関帝文献」のうち、万暦年間中葉までに出たものについても総括する。「関帝文献」の著者については、解州知州・各地の地方官・朝廷の大臣・失意の文人・無名の人士に大別され、編纂・刊行の動機は関帝に対する敬虔な信仰からであり、「関帝文献」を刊行することは社会の教化に有益だと考えていたと指摘する。内容は虚実相半ばし、特に関帝の霊異が多く含まれることから、「関帝文献」が広まることで、関帝の神威が天下にあまねく伝わり、民衆から知識人・帝王まで多くの信徒を引きつけることになったと述べる（三五二～三五三頁）。

個々の「関帝文献」についていえば、その嚆矢である元・胡琦『関王事蹟』（Ⅰ―1）についてはやや詳しく論じているが（後述）、明清の「関帝文献」については『関帝事蹟徴信編』（Ⅲ―31）巻三十「書略」に沿って主なものを列挙しているに過ぎない（三五〇～三五二・四一二～四一四・五二五～五三二頁）。

顔氏のこの著書は六百頁を超す大著ではあるが、関帝信仰に関して各時代に見られるあらゆる事象を盛り込もうとしているため、個別の事象については議論が深まらず、紹介のみに終わっている場合も少なくない。「関帝文献」についていえば、全体的な総括を行なっている点と多くの文献が紹介されている資料的価値の高さは評価できるが、分析については不満が残る。

小久保元「関羽聖蹟図の基礎研究」（『中国語中国文化』第五号、二〇〇八年）は「関帝文献」のうち、清・盧湛『関聖帝君聖蹟図誌全集』（Ⅲ—9）を中心に、その成立過程や以後の重刊本との関係、『関聖帝君聖蹟図誌全集』から生まれた葛崙『聖蹟図誌』（Ⅲ—22）等の各種「関帝文献」について整理・考察している。内容についての研究ではない版本研究ではあるが、『関聖帝君聖蹟図誌全集』に関わる文献同士の継承関係を明らかにした成果は、「関帝文献」の内容を研究する上でも大いに役立つ。

次いで個別の「関帝文献」についての先行研究に目を転ずれば、「関帝文献」の嚆矢たる元・胡琦『関王事蹟』（Ⅰ—1）について論じたものに、蔡東洲・文廷海『関羽崇拝研究』（巴蜀書社、二〇〇一年）、宮紀子「モンゴル朝廷と『三国志』」（『日本中国学会報』五三、二〇〇一年。のち宮紀子『モンゴル時代の出版文化』名古屋大学出版会、二〇〇六年）、および先述の顔清洋『関公全伝』がある。蔡・文両氏著書では、元・胡琦が『関王事蹟』を編纂した動機と意図は、関羽《ママ》を儒家化し、忠義を宣揚し、民衆を教化することにあったとし、『関王事蹟』について体系的に関羽を研究した最初の専門的著作と位置づける。そして関羽を儒家化し、関羽像をより完璧にしたことがこの文献の重要な意義と説く。また、関羽そのものを体系的に研究することが関帝信仰の一種の表現であるとし、『関王事蹟』の編纂・出版は関帝信仰がより広範かつ深く発展することをさらに促進したと述べる（七〇・七三〜七四頁）。宮氏論文は元代における朝廷や知識人と出版との関わりについて論じたものだが、その中で『関王事蹟』も取り上げられており、『関王事蹟』が玉泉寺の加封や租税免除申請のために出版された可能性や、この文献の編纂時に参照された資料などについて述べる。顔氏著書では、『関王事蹟』の刊行経緯と目次を紹介した後で、この文献が明中葉以前の「関帝文献」のほとんどの藍本となっていることから、その刊行には時代を画する意義があったと指摘する。ただ、その内容と学術的な価値については否定的である。「霊異」篇の存在などから史学的論著とはいえず、南宋に議論を呼んだ「寿亭侯印」や「司馬印」の真偽についても考証していないことから胡琦の教養の程度が分かると論じている（三〇八〜三一〇頁）。

清・盧湛『関聖帝君聖蹟図誌全集』（Ⅲ—9）についての専論には、李世偉「創新聖者：《関聖帝君聖蹟図誌》与関帝崇拝」（『近代的関帝信仰与経典：兼談其在新、馬的発展』博揚文化事業有限公司、二〇一〇年）がある。李氏は、『関聖帝君聖蹟図誌全集』所収の「関帝聖蹟図」は「孔子聖蹟図」の模倣であり、『関聖帝君聖蹟図誌全集』は清初における関帝の「儒家化」「聖人化」を推し進める役割を果たしたと論じている。また、『関聖帝君聖蹟図誌全集』には「歴史化」という特質もあると指摘する。この論文で論じられていることについては第三章で詳しく検討したい。

清・張鎮『関帝志』（Ⅲ—25）を論じた専論に洪淑苓「文人視野下的関公信仰——以清代張鎮《関帝志》為例」（『漢学研究集刊』第五期、二〇〇七年）がある。『関帝志』について全面的に検討を加え、文人の価値観が鮮明に反映されていることを指摘する。それは、「本伝」篇（関羽／関帝の伝記）が史書の記載によって構成されており小説や伝説の内容を含まない点、伝説を収める「古蹟」篇や「霊異」篇の全書に占める割合が比較的少ない点、「考弁」篇や「芸文」篇といった文人による議論や詩文を多く収める点に現れているという。よって、『関帝志』には民衆道教の善書とは異なり、聖人や英雄としての関帝像が濃厚であると指摘する。しかし、洪氏は『関帝志』の分析を通して「関帝文献」全体の特徴を見出そうとしているが、『関帝志』をもって全ての「関帝文献」を代表するとみなすのは間違いである。また、「本伝」篇に関して資料の調査不足による誤った見解が見られるのも残念である（本書第一章第二節参照）。

ただ、一つの「関帝文献」に対して全面的な検討を加えた論考としては初のものであり、その意義は評価に値する。

「関帝文献」についての専論でなくても、関帝信仰に関わる研究の中で論拠や資料として「関帝文献」を利用している例は見られる。大塚秀高「関羽の物語について」（『埼玉大学紀要』三〇、一九九四年）は、多くの資料を駆使して、関羽の物語の本来の姿が、関羽を斬首されて下凡転生した龍とするものであったことを論証する論文である。その中で清・盧湛《マ マ》『関聖帝君聖蹟図誌全集』（Ⅲ―9）に収められる「関帝聖蹟図」を取り上げている。特に、「関帝聖蹟図」が基づいた王朱旦「祖墓碑記」の真偽をめぐる清代の論争や騒動について詳述される。「関帝文献」の専論ではないが、「関帝聖蹟図」や『関聖帝君聖蹟図誌全集』の背景を考える上で参考となる論考である。

洪淑苓『関公民間造型之研究――以関公伝説為重心的考察』（国立台湾大学出版委員会、一九九五年）は、関帝にまつわる伝説を収集・分類して考察することを主眼とした著書であるが、伝説を引用するために清・盧湛『関聖帝君聖蹟図誌全集』（Ⅲ―9）と『関帝事蹟徴信編』（Ⅲ―31）を利用している。特に、『関聖帝君聖蹟図誌全集』については伝説を収録する「小説」の一つと位置づけており、所収される「関帝聖蹟図」の内容を紹介する（八九～九三頁）。「関帝聖蹟図」は確かに関帝の誕生前から世に出るまで、および死にまつわる部分に集中的に伝説に基づくエピソードを載せるが、「小説」とみなして『三国志演義』や『花関索伝』と同じ括りとすることには違和感を禁じ得ない。

劉海燕『従民間到経典――関羽形象与関羽崇拝的生成演変史論』（上海三聯書店、二〇〇四年）は、関羽の人物像の歴史的変遷を明らかにすることをテーマとし、時代ごと、あるいは文学ジャンルごとにそれぞれに現れた関羽の人物像を論じる。そのための資料として「関帝文献」が利用される。明・焦竑『漢前将軍関公祠志』（Ⅱ―9）と清・張鎮『関帝志』（Ⅲ―25）についてはその「本伝」篇に描かれた関羽の人物像が、戯曲や『三国志演義』よりも生き生きとしていることから、「関帝文献」に収められることで長きにわたって流伝し、関羽の人物像の伝播に大きな役割を果たしたと説く。「本伝」篇に引かれた関羽／関帝の手紙や「単刀会」のエピソードについても触れる（本書第一章第二節参照）。清・盧湛『関聖帝君聖蹟図誌全集』（Ⅲ—9）については、所収される「関帝聖蹟図」の内容の分析が主である。「関帝聖蹟図」のような宗教的な伝記は関帝を文化聖人として描き、極力孔子と同列に並べようという心理が見えると指摘する。また、後世の詩に見られる関羽／関帝像を分析するために『漢前将軍関公祠志』と『関帝志』、そして『関帝事蹟徴信編』（Ⅲ—31）の「芸文」篇に収められる詩が資料として使用される（一二七〜一五六頁）。

以上に見てきた通り、「関帝文献」についての先行研究は多くない。そしてそれらの先行研究は、①「関帝文献」全体、または一部の複数の文献について概括的に論じたもの、②個別の文献について論じたもの、③「関帝文献」を資料として用いながら、使用する文献について内容を紹介したり分析を加えたりしているもの、の三種に大別される。①については分析が深まっておらず、「関帝文献」の実態が未だとらえられていない。②についてはこれまで対象となってきたのが元・胡琦『関王事蹟』（Ⅰ—1）、清・盧湛『関聖帝君聖蹟図誌全集』（Ⅲ—9）、清・張鎮『関帝志』（Ⅲ—25）に限られるため、他の文献についても分析・検討を加える必要がある。また、これら三文献に対する検討についても深まっているとはいい難い。③はそもそも「関帝文献」に焦点を当てたものではなく、著者の関心は他にあるため、「関帝文献」に触れてはいても、そこに示された見解には個々の研究テーマに合わせた偏りが見られる。

したがって、「関帝文献」についてはまだ多くの研究課題がある。第一に、総体としての「関帝文献」の特徴や性格についての分析・検討を深める必要がある。第二に、これまで研究対象となっていない文献についても対象とすると同時に、個々の文献の内容についての考察を深める必要がある。これらの課題を克服することで初めて「関帝文献」の関帝信仰における位置づけも可能となろう。各文献に共通する内容（篇）に注目して比較検討し、総合することを目的とする本書の意義はここにある。

三、本書の構成と主要資料

最後に本書の構成と本書で主に使用する「関帝文献」について述べる。

第一章では、関羽／関帝の伝記である「本伝」篇、および関羽／関帝自身の手になるとされる書跡や手紙等を収めた「翰墨」篇について論じる。この両篇は全く内容を異にするが、個々の「関帝文献」の特質・性格が表れやすい篇である。よって、一つの章でまとめて扱い、両篇の分析・検討から導き出される「関帝文献」の編纂態度の両極を示したい。第一節・第二節で「本伝」篇を、第三節で「翰墨」篇を扱う。

第二章では、「関帝文献」に見える関帝の容貌について検討する。第一節・第二節ではそれぞれの文献に収録される関帝の肖像を扱う。「関帝文献」において関帝の容貌がビジュアル的にはどのようにイメージされているかを考察する。第三節では関帝のトレードマークといえるひげに注目し、「関帝文献」における関帝のひげに関する描写を検討する。これらから「関帝文献」が描く関帝の容貌の特質やそこから見える関帝像を探りたい。

第三章では、一部の系統の「関帝文献」に収められる「関帝聖蹟図」について検討する。「関帝聖蹟図」とは「孔子聖蹟図」を模して作られた、関帝の生涯を絵解きによって示したものである。第一節では「関帝聖蹟図」がどのように「孔子聖蹟図」を模倣したのかを明らかにし、第二節では「孔子聖蹟図」の模倣以外の要素も含めた「関帝聖蹟図」の構成要素について検討する。第三節では構成要素の一つである小説『三国志演義』の利用のしかたを見ていく。これらを通して「関帝聖蹟図」の目的と性格があぶり出されよう。

ここまでは本書の中心となる各文献間に共通する内容（篇）についての分析・検討であるが、「関帝文献」が如何なるものであるかを明らかにするためにはそれだけでは不十分であり、やはり編纂・出版の目的について考える必要がある。第四章ではこの問題を扱う。一般に序や跋が編纂・出版の目的を語っていることはいうまでもないが、本章では違った角度からそれらを探っていく。第一節では各文献の構成に注目し、文献ごとの特色や、通時的な構成の変遷等から編纂の目的をあぶり出す。第二節では「関帝文献」の出版に関わった人物の像から出版の目的を考察する。

最後に結論として、全体を総括し、「関帝文献」とは如何なるものであるかを示したい。

すでに見たように、世に出た「関帝文献」は厖大な数に上る。本書でその全てを検討対象とすることは不可能である。そこで、本書では代表的な「関帝文献」を集めた叢書である魯愚等編『関帝文献匯編』（国際文化出版公司、一九九五年）に収められた文献のうち、本書における「関帝文献」の定義に当てはまる文献を主要資料として使用する。該当するのは、『漢前将軍関公祠志』（Ⅱ—9）、『関聖帝君聖蹟図誌全集』（Ⅲ—9）、『関聖陵廟紀略』（Ⅲ—12）、『聖蹟図誌』（Ⅲ—22）、『関帝志』（Ⅲ—25）、『関帝事蹟徴信編』（Ⅲ—31）、『関帝全書』（Ⅲ—35）、『関壮繆侯事迹』（Ⅳ—1）の八種であるが、『関壮繆侯事迹』は近代に入ってからの出版であり、それ以前の「関帝文献」とは趣旨や形式を異にする。[43]よって、今回はその検討対象から除外する。それ以外の七種は明清の出版であり、明代のものが一点に限られるものの、歴代の「関帝文献」の中で重要な位置を占めるものばかりである。先に見た「関帝文献」の一覧から分かるように、ある文献は先行する主要な文献を継承しており、ある文献は以後の文献に多大な影響を与えている。「関帝文献」はいくつかの系統に分かれるが、それぞれの系統を代表する「関帝文献」が収められており、収録文献のバランスがいい。本書で主要資料とする所以である。

『関帝文献匯編』が収録するその七種の文献の書誌情報を以下に示す。[44]

A『漢前将軍関公祠志』
九巻。趙欽湯撰、焦竑訂。万暦三十一年（一六〇三）序重刊本影印。
B『関聖帝君聖蹟図誌全集』
五巻、首一巻。盧湛輯。康熙三十二年（一六九三）初刊、光緒二年（一八七六）上海翼化堂重刊本影印。
C『関聖陵廟紀略』
四巻、後続一巻。[45]王禹書輯。康熙四十年（一七〇一）初刊[46]、清代重刊本影印。
D『聖蹟図誌』
十四巻。葛崙輯。雍正十一年（一七三三）序劉茂生刊本影印。
E『関帝志』
四巻。張鎮輯。乾隆二十一年（一七五六）序刊本影印。
F『関帝事蹟徴信編』
三十巻、首一巻、末一巻。周広業・崔応榴輯。乾隆四十年（一七七五）初刊、光緒八年（一八八二）序重刊本影印。
G『関帝全書』
四十巻。黄啓曙輯。咸豊八年（一八五八）初刊、光緒十五年（一八八九）序王家瑞重刊本影印。

以上が本書で主要資料とする「関帝文献」であるが、行論の都合で他の版本を使う場合があることを断っておく。尚、書名の前にアルファベットを附してあるのは、文中で書名を略する場合があるためである。「文献A」とあれば、それは『漢前将軍関公祠志』を指す。

また、文献A～Gそれぞれの目録（目次）は以下の通りである。

A『漢前将軍関公祠志』
第一冊
一巻　本伝志
二巻　祠墓志
三巻　褒典志　封爵・制命
四巻　譜系志　年譜・世系
五巻　遺蹟志　遺像・印図・画法
第二冊
六巻　外紀志　諸霊応事
七巻　芸文志上　序・論・弁・考
第三冊
八巻　芸文志中　碑記
第四冊
九巻　芸文志下　讃・頌・歌・賦・詩・附祭文

B『関聖帝君聖蹟図誌全集』

巻首　疏義　発祥考
巻之一仁部　全図考
巻之二義部　本伝考　列伝附　譜系考（年譜・世系図）　翰墨考　聖経考　経註附　遺印考　遺迹考　故事考
巻之三礼部　墳廟考　封爵考　祭文考　霊感考　聖籤考
巻之四智部　芸文考　上
　序類　論類　記類　銘類
巻之五信部　芸文考　下
　詩類　賦類　賛類　聯類　頌類　文類　歌類　書附　詩余　跋類

C『関聖陵廟紀略』

一巻　神銜
　神像
　本伝
　譜系　関侯年譜　関氏世系
二巻　翰墨
　遺印
　故蹟
　褒典

壟祠
匾聯
祭文
祀田
論評
博議
序文
三巻 碑記
四巻 賛
頌
詩
詞
歌
賦

D『聖蹟図誌』
巻一 蒐采群書
聖帝遺像

帝君本伝
巻二　聖帝遺訓　篆書
巻三　聖帝翰墨
巻四　聖帝文辞
巻五　序図説　帝祖墓記　玉泉帝塚図　解梁帝宮図　帝侯遺印図
巻六　封爵諡号考
　聖帝世系考
巻七　霊応考
巻八　遺迹考
巻九　芸文考　序　記　説
巻十　歌　題　評　頌　解
巻十一　詩
巻十二　賛　論　弁
巻十三　詞
巻十四　聯　銘　跋

E『関帝志』
巻一　像図（肖像・墳廟・遺印・風竹詩）

本伝
年表
世系　子孫伝　部将伝
封号
廟制
祀典
襲蔭[47]
古蹟
霊異
巻二　考弁
巻三　芸文上
巻四　芸文下

F『関帝事蹟徴信編』

巻首　御製
巻一之巻二　伝
紀事本末
巻三之巻四　爵諡

追封

巻五之巻六　嗣蔭

将吏

巻七之巻十一　墓寝

祠廟　三

祀典

巻十二之巻十三　軼聞

名蹟

巻十四之巻二十　霊異　五

雑綴　二

巻二十一之三十　考弁　三

評論

碑記　三　疏引祭文附

賛頌　銘附

詩詞

書略

巻末　補遺

G『関帝全書』

巻一　帝像

本伝

祖墓碑記

世系図並考

翰墨考

封爵考

遺印図並考

墳廟図並考

巻二　聖蹟図誌

巻三　楽章

祭文

頌彙

銘彙

記彙

論彙

賛彙

巻四　霊験事蹟

巻五　桃園明聖経序解註釈
巻六　桃園明聖経註釈上
巻七　桃園明聖経註釈下
巻八　三字孝経註釈
巻九　反本報恩経註釈
巻十　明聖経
巻十一　忠孝節義真経
巻十二　忠義経註釈
巻十三　儒学正経
巻十四　醒世経
巻十五　覚世真経註証上
巻十六　覚世真経註証中
巻十七　覚世真経註証下
巻十八　覚世真経補註証
　　　　功過格
巻十九　再降覚世真経
巻二十　救世経
巻二十一　如願至宝経註

巻二十二　聖訓之一
巻二十三　聖訓之二
巻二十四　聖訓之三
巻二十五　聖訓之四
巻二十六　勅諭文註証
巻二十七　戒士子文註証
巻二十八　奉祖先文註釈
巻二十九　和隣里文註釈
巻三十　回頭岸
巻三十一　悟源録
巻三十二　詩歌類
巻三十三　救劫経懺
巻三十四　夢授籤
巻三十五　降筆籤
巻三十六　覚世懺
巻三十七　酬恩法懺
巻三十八　昭烈皇帝像　本紀
張桓侯像　本伝　文

諸葛武侯像　本伝　文　詩
趙順平侯像　本伝
巻三十九　武威将軍像　文　詩
龍驤将軍像　文　詩
周将軍像　文
廖将軍像　文
轄管大神奉命降鸞文
巻四十　二将軍霊験記

注
（1）本書では、歴史上の人物や『三国志演義』等文学の登場人物としての関羽を「関羽」、崇拝の対象となった神としての関羽を帝号追贈の前後を問わず「関帝」と呼称する。また、関帝に対する信仰についても帝号追贈の前後を問わず「関帝信仰」と称することとする。
（2）これらの文献の中には、関羽がまだ帝位を追贈されていない時期に成立したものもあるが、関帝信仰の文脈の中で誕生したものであることには違いないので、「関帝文献」と称することにする。
（3）本書では、正史『三国志』のテキストには陳寿撰、陳乃乾校点『三国志』全五冊（中華書局、一九八二年版〔一九五九年初印〕）を用いる。ただし、句読点等の記号は一部改めることがある。
（4）吾極知曹公待我厚、然吾受劉將軍厚恩、誓以共死、不可背之。吾終不留、吾要當立效以報曹公乃去。
（5）本書では、一九六八年二版に拠る。

(6) 原文は「玉泉寺覆船山、東去當陽三十里」となっていて分かりにくい。実際には玉泉寺は当陽の西にあるため、ここでは周広業・崔応榴輯『関帝事蹟徴信編』巻九「祠廟」に引く董侹「重建関将軍廟記」に「玉泉寺在覆船山東、去當陽縣三十里」とあるのに従って訳した。

(7) 正史『三国志』関羽伝によれば、正しくは「董督荊州事」。

(8) 玉泉寺覆船山、東去當陽三十里。疊障迴擁、飛泉迤邐。信途人之淨界、域中之絶景也。寺西北三百歩、有蜀將軍都督荊州事關公遺廟存焉。(『全唐文』巻六八四。〔清〕董誥等編『全唐文』全十二冊、中華書局、一九八三年版に拠る。以下同じ。)

(9) 先是陳光大中智顗禪師者、至自天台、宴坐喬木之下、夜分忽與神遇、云願捨此地爲僧坊、請師出山、以觀其用。指期之夕、前壑震動、風號雷虩、前劈巨嶺、下堙澄潭、良材叢木、周匝其上、輪奐之用、則無乏焉。

(10) 梅錚錚『忠義春秋——関公崇拝与民族文化心理』(《三国文化・伝統与現代》系列叢書、四川人民出版社、一九九四年)九六頁、鄭土有『関公信仰』(中華民俗文叢、学苑出版社、一九九四年)六八頁、馬書田・馬書俠『全像関公』(全像民間神叢書、江西美術出版社、二〇〇八年)六四～六六頁。

(11) 井上以智為「関羽祠廟の由来並に変遷」(『史林』二六―一・二、一九四一年)、原田正巳「関羽信仰の二三の要素について」(『東方宗教』第八・九合集号、一九五五年)、黄華節『関公的人格与神格』(人人文庫、台湾商務印書館、一九六八年二版〔一九六七年初印〕)一一三～一一五頁、蔡東洲・文廷海『関羽崇拝研究』(巴蜀書社、二〇〇一年)五六～六〇頁、張志江『関公』(中国民俗文化叢書、中国社会出版社、二〇〇八年)一一八～一一九頁。渡邉義浩『関羽　神になった「三国志」の英雄』(筑摩選書、筑摩書房、二〇一一年)一四一～一四三頁。

(12) 注(11)所掲原田氏論文・黄氏著書参照。

(13) 唐咸通亂離後、坊巷訛言關三郎鬼兵入城、家家恐悚。罹其患者、令人寒熱戰慄、亦無大苦。弘農楊玭挈家自駱谷路入洋源、行及秦嶺、回望京師、乃曰、「此處應免關三郎相隨也。」語未終、一時股慄。斯又何哉。夫喪亂之間、陰厲旁作、心既疑矣、邪亦隨之。關妖之説、正謂是也。(〔五代〕孫光憲撰、賈二強点校『北夢瑣言』〔歴代史料筆記叢刊・唐宋史料筆記、中華書局、二〇〇二年〕に拠る。ただし、句読点等の記号は一部改めた。)

（14）二階堂善弘氏は、この関三郎という呼び名が後に『三国志演義』で関羽の三男とされる関索（花関索）というキャラクターを生み出したと指摘する（二階堂善弘「関帝　孔子と並び中国を代表する神」〔『月刊しにか』八（一）、一九九七年〕。のちに加筆して二階堂善弘『中国の神さま　神仙人気者列伝』〔平凡社新書、平凡社、二〇〇二年〕に所収）。尚、王見川氏は、陳寅恪氏の説に従って、関三郎は関帝ではなく華岳三郎という別の神だと説く（王見川「唐宋関羽信仰初探―兼談其与仏教之因縁―」〔『円光仏学学報』第六期、二〇〇一年〕）。

（15）小島毅「国家祭祀における軍神の変質――太公望から関羽へ――」（『日中文化研究』三、一九九二年）、および注（11）所掲渡邉氏著書一四四～一四五頁参照。

（16）胡小偉氏のまとめによれば、崇寧五年（一一〇六）のほか、大中祥符七年（一〇一四）・元祐年間（一〇八六～一〇九四）・崇寧二年（一一〇三）・政和年間（一一一一～一一一八）など（胡小偉『関公崇拝遡源』上冊〔北岳文芸出版社、二〇〇九年〕二一六～二一七頁）。

（17）王彭嘗云、「塗巷中小兒薄劣、其家所厭苦、輒與錢、令聚坐聽説古話。至説三國事、聞劉玄德敗、顰蹙有出涕者、聞曹操敗、即喜唱快。以是知君子小人之澤、百世不斬。」（〔宋〕蘇軾撰、王松齢点校『東坡志林』〔歴代史料筆記叢刊・唐宋史料筆記、中華書局、一九八一年〕に拠る。）

（18）関帝は下凡転生した龍神であるとする伝説については、大塚秀高「関羽の物語について」（『埼玉大学紀要』三〇、一九九四年）、および同「斬首龍の物語」（『埼玉大学紀要』三二（一）、一九九六年）に詳しい。

（19）王安祈「論《単刀会》与祀神活動之関係」（『戯劇芸術』一九九三年第三期）参照。

（20）以上の『三国志演義』成立過程は、筆者が『三国志演義』を正史『三国志』および『三国志平話』と比較分析して得た見解を簡潔にまとめたものであるが、より精緻な考証が井口千雪『三国志演義成立史の研究』（汲古書院、二〇一六年）の「第五章　執筆プロセスに関わる考察」に示されているので参照されたい。

（21）仙石知子氏によれば、毛宗崗本『三国志演義』は「義絶」たる関羽を象徴する「義」を「華容放曹」における「利他の義」に求めるという（仙石知子「毛宗崗本『三国志演義』における関羽の義」〔『東方学』一二六、二〇一三年。のち仙石知

子『毛宗崗批評「三国志演義」の研究』汲古書院、二〇一七年)。

(22)(孫)堅復相收兵、合戰於陽人、大破(董)卓軍、梟其都督華雄等。(『三国志』孫破虜伝)

(23)関帝善書に関しては、注(11)所掲原田氏論文、王卡・汪桂平「従《関聖大帝返性図》看関帝信仰与道教之関係」(『関羽、関公和関聖――中国歴史文化中的関羽学術研討会論文集』社会科学文献出版社、二〇〇二年)、方広錩・周斉「介紹清咸豊刻本《武帝明聖経》」(同)、游子安「明中葉以来的関帝信仰：以善書為探討中心」(『近代的関帝信仰与経典：兼談其在新、馬的発展』博揚文化事業有限公司、二〇一〇年)、劉文星「《関帝覚世真経》註釈本初探：以黄啓曙所輯的三種《覚世真経》為例」(同)、注(11)所掲渡邉氏著書二〇九～二一三頁などを参照されたい。

(24)注(10)所掲鄭氏著書一〇六頁。

(25)例えば、注(10)所掲梅氏著書一二二～一二三頁。

(26)注(11)所掲井上氏論文。

(27)注(11)所掲原田氏論文。

(28)注(14)所掲二階堂氏論文。

(29)金文京『三国志演義の世界』(東方選書、東方書店、一九九三年)一四九～一五五頁(増補版〔二〇一〇年〕では一五四～一六〇頁)、注(11)所掲渡邉氏著書が代表的。

(30)二階堂善弘『中国の神さま　神仙人気者列伝』(平凡社新書、平凡社、二〇〇二年)三一頁。

(31)本書では、明・張寧による成化七年(一四七一)重刊本『関王事迹《ママ》』(北京大学図書館蔵)に拠った。

(32)顔清洋氏はこの種の文献を「関帝専書」と名づけている(顔清洋『関公全伝』〔台湾学生書局、二〇〇二年〕三〇七頁)。

(33)『関帝事蹟徴信編』三十巻、首一巻、末一巻。周広業・崔応榴輯。乾隆四十年(一七七五)初刊。魯愚等編『関帝文献匯編』(国際文化出版公司、一九九五年)に影印される光緒八年(一八八二)序重刊本を用いた。

(34)『関帝事蹟徴信編』において、他の書目等に著録されているものの編纂者未見となっているものは、詳細が不明であるため省略した。また、本書における「関帝文献」の定義からはずれると判断されるものも省略した。

（35）大塚秀高編「関羽関係文献目録兼所蔵目録」（『中国における「物語」文学の盛衰とそのモチーフについて――俗文学、とりわけ俗曲と宝巻を中心に――』、平成七年度科学研究費補助金〔一般研究〈C〉〕研究成果報告書、一九九六年）。

（36）『関帝事蹟徴信編』には「『關公祠志』八巻（中略）千頃堂書目作九巻」とある。ここでは注（33）所掲『関帝文献匯編』所収影印本の巻一巻頭書名、および巻数に従った。

（37）孫殿起撰『販書偶記　附続編』（原中華上編版、上海古籍出版社、一九九九年）に拠った。以下同じ。

（38）清の乾隆帝は乾隆四十一年（一七七六）七月に関羽の謚号を「壮繆」から「忠義」に改めている（『清朝文献通考』巻一百五・『清朝通典』巻五十、および『清史稿』礼志三）。よって、この一覧に挙げた文献のうち、乾隆四十一年より前に出た「関帝文献」の書名に見える「忠義」の文字は本来「壮繆」である可能性が高い。

（39）小久保元「関羽聖蹟図の基礎研究」（『中国語中国文化』第五号、二〇〇八年）に詳しい。

（40）張鎮の自序には「乾隆二十一年」（一七五六）とある。

（41）注（35）所掲大塚氏目録は初刊を「乾隆三十八年参和堂刊」とするが、これは『販書偶記』に拠ったもの。

（42）甲、作者必爲關公忠實信徒、對關公無比崇敬、視之爲人間「忠義」的典範、比擬聖賢、甚至直追孔子、成爲文武的代表。而關公死後爲神、則神威遠震、靈應如響、其在神界猶如人間之帝王。

乙、作者有強烈使命感、認爲宣揚關公的忠義事跡及靈驗神話爲「有功名教」、能令「聞風者鼓舞、瞻像者肅敬」。至於世人偶而對關公略有微詞、或傳聞不足彰顯神威、皆屬褻瀆、不敬、當予以刊正・駁斥、編刊書籍就是實際的「衛道」行動、「足爲希聖之助」、且「可使藝林生色」。

丙、作者信仰近於狂熱癡迷、不夠理性、認爲關公生平事跡皆係「正義參天」、偉大絶倫、無絲毫瑕疵、得罪同袍、兵敗殉難、皆可合理解釋。至於死後爲神、更是千真萬確、「祭則受福」、不容懷疑。所以宣揚靈異、創造神奇故事、真假錯雜、均樂此不疲。

丁、内容駁雜、生平事跡除史傳外、又經比附聯想、加進不少三國小説及民間神話故事、並且向上下古今延伸、先祖世系、後代裔孫、生前手跡・印信、也都紛然出現。至於能彰顯關公高貴人格精神、及有求必應之神威故事、更是必有的情節。（三

〇七〜三〇八頁）
(43)　方叔章の序文によれば、撰者の韓組康は化学を専攻したという。そのため『関壮繆侯事迹』も関羽の伝記とその考証にほとんどの紙幅を割いた実証的なものとなっている。
(44)　各文献の書誌情報については、注(35)所掲大塚氏目録、および「東洋文化研究所所蔵漢籍目録」(http://www3.ioc.u-tokyo.ac.jp/kandb.html、最終アクセス日二〇一八年七月八日)も参照した。
(45)　巻数が前掲の一覧と異なるのは、前掲の一覧が初刊本を対象としているためである。
(46)　『関帝事蹟徴信編』巻三十「書略」に拠る。
(47)　目録に見えるのみで、本文にはない。

第一章　「本伝」篇と「翰墨」篇について

第一節　「本伝」篇の内容と傾向

はじめに

序論で述べたように、「関帝文献」の内容は多岐に渉り、文献によって、また時代によってそれぞれ異なる。ただし、関羽／関帝の伝記についてはほとんどの文献に記載されている。それらの伝記を収めた篇は、基本的に「本伝」と題されているため[1]、本書ではこれを「本伝」篇と呼称する。「本伝」篇の内容もやはり文献ごとに違いが見られる。また、「関帝文献」には関帝自らの手になるという書跡・手紙・文・詩などを集めた篇も存在する。これらの篇はおおむね「翰墨」と題されているので[2]、本書ではこれに従って「翰墨」篇と呼称することにする。「本伝」篇と「翰墨」篇はその内容を全く異にするが、それぞれの「関帝文献」の特質や性格が表れやすいという共通点がある。よって、本章ではこの両篇を検討対象とする。

　本節では、「本伝」篇の内容について検討し、その内容の違いを示すとともに、そのような違いが生ずるに至った原因、すなわちそれぞれの「関帝文献」の性格について探ってみたい。まず、各「関帝文献」の序文等から編纂者のスタンスを読み取る。次に「本伝」篇の内容を具体的に比較検討する。最後に、対象とした「関帝文献」の性格について、「本伝」篇の比較検討から見えるところを述べる。

一、序文等に見える編纂者たちのスタンス

本書で主要資料としている七種の「関帝文献」はいずれも「本伝」篇を持つ。そこで、最初にこれらの「関帝文献」の序文等から編纂者のスタンスを確認しておく。

明の官吏であった趙欽湯は、A『漢前将軍関公祠志』を出版した理由を後序「重刻関志顛末」において、「わが州（解州）にはもともと関公集があり、出版されたのも一度だけではない。（しかし、それらが）蒐集したものの多くが卑俗であり、選択や並べ方もかなり間違っている[3]」からであると述べ、それゆえ自分が出版したとする。

清の盧湛はB『関聖帝君聖蹟図誌全集』の序文において、「逸聞や瑣事を記した野史に見えるような信じることができず、いやしくて文章が美しくないものは削除した[4]」と、その編纂の方針を述べる。

E『関帝志』を編纂した清の解州知州・張鎮は序文で、「考えるにこれより前には元の胡光瑋（胡琦）・明の呂涇野（呂柟）・趙新盤（趙欽湯）および国朝（清）の張運青（張鵬翮）ら諸氏が代々（関帝にまつわる）書物を編纂してきたが、あるものは簡略で十分とはいえず、しかも長い年月を経過しているため、その刻本も欠けているところがある。そこで公務の余暇に、収集と収録に努め、管見を加えて、郡の挙人の喬寿愷君と、互いに検証しあってこれを考証・訂正し、四巻にまとめた[5]」と、編纂の過程を述べる。

乾隆年間に出版されたF『関帝事蹟徴信編』では、文人の盧文弨が序文において、「海昌の周耕厓（周広業）・武原の崔秋谷（崔応榴）は、以前から厳格に神（関帝）に仕えてきたので流伝している話の多くが間違っていることを恐れていた。そこで（資料を）広く探し集めて物事をはっきりさせることに力を尽くした[6]」と、二人の編者の志を代弁す

る。

以上の四種の文献の序文等から、これらの「関帝文献」が先行する文献の誤りを正していることを標榜していることが見て取れる。とすれば、これらの文献の「本伝」篇も当然その方針に則っているはずだ。次にそれぞれの「関帝文献」の「本伝」篇を比較検討するが、それはそれぞれの文献がどのように誤りを正そうとしているかを探ることにもなる。

尚、C『関聖陵廟紀略』・D『聖蹟図誌』の序文にもその編纂の経緯が述べられるが、上記の四文献のような、先行文献の誤りを正すことを標榜するような文字は見られない。しかし、D『聖蹟図誌』は、その序文等からB『関聖帝君聖蹟図誌全集』にかなり私淑していることがうかがわれる。(7) また、G『関帝全書』の序文は「文昌帝君奉玉旨降筆序」となっていて他の文献の序文と性格を異にする。

二、「本伝」篇の内容

ここでは各「関帝文献」の「本伝」篇からいくつかのエピソードを取り上げ、その内容について、正史『三国志』の記載と違うものに特に留意しながら検討する。正史『三国志』の記述と異なる内容については、できる限りその出処や、そのように書かれている原因を探っていく。また、エピソードの挿入位置についても問題視したい。

尚、F『関帝事蹟徴信編』の「本伝」篇に当たる「伝」は、基本的に正史『三国志』関羽伝の本文と同じであり、ただ、諱を「某」に作り、謚の「壮繆」を「忠義」(8) に作る点が異なるに過ぎない。よって、ここではF『関帝事蹟徴信編』については触れないこととする。

（一）　出身地と涿郡にいたる原因

まず、関羽／関帝の出身地と、関羽／関帝が涿郡にいたる原因について、それぞれの「関帝文献」の「本伝」篇でどのように記載しているのかを正史『三国志』の記載とあわせて見ていく(9)。

○正史『三国志』関羽伝

關羽字雲長、本字長生、河東解人也。亡命奔涿郡。

A『漢前将軍関公祠志』

漢前將軍・假節鉞・督荊州事・姓關氏名羽、字雲長、本字長生、河東解人也。爲人勇而有義。好誦『左氏春秋』、略皆上口。嘗避地奔涿郡。

B『関聖帝君聖蹟図誌全集』

關帝諱　字雲長、本字長生、河東解梁寶池里下馮村人也。爲人義勇絶倫。好讀『左氏春秋』、諷誦畧皆上口。嘗避地涿郡。

C『関聖陵廟紀略』

侯姓關氏諱羽、字雲長、本字長生、河東解人也。爲人勇而有義。好讀『左氏春秋』。嘗避地奔涿郡。

D『聖蹟図誌』

關聖帝君、名羽、字雲長、仕漢。漢封爲盪寇將軍・漢壽亭侯・總督荊州事・前將軍・假節鉞・壯繆侯。帝之生也、天性剛正、好讀『左氏春秋』。……靈帝末年、聞比鄰哀甚、知韓守義遭郡豪呂熊荼毒、連七姓娼瑠蔑職。帝眦裂、誅七姓、避地涿郡。

E『関帝志』

帝姓關名羽、字雲長、本字長生、河東解人也。爲人勇而有義。好誦『左氏春秋』、畧皆上口。常避地奔涿郡。

G『関帝全書』

關帝諱□、字雲長、本字長生、河東解梁寶池里下馮村人也。身長九尺六寸、鬚長一尺八寸、面如重棗、唇若丹硃、鳳目蠶眉、臉有七痣。爲人義勇絶倫。好讀『左氏春秋』。嘗避地涿郡。

関羽／関帝の出身地について、文献A・C・Eは「河東解」とするが、文献BとGは「河東解梁寶池里下馮村」とする（文献Dは出身地を記さない）。正史『三国志』関羽伝には「河東解」（河東郡解県）とあるから、「河東解」が正しいのであろうが、では、文献BとGは何故に「河東解梁寶池里下馮村」としているのか。

B『関聖帝君聖蹟図誌全集』とG『関帝全書』はいずれも「関帝聖蹟図[10]」を収録する[11]。この「関帝聖蹟図」では関帝の出身地を「解梁常平村寶池里五甲」とする。「下馮村」「常平村」と違いはあるが、F『関帝事蹟徴信編』巻十三「名蹟」に引く『旧平陽府志』には、「常平下馮邨は、すなわち関壮繆侯がかつて住んでいたところであり、今は廟が建っている[12]」とあるので、同一の場所のようである。また、「解梁」は、春秋時代に解県が「解梁城」と呼ばれていたことに基づく。唐の董侹も「荊南節度使江陵尹裴公重修玉泉関廟記」において、「将軍は姓を関、名を羽といい、河東解梁の人である[13]」と記し、関羽／関帝の出身地を「解梁」としている。

ところで、この「関帝聖蹟図」は解州知州であった王朱旦の「漢前将軍壮繆侯関聖帝君祖墓碑記[14]」（以下、「祖墓碑記」）に基づく。これには関帝の生涯が記されているが、そこにはそれ以前の文献には見えない関帝の祖父や父の名が見える[15]。王朱旦は彼らの名を、関帝の父の旧居の井戸から康熙十七年（一六七八）に夢のお告げによって発見された巨甎（大きなレンガ）に記された文字から知ったという。しかし、これが書かれた直後から、この説の荒唐無稽を非難する論説は多く、巨瓢は贋作である疑いが強い[16]。

つまり、文献BとGは出処の怪しい説を「本伝」篇の中に採用しているわけである。こういったところに両書の編纂スタンスが表れているといえる。関帝の霊験（夢のお告げ）を妄信してありがたがっているともみなせよう。

関羽／関帝が涿郡にいたる原因については、正史『三国志』に書かれていない。文献A・B・C・E・Gにおいても同様である。ただ文献Dのみがこれを記す。すなわち、霊帝（在位一六八～一八九）の治世の末、関帝は近所で非常に悲しんでいるのを聞きつけ、韓守義という者が郡の有力者の呂熊に迫害されていること、呂熊は七姓の者共を引き連れて宦官に媚びへつらい職務をないがしろにしていることを知る。そこで、関帝は目をかっと瞋らして、七姓の者共を誅殺し、涿郡に難を避けたというわけである。

このエピソードは、王朱旦「祖墓碑記」やB『関聖帝君聖蹟図誌全集』所収の「関帝聖蹟図」にも見える（文献Dは「本伝」篇にこのエピソードを記載しているにもかかわらず、「関帝聖蹟図」には見えない）。これに類するエピソードは、加害者たる「郡豪」や被害者の名にいろいろなバリエーションがあるものの、清・褚人獲『堅瓠集』（康熙二十九年〔一六九〇〕序）に見える「関西故事」や、京劇（「斬熊虎」）、また中国各地で収集・整理されている民間伝説[17]にも見られる。

もっとも、元至治年間（一三二一～一三二三）刊『三国志平話』では、「故郷の県の役人が、財を貪って賄賂を好み、庶民を殺害するので、県令を殺して、亡命・逃亡し、涿郡にやってきた[18]」と関羽が涿郡に来た理由を説明し、元末明初の小説『三国志演義』でも関羽は、「地元の有力者が勢力を恃んで人々をいじめるので、私はやつを殺し、各地に難を避けて五、六年になる[19]」と語っている。よって、古くから関羽の出奔にまつわる民間伝説が伝わっていたのであろう。ここでは、文献Dがこういった民間伝説も「本伝」篇に採用しているということを押さえておきたい。

（二）　車冑を斬る

車冑は、呂布が滅びた後、徐州刺史になった人物である。正史『三国志』武帝紀には、「劉備は東に向かう前、ひそかに董承らと謀反を企てていた。下邳に到着すると、すぐさま徐州刺史の車冑を殺し、挙兵して沛に駐屯した[20]」とあり、また関羽伝には、「先主（劉備）が徐州刺史の車冑を奇襲して殺害した時、関羽に下邳城を守らせ、下邳国の行政長官としての職務を執り行なわせて、先主自身は小沛に戻った[21]」とあって、関羽が車冑を斬ったとは書いていない。文献Ａ・Ｂ・Ｃ・Ｅも同様である。

ところが、Ｄ『聖蹟図誌』とＧ『関帝全書』は関帝が車冑を斬ったとする。文献Ｄには、「先主は東に向かう前、献帝の舅である車騎将軍の董承らと曹操を誅殺しようと企てていた。下邳に到着すると、曹操がひそかに車冑を派遣して先主の殺害を謀っていることを耳にした。関帝はそこで徐州刺史の車冑を殺した。先主は関帝に下邳を守らせて、下邳国の行政長官としての職務を執り行なわせ、自身は小沛に戻って駐屯した[22]」とある。

また、文献Ｇにも、「建安四年（一九九）、先帝（劉備）は董承らと密詔を受け、曹操を誅殺しようと企てた。たまたま曹操は先帝に袁術を迎え撃たせ、大いに討ち破った。先帝は徐州に軍をとどめた。曹操は徐州刺史の車冑に先帝を殺させようとした。関帝はこれに感づき、計略を用いて車冑を誅殺し、先帝を迎えて、徐州を平定した[23]」とある。

『三国志平話』巻中にも関羽が車冑を殺す場面があるが、曹操が車冑に劉備を殺させようとするとか、関羽が計略を用いて車冑を殺すというのは、『三国志演義』の筋立てである[24]。文献ＤとＧが『三国志演義』のプロットを「本伝」篇に採用していることが分かる。

（三）　秉燭達旦

関羽／関帝と劉備の夫人を捕らえた曹操は、君臣間の礼を乱さんとして関羽／関帝と劉備夫人を同室に泊まらせる。関羽／関帝は室内で夫人を休ませ、自らは灯火を手に戸外に立ち、朝まで寝ずの番をした。これが「秉燭達旦（燭を秉《と》りて旦《あした》に達《いた》る）」のエピソードである。正史『三国志』には見えない。また、文献A・B・D・Eにも見えない。

C『関聖陵廟紀略』には、「建安五年（二〇〇）正月、曹操は自ら軍を率いて昭烈帝（劉備）を討った。昭烈帝は袁紹のもとに逃げた。曹操は下邳を攻め落とし、関壮繆侯と昭烈帝の妻を捕らえて帰り、一室に閉じ込めて、関係を乱そうとしたところ、関壮繆侯は朝になるまで灯火を手にしていた。曹操はこの態度を義にかなっていると評した(25)」と「秉燭達旦」のエピソードが見える。

また、G『関帝全書』には、「建安五年春、曹操は先帝（劉備）を討った。先帝は袁紹のもとに逃げ、曹操は先帝の眷属を捕らえた。進軍して下邳に関帝を攻め、関帝を捕らえて帰った。曹操は計略によって関帝を陥れようとしたが、関帝は厳格に君臣のけじめを守ったので、曹操は敬意を深めた(26)」とある。ここには「秉燭達旦」のことを具体的には書かないが、曹操が計略によって関帝を陥れようとしたという件は、やはり「秉燭達旦」のことを指しているに違いない。そもそも文献Gは全体的に記述が簡略に過ぎる。

正史には見えない「秉燭達旦」のエピソードであるが、明代の戯曲選集『風月錦囊』所収の「三国志大全」、明・無名氏撰の伝奇「古城記」第十六齣「秉燭」、明代の戯曲選集『詞林一枝』巻二所収の伝奇「古城記」、明代の戯曲選集『郡音類選』巻十二所収の伝奇「桃園記」といった戯曲作品には見える。一方、『三国志演義』の本文に「秉燭達旦」のエピソードが入るのは清代の毛宗崗本になってからであり、それまでは注釈で触れられるにとどまっていた。

金文京氏は、「秉燭達旦」は『資治通鑑』のダイジェスト版に注釈をつけた『通鑑』学者によって生み出されたエピソードだろうと推測している。それがまず戯曲に採用され、後に『三国志演義』にも採り入れられたようだ[27]。

文献CとGの「秉燭達旦」は何に基づいたのか。三つの可能性が挙げられる。第一は、『通鑑』学者の作った『資治通鑑』のダイジェスト版である。

第二は、戯曲である。もしそうであるなら、関羽／関帝の事蹟に対する知識人の理解が俗文学の影響を受けていたことの大きな裏付けとなる。

第三は、『三国志演義』の毛宗崗本である。現存する毛宗崗本で刊行年がはっきりしている最古のものは、康熙十八年（一六七九）の序を持つ酔耕堂刊本『四大奇書第一種』である。小川環樹氏は毛宗崗本の完成を康熙五年（一六六六）よりも前だろうと推定するが[28]、上田望氏や中川諭氏の研究によれば中国において毛宗崗本が本格的に普及したのは清の道光・咸豊以降であるという[29]。

康熙四十年（一七〇二）初刊の文献Cは毛宗崗本の影響を受けた可能性は低い。Cは史実に比較的忠実であるから、歴史書である『通鑑』系の書物から「秉燭達旦」のエピソードを「本伝」篇に取り込んだのであろう。文献Gは咸豊八年（一八五八）の初刊であるから毛宗崗本の影響を受けていても不思議ではない。

（四）　D『聖蹟図誌』にのみ見える史実と異なるエピソード

D『聖蹟図誌』には、他の「関帝文献」には見えない史実（史書の記載）とは異なるエピソードが多く含まれる。それらを列挙すると以下の通り。

①劉関張が義兄弟となる、②酒を温めて華雄を斬る、③張遼を救う、④許田の狩猟で献帝に対して無礼を働いた曹

操を殺そうとする、⑤三事を約す、⑥関所破り、⑦蔡陽を斬って張飛の疑いを解く、⑧周倉を得る、⑨義もて黄忠を釈す、⑩華陀の手術を受ける、⑪堤防を決壊させて于禁の七軍をおぼれさせる、[30] ⑫卒年は六十歳、⑬ひげは龍の化身[31]

このうち、①～⑪は小説『三国志演義』に見えるエピソードである。①・⑤・⑥・⑦・⑩・⑪は『三国志演義』に先行する『三国志平話』や雑劇にすでに類するエピソードが見えるが、細かい内容は『三国志演義』の筋立てと基本的に一致する。

⑫は、関帝が延熹三年（一六〇）に生まれたとする文献D所収の「関帝聖蹟図」に符合する。[32] 関羽が死んだのは建安二十四年（二一九）だからである。尚、『三国志演義』の毛宗崗本では関羽の卒年を五十八歳としている。

⑬について、大塚秀高氏は、このエピソードが流布しだしたのは、明の弘治年間から万暦年間にかけてであろうと推測する。[33] そうであれば、『三国志演義』の成立よりも後になり、このエピソードが『三国志演義』になくても不思議ではない。尚、文献D所収の「関帝聖蹟図」にはこのエピソードがあり、⑫と同様に⑬も「関帝聖蹟図」と符号する。

⑫・⑬が上記のように出処を異とするほかは、これらのエピソードが基本的に『三国志演義』に一致することから、文献Dの「本伝」篇は他の「関帝文献」に比べ、より多く『三国志演義』に依拠しているといえる。

（五）　エピソードの挿入位置

各「関帝文献」の「本伝」篇にひとしく（或いはほとんどに）見られるエピソードであっても、その挿入位置が異なる場合がある。その状況を整理すると以下のようになる。

(1)孫権が蜀を取ろうとして劉備に阻まれたこと

●建安十五年（二一〇）頃、劉備の入蜀直前に挿入

B『関聖帝君聖蹟図誌全集』、D『聖蹟図誌』、G『関帝全書』

●建安二十年（二一五）の「単刀会」の前に過去を振り返る形で挿入

A『漢前将軍関公祠志』、C『関聖陵廟紀略』、E『関帝志』

(2)馬超に関する関羽／関帝と諸葛亮の手紙のやりとり

●建安十九年（二一四）、蜀平定の後に挿入

A『漢前将軍関公祠志』、C『関聖陵廟紀略』、D『聖蹟図誌』、E『関帝志』

●建安二十四年（二一九）、関羽／関帝の前将軍任命直後に過去を振り返る形で挿入

B『関聖帝君聖蹟図誌全集』

(3)関羽／関帝が骨をけずる手術を受ける

●建安十九年（二一四）、馬超に関する関羽／関帝と諸葛亮の手紙のやりとりの後に挿入

A『漢前将軍関公祠志』、C『関聖陵廟紀略』、E『関帝志』

●建安二十四年（二一九）、関羽／関帝の前将軍任命直後に過去を振り返る形で挿入

B『関聖帝君聖蹟図誌全集』、D『聖蹟図誌』、G『関帝全書』

(4)前将軍任命と樊城攻撃開始の先後関係

●前将軍任命が先

A『漢前将軍関公祠志』、B『関聖帝君聖蹟図誌全集』、C『関聖陵廟紀略』、E『関帝志』、G『関帝全書』

●樊城攻撃開始が先

　D『聖蹟図誌』

(5)孫権が援軍を申し入れた時に関羽／関帝との間で起きたトラブル

●于禁の軍を水没させた後に振り返る形で挿入

　A『漢前将軍関公祠志』、E『関帝志』

●孫権が関羽／関帝との縁組を求めたエピソードの後に挿入

　B『関聖帝君聖蹟図誌全集』、C『関聖陵廟紀略』、D『聖蹟図誌』、G『関帝全書』

(6)陸遜が関羽／関帝にへりくだった内容の手紙を送る

●陸遜が呂蒙に代わって陸口に赴任した直後に挿入

　A『漢前将軍関公祠志』、C『関聖陵廟紀略』、E『関帝志』

●関羽／関帝の死後に振り返る形で挿入

　B『関聖帝君聖蹟図誌全集』、D『聖蹟図誌』、G『関帝全書』

(7)趙儼が曹仁に関羽／関帝を追撃しない方がよいと献策

●関羽／関帝が荊州陥落を聞いて引き上げた直後に挿入

　A『漢前将軍関公祠志』、C『関聖陵廟紀略』

●関羽／関帝の死後に振り返る形で挿入

　B『関聖帝君聖蹟図誌全集』、D『聖蹟図誌』、G『関帝全書』

必ずしも(1)～(7)の全てに合致してはいないが、以上の全体的な傾向から、文献A・B・C・D・E・Gの「関帝文献」を大まかに次の二つにグループ分けすることができよう。
〔グループⅠ〕A『漢前将軍関公祠志』、C『関聖陵廟紀略』、E『関帝志』
〔グループⅡ〕B『関聖帝君聖蹟図誌全集』、D『聖蹟図誌』、G『関帝全書』

おわりに

ここまで「関帝文献」の「本伝」篇から注意すべきエピソードや事柄を取り上げて検討した。最後に、これらをふまえて、検討した「関帝文献」の性格について考える。

二において、あまり話題とならなかった文献がある。A『漢前将軍関公祠志』とE『関帝志』である。二では主に正史『三国志』の記載との違いに注目した。文献AとEは比較的史実(史書の記載)に忠実であるため、あまり触れなかったわけである。史実に比較的忠実であることがこれらの文献の特徴といえる。これら二つの文献はいずれもその序文において、先行文献の誤りを正すという方針を示していた。この誤りを正すという方針は、「本伝」篇についていえば、できるだけ史実に忠実にまとめるということであったことが分かる[34]。

また、C『関聖陵廟紀略』も、史実ではない「秉燭達旦」のエピソードを「本伝」篇に採用しているとはいえ、それ以外の部分についてはやはり史実に比較的忠実である。この文献Cと文献A・Eは、ちょうど先述の〔グループⅠ〕に当たる。さらに、二で話題としなかったF『関帝事蹟徴信編』の「本伝」篇は正史『三国志』関羽伝とほぼ同文であった。よって、文献Fも史実に忠実な文献である。〔グループⅠ〕に文献Fを加えた四文献は、俗説を排し歴史的な正確さを旨としたいわば「まじめ」な文献といえる。これらの編纂者の関帝信仰に対する態度は比較的冷静といえよう。文献Cが載せる「秉燭達旦」も俗文学に起源を持つものではないから、「まじめ」なエピソードとみなせる。

一方、残った三つの文献、B『関聖帝君聖蹟図誌全集』・D『聖蹟図誌』・G『関帝全書』は〔グループⅡ〕に属する。これらの文献には次のような特徴があった。

①王朱旦「祖墓碑記」に基づく「関帝聖蹟図」を収録し、「関帝聖蹟図」に基づく説を「本伝」篇に採用している。王朱旦が贋作の疑いが濃い巨甎を根拠にしていたことは先述の通りで、文献B・D・Gは出処の怪しい説も盲信して取り込んでいるといえる。

②小説『三国志演義』を中心に、俗文学の影響を多く受けている。特に、文献Dの「本伝」篇は『三国志演義』の影響が強い。

しかし、これら三つの文献の中にも序文において先行文献の誤りを正すという方針が示されているものがある。ということは、編纂者にとって、「本伝」篇において誤りを正すこととは、関帝に関する言説をできるだけ取り込むことだったのだろう。ただし、あくまでも編纂者にとっての関帝のイメージにふさわしいものだけである。逆にイメージを損なうものは入れていない。例えば、関帝が故郷から出奔した時、関帝の父母は井戸に身を投げて死んだという伝説もあったようだが、親を死に追いやったという話は関帝のイメージを損なう。そのため、人々はなるべくこのエピソードには触れないようにしてきたようだ[35]。これらの文献にもこのエピソードは採られていない。ともあれ、関帝に関する言説をできるだけ取り込むという姿勢は、これら三文献の編纂者が熱烈に関帝を信仰していたことを物語っていよう。

一口に「関帝文献」の「本伝」篇といっても、関帝信仰に対して冷静な態度で編纂された史実に比較的忠実なものと、関帝に対する熱烈な信仰心をもって編纂され、関帝に関する言説をできる限り取り込んだものとに大きく二極分化している。序文に示された編纂方針は「本伝」篇においてかように反映されていた。本節で明らかになった両グループの方向性の違いは、「関帝聖蹟図」が収録されているか否かからも分かるように、文献全体にも及んでいるといえそうだ。関羽／関帝自らの手になるという詩文等を集めた「翰墨」篇の有無もこれを裏付ける。「翰墨」篇については第三節で検討することとし、次節ではもう少し「本伝」篇について考えたい。

注

（1）A『漢前将軍関公祠志』では「本伝志」、B『関聖帝君聖蹟図誌全集』では「本伝考」、D『聖蹟図誌』では「帝君本伝」となっている。F『関帝事蹟徴信編』では「伝」とし、その後に「三国志蜀書本伝」とある。他は「本伝」と題する。

（2）B『関聖帝君聖蹟図誌全集』・G『関帝全書』では「翰墨考」、C『関聖陵廟紀略』では「翰墨」、D『聖蹟図誌』では「聖帝遺訓」「聖帝翰墨」となっている。尚、A『漢前将軍関公祠志』・E『関帝志』・F『関帝事蹟徴信編』には相当する篇がない。詳しくは第三節で述べる。

（3）吾州舊有關公集、刊刻非一次矣。蒐集間多鄙俚、詮次亦頗舛乖。

（4）其見於稗官野史之不足信、抑陋而無文者則削去之。

（5）考先是元胡光瑋・明呂涇野・趙新盤及國朝張運青諸君子代有輯書、但或畧而未備、且歴年久遠、槧本亦復殘缺。遂於公餘之暇、悉心採輯、加以管見、與郡孝廉喬君壽愷、參互而考訂之、集成四卷。

（6）海昌周子耕厓・武原崔子秋谷、素嚴事神而懼流傳者之多訛也。於是廣捜博采而務別白之。

（7）D『聖蹟図誌』巻一「蒐采群書」において編纂者の葛崙は、「淮陰盧湛、字滄深、鏤圖以昭聖蹟、其所采源委云云。崙較其撰述、闡幽發秘、因踵其事而葺之。竊嘆滄深好古、能體聖心也」と述べ、「弁言」（序文）では、「爰是、取總河于公所刻舊圖、鐫若干頁、裝潢成帙」と述べる（「總河于公」は、B『関聖帝君聖蹟図誌全集』に序文を寄せた河道総督の于成龍を指す。よって、「總河于公所刻舊圖」とは、Ｂ『関聖帝君聖蹟図誌全集』のことである）。

（8）『清朝文献通考』巻一百五・『清朝通典』巻五十、および『清史稿』礼志三によれば、乾隆帝は乾隆四十一年（一七七六）七月に関帝／関羽の諡を「壮繆」から「忠義」に改めている。しかるに、Ｆ『関帝事蹟徴信編』の初刊は乾隆四十年（一七七五）である。蓋し重刊された時に諡が改められたのであろう。

（9）本書では、本文対比のための引用には原則として訳を付さない。

（10）数十幅からなる図と、各図に附した説明の文字とによって関帝の生涯を表現したもの。「関帝聖蹟図」については第三章で詳述する。

（11）Ｄ『聖蹟図誌』も「関帝聖蹟図」を収めており、関帝の出身地を「解梁常平村寶池里」とする。

（12）常平下馮邨、即侯故居、今建廟。

（13）將軍姓關名羽、河東解梁人。（『全唐文』巻六八四）

（14）Ｂ『関聖帝君聖蹟図誌全集』・Ｇ『関帝全書』等に収録される。

（15）祖父は名を審、字を問之、号を石磐といい、父は名を毅、字を道遠というと記す。

（16）このあたりの事情については、大塚秀高「関羽の物語について」（『埼玉大学紀要』三〇、一九九四年）に詳しい考証がある。

（17）例えば、湖北省群衆芸術館編、江雲・韓致中主編『三国外伝』（上海文芸出版社、一九八六年）には、「関公的鬚与臉」（一一頁）、「関公出世的伝説」（一六頁）が収録されている。

（18）因本縣官員、貪財好賄、酷害黎民、將縣令殺了、亡命逃遁、前往涿郡。（本書では国立公文書館内閣文庫蔵『全相平話』所収『至治新刊全相平話三国志』に拠る。）

（19）因本處豪霸倚勢欺人、關某殺之、逃難江湖五六年矣。（嘉靖壬午本『三国志演義』巻一。羅貫中『三国志通俗演義』〔人民文学出版社、一九七四年〕に拠る。）

（20）備之未東也、陰與董承等謀反。至下邳、遂殺徐州刺史車冑、舉兵屯沛。

(21) 先主之襲殺徐州刺史車冑、使羽守下邳城、行太守事、而身還小沛。

(22) 先主之未東也、與獻帝舅車騎將軍董承等謀誅操。至下邳、聞操暗遣車冑謀殺先主。帝遂殺徐州刺史車冑。先主令帝守下邳、行太守事、自還屯小沛。

(23) 建安四年、　先帝與董承等受密詔、謀誅曹操。會操令　先帝邀袁術、大破之。　先帝駐軍徐州。操使徐州刺史車冑圖　先帝。　帝覺之、計誅冑、迎　先帝、定徐州。（G『関帝全書』の「本伝」篇では、関帝や劉備を表す語の前に空格がある。）

(24) 嘉靖壬午本巻五「関雲長襲斬車冑」。

(25) 五年正月、操自將擊昭烈。昭烈奔袁紹。操攻拔下邳、得侯及昭烈妻子以歸、閉一室中、欲亂之、侯秉燭達旦。操義之。

(26) 五年春、操擊　先帝。　先帝奔紹、操獲　先帝眷屬。進攻　帝於下邳、以　帝歸。操以計陷　帝、　帝大節凜凜、操加敬焉。

(27) 金文京『三国志演義の世界』（東方選書、東方書店、一九九三年）一二三〜一三四頁（増補版〔二〇一〇年〕では一二六〜一三六頁）。

(28) 小川環樹「『三国演義』の毛声山批評本と李笠翁本」（『神田博士還暦記念書誌学論集』平凡社、一九五七年。のち小川環樹『中国小説史の研究』岩波書店、一九六八年）。

(29) 上田望「毛綸、毛宗崗批評『四大奇書三国志演義』と清代の出版文化」（『東方学』第百一輯、二〇〇一年）、および中川諭「上海図書館蔵『三国英雄志伝』二種について」（『新大国語』第三十号、二〇〇五年）、同「継志堂刊『三国英雄志伝』について」（『中国─社会と文化』第二十号、二〇〇五年）。

(30) 正史『三国志』によれば、于禁の七軍がおぼれたのは、関羽が堤防を決壊させたためではなく、長雨で漢水が氾濫したことによる（于禁伝・関羽伝など）。

(31) 関帝が死ぬ前の晩、夢に黒い衣を着た男が現れ、「私は北海の龍で、あなたのひげに附してあなたの勇猛さの手助けをしていました。今命数が尽きたのでお別れさせていただきます」と言った。翌朝、関帝のひげのうち、特に長い一本が落ちたというエピソード。

(32) 王朱旦「祖墓碑記」にも記される。
(33) 注(16)所掲大塚氏論文。
(34) ただし、張飛の字を「翼徳」とするなど、俗文学の影響から完全には脱し切れていない(C『関聖陵廟紀略』も同じ)。
(35) 注(16)所掲大塚氏論文参照。

第二節　「本伝」篇に見える特殊な事例

はじめに

前節では、本書で主要資料としている七種類の「関帝文献」に見られる「本伝」篇（関羽／関帝の伝記）の内容を比較検討して内容の違いを示すと共に、そこからうかがわれる、それらの違いが生ずるに至った原因、すなわちそれぞれの「関帝文献」の性格について探った。その結果、一口に「関帝文献」の「本伝」篇といっても、関帝信仰に対して冷静な態度で編纂された史実に比較的忠実なものと、関帝に対する熱烈な信仰心をもって編纂され、関帝に関する言説をできる限り取り込んだものとに二極分化していることが分かった。具体的にいえば、七種類の「関帝文献」のうち、A『漢前将軍関公祠志』・C『関聖陵廟紀略』・E『関帝志』・F『関帝事蹟徴信編』の「本伝」篇が前者に属し、B『関聖帝君聖蹟図誌全集』・D『聖蹟図誌』・G『関帝全書』の「本伝」篇が後者に属していた。前節では前者を〔グループⅠ〕、後者を〔グループⅡ〕と称した。

しかし、実は〔グループⅠ〕に属する文献の中には、〔グループⅡ〕に属する文献ですら載せていない、史実を超えた記載が存在することも事実である。それは関帝の認めた手紙の引用と、所謂「単刀会」に関する記載である。そこで、本節ではこれらについて検討し、かかる記載があっても前節で述べたことが揺るがないものであることを明らかにしたい。本節では〔グループⅠ〕に属する四文献、すなわちA『漢前将軍関公祠志』・C『関聖陵廟紀略』・E

『関帝志』・F『関帝事蹟徴信編』を検討対象とし、先に関帝の手紙について、次いで「単刀会」の記載について見ていく。中でも特にA『漢前将軍関公祠志』とE『関帝志』の二文献が本節の中心となる。

一、関帝の手紙

ここでは、「関帝文献」の「本伝」篇における関帝の手紙の引用について検討する。関帝の手紙を「本伝」篇中に引用しているのは、A『漢前将軍関公祠志』とE『関帝志』の二文献である。A『漢前将軍関公祠志』では一通、E『関帝志』では三通が引用されている。

（一）A『漢前将軍関公祠志』の「本伝」篇に見える関帝の手紙

A『漢前将軍関公祠志』の「本伝」篇に見える関帝の手紙は、一時的に曹操に降っていた関帝が、曹操陣営を去るにあたり、曹操に宛てたものである。

ひそかに思いますに、日は天上にあり、心は人の内にあります。日は天上にあって、あまねく天下のいたる所を照らします。心は人の内にあって、真心を表します。真心とは、信義です。某は以前、投降した日に、「主（劉備）が亡くなっていたら（曹操殿を）輔佐します。主が生きていれば（主のもとに）帰ります」と申しました。新たに曹操殿のご厚情を受けることになりましたが、久しく劉備殿の君恩を蒙ってきました。丞相（曹操）の新たな恩と、劉備殿との昔からの義と。恩はお返しすることができますが、義は断つことができません。いま主が

（袁紹に）身を寄せたことを、某はすでに知っております。主の姿を望んではその像を作ったりしておりますが[1]、主の足跡を探し求めるには手柄が必要です。顔良を白馬にて刺し（殺し）、文醜を南坡にて誅したことで、丞相のご厚恩は、すべてお返ししました。つねに賜ったものを留めておき、ことごとく蔵に封をしてしまってあります。伏してお慈悲をたまわらんことを。ご高覧を願います[2]。

正史『三国志』関羽伝には、関羽が曹操のもとを去るにあたり、曹操に手紙を認めて暇を告げた、とある[3]。しかし、その手紙の内容は『三国志』の本文や裴松之注には見えない。また、『文選』や『古文苑』といった詩文集にもやはり関羽の手紙は見えないが、清・厳可均による『全上古三代秦漢三国六朝文』では、『全後漢文』巻九十四に関羽のこの手紙を載せる（字句に異同はある）。厳可均はこの手紙について、後人の偽作と断じている[4]。

この手紙が後人の偽作であることは間違いない。文中に「文醜を南坡にて誅した」とあることが、それを最も端的に示していよう。関羽が文醜を誅したことは正史『三国志』に見えない。『三国志』武帝紀によれば、関羽は顔良との戦いには参加しているが、曹操が文醜を討ち取った戦いには参加していない[5]。関羽伝には関羽が白馬で顔良を刺し殺したことだけが記され、文醜を斬ったとは書かれていない[6]。

関羽が文醜を斬った話は、小説『三国志演義』（嘉靖壬午本では巻六）や、『三国志演義』に先行する『三国志平話』の巻中に見える。「関雲長千里独行」「単刀会」など雑劇でもこのことに触れている。また、これらの俗文学作品よりもさらに早い南宋・洪邁『容斎続筆』巻十一「名将晩謬」にも、「関羽は自ら袁紹の二将顔良・文醜を大軍の中で殺した[7]」とある。関羽が文醜を斬ったという話は、南宋の頃にはすでに流布していたようだ。

また、「日在天之上、心在人之内。日在天之上、普照萬方。心在人之内、以表丹誠（日は天上にあり、心は人の内にあります。日は天上にあって、あまねく天下のいたる所を照らします。心は人の内にあって、真心を表します）」の六句は、『太上大聖朗霊上将護国妙経』に見える「日在天中、心在人中。日在天中、普照萬方。心在人中、不容一私（日は天にあって、心は人の中にある。日は天にあって、あまねく天下のいたる所を照らす。心は人の中にあって、少しの不正も容認しない）」[8]に拠るものであろう。この『太上大聖朗霊上将護国妙経』は関帝に仮託した最初の道教経典であり、成立は元代と思しい[9]。この手紙を偽作するにあたって、関帝に仮託した道教経典を参照し、その文句を借りたとしても何ら不思議ではない。

それでは、A『漢前将軍関公祠志』の載せる関帝のこの手紙はいつ頃から見られるようになったのか。明の周憲王朱有燉（一三七九〜一四三九）の手になる雑劇「関雲長義勇辞金」[10]にはこの手紙が見えている（字句に異同はあるがほぼ同内容）。ただし、手紙には「文醜を南坡にて誅した」とあるにもかかわらず、劇中の関羽は顔良を討ち取るだけで、文醜を誅する場面はない（文醜は登場すらしない）。よって、作者はこの手紙をどこかから引用したと見るのが妥当だろう。

「関帝文献」の嚆矢は元の胡琦が編纂した『関王事蹟』（五巻。至大元年（一三〇八）刊）である。明の張寧による成化七年（一四七一）重刊本が北京大学図書館に蔵されている。その巻一「実録上」[11]において、関羽／関帝が曹操のもとを辞去した件の割注に、「雲長が曹操に別れを告げた手紙について、予はそのもととなったものを荊門市（湖北省荊門市）の旧友の家で得た。その文章の意味を考えるに、漢の時代の文章のようではない。思うに後人がなぞらえて書いたのであろう。ここには載せない」[12]とある。ここにある「予」とは元の胡琦のことではあるまい。なぜなら、成化七年重刊本では、胡琦の語の前には「胡氏曰」とあるからである。よって、「予」は重刊本の編者のことであると考えるのが妥当であろう。編者によって後人の偽作と判断されているが、成化年間に関羽／関帝が曹操のもとを去る時に認めたとされる手紙が伝わっていたことは分かる。『関王事蹟』の成化七年重刊本が収載しなかったため、その内容は分からないが、おそらくA『漢前将軍関公祠志』や雑劇「関雲長義勇辞金」のものと同じであろう。なぜなら、さらに後の時代の地方志である『解州志』にも、A『漢前将軍関公祠志』などと同じ手紙が見えるからである。

呂柟撰『解州志』十二巻[13]は、嘉靖四年（一五二五）の序を持つ。その巻八「人物世伝前第十八」には「州関氏世伝」を載せ、そこに関羽の伝記も見える。『解州志』の関羽の伝記では、関羽が曹操のもとを去る際に手紙を認めて暇を告げたと記した後に割注があり、手紙の全文を引用する。その内容はA『漢前将軍関公祠志』や「関雲長義勇辞金」と全く同じである。

これらをまとめると次のようになる。後人が道教経典『太上大聖朗霊上将護国妙経』も参照して偽作したと思しきこの関帝の手紙は、明代前期にはすでに存在して伝わっていた。朱有燉はこれを雑劇「関雲長義勇辞金」の中で引用した。『関王事蹟』の成化七年重刊本は内容こそ伝えないものの、やはり関羽／関帝の手紙とされるものが存在したことを記す。嘉靖四年の序を持つ『解州志』は関羽の伝記の注でこの手紙の全文を載せる。明代前期に雑劇という俗文学に引用された関羽の手紙は、後人の偽作であることを疑われつつも、嘉靖年間には地方志という史部の書籍に入り込んでいったのである。

（二）　E『関帝志』の「本伝」篇に見える関帝の手紙

E『関帝志』では、三通の手紙を引用している。このうち二通は曹操に宛てたもの、一通は陸遜に宛てたものである。一通めから順に見ていくことにする。

一通めは曹操に降って厚遇された後、曹操に宛てて書かれたものである。曹操には絶対に服さないという関羽／関帝の堅い意志が強く表れている。

劉豫州（劉備）はこう言いました。尉佗[14]は秦の小役人にすぎなかったが、それでも堂々と独立した、と。某は鳥が飛びながら鳴くように名を上げて、時を得た出処進退を心がける所存です。どうして甘んじて人の下で志を終えましょうか。殿（曹操）の威光と恩徳が天下にゆきわたって、漢室を盛り返し、遠い土地や内外が、殿の下についてその立派な徳義を受けるようにさせるのは、某だけです[15]。

二通めは曹操のもとを去る時に、曹操に宛てて書かれたものである。A『漢前将軍関公祠志』でも同じ場面に関帝の手紙が引かれていたが、それとは内容が全く異なる。

ひそかに聞くに、主が憂えば臣は恥じ、主が恥じれば臣は死す、と。さきに（某が）死ななかった理由は、旧主（劉備）の消息を知りたいと思ったがためです。いま旧主はすでに河北におります。この心は舞い上がり、気持ちはもう先に走り出しています。ただ殿（曹操）におかれましては何とぞ少しはお哀れみ下さい。後を追いかけて千里の道を行くのに、利害を計算したり、生死を考えたりするはずがありません。男女の奴隷や玉・絹織物といった賜り物は、心に刻みつけておきます。他日ねがわくは戦場で相まみえた時に、侯（曹操）より三舎退きましょう[16]。そのこころは（晋の）重耳が楚の成王に報いたようにしようと思うだけです[17]。

関帝の劉備に対する厚い忠誠心が迸っているとともに、義を重んずる姿勢も強く表れている。『春秋左氏伝』に典拠を持つエピソードが使われているのは、関羽が『春秋左氏伝』に造詣が深かったと正史『三国志』関羽伝の裴松之注に引く『江表伝』に記されているからである。[18]

以上の二通もA『漢前将軍関公祠志』に引かれた手紙と同様に、正史『三国志』やその注、および『文選』等の詩文集には見えない。また、『全上古三代秦漢三国六朝文』にも収録されない。しかし、明代になると、これらの手紙も地方志に収録されるようになる。

山西地方の地方志である『山西通志』は明代以降、たびたび編纂されている。そのうち最も早いものは成化十一年（一四七五）の『山西通志』十七巻であるが、[19]ここには関羽の手紙は一通も収録されない。これに続く嘉靖四十三年（一五六四）の序を持つ『山西通志』三十二巻（残二十七巻）[20]は巻二十四にA『漢前将軍関公祠志』が引く関羽の手紙と同じものを載せるが、E『関帝志』に引かれた手紙はいずれも見えない。その次に編纂された万暦年間の『山西通志』三十巻には、巻三十においてA『漢前将軍関公祠志』のものと共に、E『関帝志』が引く二通の手紙も載せている。[21]これら二通の手紙も明代後期には地方志という史部の文献に入り込んでいったことが指摘できる。

E『関帝志』に見える三通めの関帝の手紙は、呂蒙の後任となった陸遜から届いた着任挨拶に対する関帝の返信である。

将軍は西の領土の鎮めとして、呉の柱石となり、任地に着いて間もないにもかかわらず、ただちにこの老いぼれのことを思って下さった。心中にこの思いをおさめて、何とぞ共に王室を輔けていただきたい。目下小さな勝利を収めましたが、[22]どうして天の功を自分の手柄にしたりしましょうか。ただし、荊州は陸口と境を接しており、争いは昨日今日に始まったわけではありません。わが君（劉備）は公子（劉琦）の命にこたえ、丞相（諸葛亮）には曹操を破った勲功があります。（荊州は）もともと劉氏一族に属しており、呉の土地ではありません。阿蒙（呂蒙）にいたっては大義にかなうかを考慮せず、狡猾に西方をうかがっています。この老いぼれが呉軍を警戒しなければ、防ぎ止める術がありません。将軍は慨然として曹操が狡猾であることを憂いとしているから、奴が君をなみするさまを見て、不倶戴天の思いを抱いているに違いない。もし蜀を漢室の血筋として下されば、あるいは命がけで尽くすことができましょう。そもそも戦は荊州で起きていますが、目的は洛陽にあります。ただただ将軍にはこれをなされんことを。老いぼれの言葉は、光り輝く太陽のごとく誠実なものです。小さな手柄にうつつを抜かすことなく、最後には大義を全うされよ。(23)

この手紙の前に引用される陸遜からの着任挨拶状は、正史『三国志』陸遜伝に見えるものを節略したもので、それゆえ正史と同じく非常にへりくだった態度で関羽と任地が隣り合うことを喜んでいる。これは関羽の自尊心をくすぐって油断させるための策略なのだが、関羽は陸遜を信じてしまい、これが命取りになる。この関羽／関帝の返信も、陸遜の手紙を真に受けたがために、荊州支配の正当性を強調するとともに、大義のために本気で陸遜に協力を呼びかけている。

この手紙もこれまで見てきた関帝の手紙と同様に後人の偽作であるが、他の手紙とは状況が異なる。それはこの手紙が明の嘉靖年間から崇禎年間の人である呉従先の「擬関寿亭報陸遜書」(24)を下敷きにしていることである。文人が三国時代の人物に仮託して自分の意見を手紙の形式で表明する例は他にもあり、北宋の蘇軾は「擬孫権答曹操書」（『東坡続集』巻九）を著し、明の高啓は「擬劉封答孟達書」（『鳧藻集』巻五）を著している。劉海燕氏が「手紙は一種の代言体の形式によって後世の文人が関羽の心理状態を表すために非常に適した手段を提供した」と指摘しているように、(25)

関羽／関帝になり代わってその失態を弁解しようとする文人にとって、手紙は都合のいい形式であった。この点については次節で詳しく述べる。

ちなみに小説『三国志演義』では関羽は陸遜に返書を与えていないが、明の劉宣化が撰した万暦二十二年（一五九四）序刊本『鄧太史評選三国策』[26]巻八には、「関羽が陸遜の手紙に目を通すと、自らを（関羽に）託そうという気持ちがこもっていたので、心は大いに安らかになり、再び疑うことはなかった。関羽は返書を与え、その使者を手厚くもてなした」[27]とある。返書の文面は載っていないが、劉宣化の頭にあったのは呉従先「擬関寿亭報陸遜書」に基づくこの手紙だったかもしれず、万暦年間にはある程度知られていたのかもしれない。

二、「関帝文献」の「本伝」篇における「単刀会」

次に「関帝文献」の「本伝」篇における「単刀会」の記載について検討する。所謂「単刀会」とは、孫氏と劉氏による荊州争奪に起因した両軍司令官同士による会談であり、正史にも記されている。「単刀会」前後の事態の推移をまとめると次のようになる[28]。

建安二十年（二一五）、益州を領有した劉備に対し、孫権は荊州を渡すよう要求するも、劉備は先延ばしを図る。業を煮やした孫権は長沙・零陵・桂陽の三郡に役人を派遣するが、ことごとく関羽に追い払われる。その結果、両軍は益陽で対峙し、孫権と劉備も出陣して加勢する事態となった。この時、孫権側の軍事責任者である魯粛が、劉備側の軍事責任者だった関羽との会談を求めたわけである。その後、曹操が漢中に進入したため、益州を失うことを恐れた劉備は孫権と和解、荊州を分割し、西側の三郡が劉備に、東側の三郡が孫権に属することとなった。

正史『三国志』において、「単刀会」そのものに関わる記載は、魯粛伝とその裴松之注に引く『呉書』にのみ見られる。そして、「単刀会」の「本伝」篇における「単刀会」の記載もこれらが基礎になっている。ところで、前節において「関帝文献」の「本伝」篇の特徴によってグループ分けした時、史実に比較的忠実な文献を〔グループⅠ〕、必ずしもそうではない文献を〔グループⅡ〕に分類した。しかし、「単刀会」の場面に限っていえば、〔グループⅡ〕の文献は概ね史実に忠実であり、(29)〔グループⅠ〕に属する文献の中に史実と異なる記載が存在するものがあるという現象が見られる。詳しく述べると、〔グループⅠ〕の文献のうち、C『関聖陵廟紀略』の「本伝」篇の「単刀会」はやはり史実の域を出ない。F『関帝事蹟徴信編』の「本伝」篇は正史『三国志』関羽伝と同じなので「単刀会」の場面がない。ところが、A『漢前将軍関公祠志』とE『関帝志』の「本伝」篇における「単刀会」の場面には、史実を超える記載が存在するのである。

A『漢前将軍関公祠志』とE『関帝志』の「本伝」篇に見えるそれらの記載は、基本的に同じ内容である。ただ、E『関帝志』の方が若干節略されている。ここでは、A『漢前将軍関公祠志』の「本伝」篇における「単刀会」の記載を見ていくことにする。尚、行論の都合上、適度に分段して番号を附すが、原文は分段されていないことを断っておく。

魯粛は関公（関羽／関帝）と会談しようとしたが、諸将は異変があるだろうと疑い、行くべきではないと反対した。魯粛は、「今日の事態については、よく諭して言い聞かせた方がよい。劉備が我が国にそむき、是非がまだ決着していないのだから、関羽もどうして重ねて我々を侵犯しようとするだろうか」と言った。そこで(30)（1）関公に会見を求め、各々兵馬を百歩離れたところにとどめて、諸将軍だけ一振りの刀を携えて会談に赴いた。(31)

⑵
関公の諸将もまた関公に行かないよう勧めた。関公は、「今日の会談は、必ずや荊州のためである。魯粛は弁舌に長じているから、他の者では言いこめることはできない。しかも行かなければ、私がおそれていると見るだろう」と言った。諸将は兵を配置して行くよう要請したが、関公は、「兵が多ければ疑われる」と言った。とうとう刀一振りで魯粛を訪ねた。酒宴が酣になると、魯粛は言った[32]、⑶
「かつて豫州殿（劉備）と長坂にて会見した時[33]、豫州殿の軍勢は、一部隊にも満たず、計策は尽きて、志と勢いは打ち砕かれ、遠方に逃げ隠れようと考えていて、とても今のような境遇になるとは考えられなかった。我が主（孫権）は豫州殿の居場所のない身の上に同情され、土地や士民の力を惜しまずに、身をかばう場所を保有させてその災難を救われた。しかるに豫州殿は自分の立場だけを考えてわざとらしくつくろい、道徳に反して友好を損なわれた。今すでに益州に拠りどころを得たにもかかわらず、荊州の土地を切り取って併呑しようとしている。これは凡夫ですら行なうに忍びない所業であろうに、ましてや人民を統治する君主においては言うまでもないではないか。某は欲張って義を棄てれば、必ず災いのもととなると聞いている。あなたはまさに重任を帯びながら、これまで道を明らかにして分限をわきまえ、義によって時勢に応じることができず、弱い軍勢を恃みとして、武力で争おうとしている。不義の出兵をすれば士気が低下して必ず失敗するというのに、何によって成功を得ようというのか」と[34]。⑷
関公がまだ答えないうちに、部将の周倉が、目を怒らしてかっと睨みつけ、剣を抜いて言った[35]、⑸
「烏林の役（赤壁の戦い）では、左将軍（劉備）は軍中に身を置き、力を合わせて敵を破られた。無駄に骨を折って、一かたまりの土くれもないのに、貴殿がやって来て土地を取り上げようということがあっていいものか[36]。

⑥

某めは、人の手柄を記憶に留め、人の過ちを忘れる者が、君主たるべしと聞いている。将軍はただ荊州は貸すべき、返すべきということのみを知り、魏を破った手柄は賞すべきということをご存じない。将軍のためによくないとひそかに考える。[37]⑦

さらに土地は、ただ徳（のある者）のみが存在するところであって、どうしていつまでも所有できようか」と。

魯粛は激しい口調で叱りつけて[38]⑧

「こやつは何者じゃ。わしはそなたの主と話しておるのに、そなたはどうして不遜な態度をとるのか。そなたが樊（噲）将軍たりえようか」と言った。（周倉は、）「樊将軍となるのもどうして難しいことがあろう」と言った。[39]

⑨

関公は刀を持って立ち上がり、「これはもともと国家のことであるから、この者に何が分かろう」と言った。（関公は）目で合図して周倉を立ち去らせた。[40]⑩

（関公は）落ち着き払って魯粛に、「昔（前漢の）高祖は秦の暴政を除いて帝業を打ち立て、（後漢の）光武帝は新の乱を駆逐して漢朝を再興された。豫州殿自らが帝室の血筋であることは、貴殿の知っている通りだが、天下が乱れていることにより、死力を尽くし何度も戦って一州を保有した。これはわずかな土地であり、領地としても分に過ぎたものではない。まして天子の存亡がまだ分からないのに、討虜将軍（孫権）はなすところなく江東の軍民を擁しておられるが、このことにどうして手柄と徳行があろうか。ご先祖はおごそかに君主の位につくことができたが、中原の乱れに乗じ、それによって土地を切り取ったに過ぎない。天命がまだ改まっていないのだから、わずかな土地といえどもすべて漢のものであるゆえ、私は久しく貴殿を攻めて呉全体を取ろうとしなかったのに、貴殿はまた私から三郡を取ろうとしている。これは私の解せないことである」と言った。魯粛は答えることができず、おじぎをして別れた[41]。（⑪）

引用が長くなったが、各段について見ていくと、②⑧⑩は『三国志』魯粛伝にもとになる記載がある。①④⑥は魯粛伝の裴松之注に引く『呉書』に由来する（ただし、⑥の周倉の言葉は、本来は関羽の言葉である）。もっとも、『資治通鑑』や『資治通鑑綱目』も、すでに魯粛伝本文と『呉書』の記載とを織り交ぜて「単刀会」の様子を描写しているから、以上に引いた「単刀会」の記載が直接に基づいたものはむしろ『通鑑』系の書物であろう[42]。

問題は、③⑤⑦⑨⑪である。③は魯粛の招きに応じようとして配下に反対されるという件だが、『三国志演義』に同様の場面があるものの、内容は大きく異なる。⑤⑦は歴史上存在しない周倉に関わるが、『三国志平話』や雑劇、『三国志演義』にはもとになるような叙述やセリフは見当たらない。⑪についても『三国志平話』や雑劇、『三国志演義』にこのような関羽の反論は見られない。『三国志』魯粛伝やその注に引く『呉書』においては、この会談で優勢だったのは魯粛であり、関羽は反駁できなかった。

先述の通り、Ｅ『関帝志』の「本伝」篇における「単刀会」の記載も基本的にＡ『漢前将軍関公祠志』と同じであり、やはり⑪の関羽／関帝の言葉も見える。洪淑苓氏は、Ｅ『関帝志』について全面的に検討を加えた「文人視野下的関公信仰——以清代張鎮《関帝志》為例[43]」の中で、この⑪を張鎮自らの筆になるものと推測している。しかし、すでにＡ『漢前将軍関公祠志』に⑪が見える以上、この推測は正しくない。それでは、Ａ『漢前将軍関公祠志』の編纂に携わった趙欽湯、あるいは焦竑の手になる文章か。これも否である。

その答えはＦ『関帝事蹟徴信編』に書かれていた。Ｆ『関帝事蹟徴信編』巻二十三「考弁三」の「単刀会語」には、劉宣化『三国策』からの引用として、先に見たＡ『漢前将軍関公祠志』の「単刀会」の場面とほぼ同じ文章が引かれている。そこには⑪のみならず、③⑤⑦⑨も見える。よって、Ａ『漢前将軍関公祠志』、あるいはＥ『関帝志』の「単刀会」は『三国策』に由来するもののようだ。『三国策』とはいかなる文献なのであろうか。

『千頃堂書目』巻十三「兵家類」には「劉宣化『三國策』十二巻」とあり、[44]前田育徳会尊経閣文庫には明・劉宣化『鄧太史評選三国策』十二巻（万暦二十二年（一五九四）序刊本）が蔵されている。劉宣化が自序で「『三国策』は『戦国策』を継いで著したものである」[45]と言っているように、『鄧太史評選三国策』は三国の政治と軍事に関わる事柄を魏・呉・蜀にそれぞれ分け、さらに君主ごとに年代順に記しており、[46]その形式は確かに『戦国策』に似ている。

「単刀会」については、巻十一「蜀先主二」の「魯粛召羽欲会語章」に記されている。その文字はＦ『関帝事蹟徴信編』の引用よりもＡ『漢前将軍関公祠志』に近い。万暦二十二年（一五九四）の序を持つから、その成書もＡ『漢前将軍関公祠志』より早く（序章参照）、やはりＡ『漢前将軍関公祠志』が『三国策』を参照したと見て間違いなさそうである。Ｅ『関帝志』はＡ『漢前将軍関公祠志』を踏襲したと思われる。

『三国策』の「単刀会」の描写は、周倉が活躍しているところから、戯曲や説唱文学等の俗文学に起源を持つものであろうことは想像に難くない。ただ、たとえそうであっても、『三国策』自体は俗文学ではない。『三国策』を所蔵する前田育徳会尊経閣文庫の『尊経閣文庫漢籍分類目録』では、これを「史部」の「戦史将伝附策略類」に分類している。[47]『尊経閣文庫漢籍分類目録』は通常の四部分類とは異なる特異な分類方法を採っているため注意を要するもの[48]の、『中国古籍善本書目』でもこれを「史部」の「史抄類」に分類する。[49]また、劉宣化は『戦国策』に倣って著したわけだが、『四庫全書』では『戦国策』を「史部」の「雑史類」に分類し、『中国古籍善本書目』ではこれを『三国策』と同様に「史部」の「史抄類」に分類している。『千頃堂書目』は『戦国策』を「兵家類」に分類しているので子部とみなしているのかもしれないが、『尊経閣文庫漢籍分類目録』『中国古籍善本書目』や、『戦国策』の『四庫全書』における分類に鑑みて、『三国策』は史部の書とみなしてよいだろう。

おわりに

本節では、「関帝文献」のうち、前節で〔グループⅠ〕に分類した文献の「本伝」篇中に、実は史実を超えた記載も存在することを指摘し、それらの記載について検討してきた。まず、関帝が認めたとされる手紙は、引用された計四通のうち、三通はそれらを載せるA『漢前将軍関公祠志』とE『関帝志』の成書以前に地方志に収録されていたことを、残る一通については文人が関羽／関帝に仮託して書いたものが基になっていることを確認した。また、A『漢前将軍関公祠志』とE『関帝志』では、所謂「単刀会」の記載においても、史実を超える内容が見られたが、これら二文献の「単刀会」の場面は、劉宣化『三国策』からの引用であった。

前節において〔グループⅠ〕に分類した「関帝文献」の「本伝」篇は史実に比較的忠実なはずであった。かかる記載の存在は一見これに矛盾するかのように思われる。しかし、これらの記載の多くはA『漢前将軍関公祠志』やE『関帝志』の成書以前に、地方志、あるいは『戦国策』を模倣した『三国策』といった史部の書に見えている。たとえ俗文学に起源を持つものがあったとしても、史部の文献の中にすでに入り込んでいる。史部の文献に見える以上、A『漢前将軍関公祠志』やE『関帝志』の編纂者はこれらを史実とみなしていただろう。だから「本伝」篇に採用したのではなかろうか。少なくとも戯曲や小説など「不まじめ」な俗文学からの引用ではない。文人が関羽／関帝に仮託して書いた手紙も俗文学ではない。だからそれに基づいた手紙も採用されることになった。それらは、C『関聖陵廟紀略』が史実ではない「秉燭達旦」のエピソードを『資治通鑑』系の書物から「本伝」篇に採用しているのと同じことである（前節参照）。よって、〔グループI〕に属する「関帝文献」の「本伝」篇はやはり史実（と編纂者が考えるもの）に比較的忠実であり、少なくとも俗文学ではないものから取り込むという態度を採っているといっていい。それは前節で述べたように、関帝信仰に対する冷静な態度ということでもある。

注

（1）原文は「望形立相」だが、意味が取りにくい。F『関帝事蹟徴信編』巻十二「軼聞」に、「『相』、一作『像』」という注があるので、こちらに従って訳した。

（2）切以、日在天之上、心在人之内。日在天之上、普照萬方。心在人之内、以表丹誠。丹誠者、信義也。羽昔受降之日、有言曰、「主亡則輔、主存則歸。」新受曹公之寵顧、久蒙劉主之恩光。丞相新恩、劉公舊義。恩有所報、義無所斷。今主之托、羽以知。望形立相、覓迹求功。刺顔良於白馬、誅文醜於南坡、丞相厚恩、滿有所報。毎留所賜之物、盡在府庫封緘。伏望台慈。俯垂鑒照。

（3）及羽殺顔良、曹公知其必去、重加賞賜。羽盡封其所賜、拜書告辭、而奔先主於袁軍。

（4）案此後人所依託。（中華書局、一九九九年版〔一九五八年初印〕に拠る。）

（5）二月、紹遣郭圖・淳于瓊・顔良攻東郡太守劉延于白馬、紹引兵至黎陽、將渡河。夏四月、公北救延。……公乃引軍兼行趣白馬、未至十餘里、良大驚、來逆戰。使張遼・關羽前登、擊破、斬良。……紹於是渡河追公軍、至延津南。公勒兵駐營南阪下、使登壘望之、曰、「可五六百騎。」有頃、復白、「騎稍多、歩兵不可勝數。」公曰、「勿復白。」乃令騎解鞍放馬。是時、白馬輜重就道。諸將以爲敵騎多、不如還保營。荀攸曰、「此所以餌敵、如何去之。」紹騎將文醜與劉備將五六千騎前後至。諸將復白、「可上馬。」公曰、「未也。」有頃、騎至稍多、或分趣輜重。公曰、「可矣。」乃皆上馬。時騎不滿六百、遂縱兵擊、大破之、斬醜。

（6）紹遣大將顔良攻東郡太守劉延於白馬、曹公使張遼及羽爲先鋒擊之。羽望見良麾蓋、策馬刺良於萬衆之中、斬其首還、紹諸將莫能當者、遂解白馬圍。

（7）關羽手殺袁紹二將顔良・文醜於萬衆之中。（洪邁『容斎随筆』〔上海古籍出版社、一九九六年〕所収『容斎続筆』に拠る。）

（8）『続道蔵』所収。『正統道蔵』（芸文印書館、一九七七年）に拠る。

（9）任継愈主編、鍾肇鵬副主編『道蔵提要』修訂本（中国社会科学出版社、一九九五年）はこの経典の成立を北宋末から南宋初とするが（一一四五頁）、蔡東洲・文廷海『関羽崇拝研究』（巴蜀書社、二〇〇一年）は文中に元代の官名があることを根拠にこの経典の成立を元代とする（九四頁）。今はこの説に従う。

（10）本書では周貽白選註『明人雑劇選』（人民文学出版社、一九五八年）に拠った。

（11）「実録」は関羽／関帝の伝記であり、本書でいう「本伝」篇に当たる。『関王事蹟』では巻一と巻二に「実録」を載せる。

（12）雲長辭曹書、予得其本於荊門故人家。考其文義、不似漢時文字。蓋後人擬而作之也。茲不錄。

（13）東洋文庫所蔵本を用いた。

（14）尉佗とは、秦末から漢初にかけて今の湖南省南部・広東省・広西チワン族自治区・ベトナム北部にわたる地域にあった南越国を建てた趙佗のこと。秦の時、南海郡の尉だったので、尉佗とも呼ばれる。

（15）劉豫州有言、尉佗秦之小吏耳、猶獨立不詭。某啞啞飛鳴、翔而後集。寧甘志終於人下也。使明公威德布於天下、斡旋漢鼎、窮海内外、將拜下風沐高義矣、獨某乎哉。

（16）三十里を「一舎」といい、これは軍隊の一日分の行程にあたる。「三舎」で九十里、三日分の行程を表す。晋の重耳が楚に亡命した際、楚の成王は彼を礼遇した。重耳は、成王のおかげで晋に帰れた場合、その返礼として、楚軍と戦場でまみえた暁には、あなたを避けて三舎退きましょう、と言い、実際にその通りにした。『春秋左氏伝』僖公二十三年・二十八年に見える。

（17）切聞、主憂臣辱、主辱臣死。曩所以不死者、欲得故主之音問耳。今故主已在河北。此心飛越、神已先馳。惟明公幸少矜之。千里追隨、當不計利害、謀生死也。子女玉帛之貺、勒之寸丹。他日幸以旗鼓相當、退俟三舍。意亦欲如重耳之報楚成者乎。

(18) 正史『三国志』関羽伝裴注引『江表伝』に、「羽好『左氏傳』、諷誦略皆上口」とある。また、「関帝文献」の「本伝」篇でも、「好誦『左氏春秋』、略皆上口」（A『漢前将軍関公祠志』・E『関帝志』）、「好讀『左氏春秋』、諷誦略皆上口」（B『関聖帝君聖蹟図誌全集』）、「好讀『左氏春秋』」（C『関聖陵廟紀略』・D『聖蹟図誌』・G『関帝全書』）などと記す。

(19) 胡謐纂。中国国家図書館所蔵本に拠った。

(20) 周斯咸纂。東洋文庫所蔵景照本に拠った。

(21) 李維楨纂。中国科学院図書館選編『稀見中国地方志匯刊』第四冊（中国書店、一九九二年）に拠った。

(22) 漢水の氾濫を利用して于禁の七軍に勝利したことを指す（『三国志』関羽伝）。

(23) 將軍作鎭西藩、爲呉右臂、下車未遠、遽懷老夫。中心藏之、共奬王室、幸甚、幸甚。目前小捷、曷敢貪天之功。第荊州與陸口接壤、爲釁已非一日。寡君報公子之命、丞相有破曹之勳。舊屬宗盟、非呉土地。乃阿蒙不揆大義、狡然西窺。老夫不戒戎軍、而捍禦無術。將軍慨然以操猾爲憂、豈覦其簒逆、不共戴天。尚以蜀爲漢室宗冑、或能用命。抑事在荊、而指在洛。亦惟將軍爲之。老夫之言、誠如皦日。勿昵小功、終成大德。

(24) 朱一玄・劉毓忱編『三国演義資料匯編』（中国古典小説名著資料叢刊第一冊、南開大学出版社、二〇〇三年）五〇三頁。

(25) 書信以一種代言體的形式爲後世文人構擬關羽心態提供了一個十分恰當的載體。（劉海燕『従民間到経典――関羽形象与関羽崇拝的生成演変史論』（当代学人論叢、上海三聯書店、二〇〇四年）一三三頁。）

(26) 前田育徳会尊経閣文庫所蔵本に拠った。『鄧太史評選三国策』については後述する。

(27) 羽覽遜書、有自託之意、意大安、無所復嫌。羽報書、輒厚遇其使。

(28) 『三国志』先主伝・呉主伝・魯粛伝・呂蒙伝に拠る。

(29) G『関帝全書』に一部『三国志演義』に基づく表現が見られるが、後に引くA『漢前将軍関公祠志』の記載ほど史実の域を超えるものではない。

(30) 魯肅欲與公會語、諸將疑恐有變、議不可往。肅曰、「今日之事、宜相開譬。劉備負國、是非未決、羽亦何敢重欲干命。」乃

(31) 邀公相見、各駐兵馬百歩上、但諸將軍單刀俱會。

(32)　公諸將亦勸公勿往。公曰、「今日之事、必爲荊州。肅長於辯、非他人所能口折也。且不往、則見吾怯。」諸將請陳兵而往、公曰、「兵多見疑。」竟單刀詣肅。酒酣、肅曰、

(33)　建安十三年（二〇八）、赤壁の戦いの直前における劉備との会見を指す。この時、魯粛は劉備に孫権との同盟を提案した（『三国志』先主伝裴注引『江表伝』・呉主伝・魯粛伝）。

(34)　「往與豫州覲於長坂、豫州之衆、不當一校、計窮慮極、志埶摧弱、圖欲遠竄、望不及此。吾主矜愍豫州之身、無有處所、不愛土地士民之力、使有所庇廕以濟其患。而豫州私獨飾情、愆德隳好。今已藉手於西州矣、又欲翦并荊州之土。斯蓋凡夫所不忍行、而況整領人物之主乎。肅聞貪而棄義、必爲禍階。吾子屬當重任、曾不能明道處分、以義輔時、而負恃弱衆、以圖力爭。師曲爲老、將何獲濟。」

(35)　公未及荅、部將周倉、怒目裂眥、拔劍而言曰、

(36)　「烏林之役、左將軍身在行間、戮力破敵。豈得徒勞、無一塊土、而足下來欲收地耶。

(37)　臣聞、紀人之功、忘人之過、宜爲君者也。將軍但知荊州當借當還、不知破魏之功當賞。竊爲將軍不取也。

(38)　且土地者、唯德所在耳、何常之有。」肅厲聲呵

(39)　曰、「此何爲者。我與若主言、若安得不遜。若豈能爲樊將軍耶。」曰、「爲樊將軍亦何難。」

(40)　公提刀起曰、「此自國家事、是人何知。」目使之去。

(41)　從容謂之曰、「昔高帝除秦暴而創洪基、光武驅新亂而復舊物。豫州親帝室胄、君侯所知也、因天下亂、出死力百戰而有一州。此彈丸之地、即封土不爲過。況天子存亡未可知、而討虜坐擁江東之衆、此豈有功德在。先世儼然受南面之賞、不過乘中州擾亂、因而攘割之耳。天命未改、尺土皆漢有也、吾久不向足下取全呉、而足下更從吾取三郡。此吾所不解也。」肅不能荅、爲禮而別。

(42)　C『関聖陵廟紀略』の場合も同様であろう。

(43)　洪淑苓「文人視野下的関公信仰——以清代張鎮《関帝志》為例」（『漢学研究集刊』第五期、二〇〇七年）。

(44)　『景印文淵閣四庫全書』第六七六冊（台湾商務印書館、一九八五年）に拠る。

(45) 三國策者繼戰國策而作也。
(46) 南宋・鮑彪による『戦国策』の新注本は、各国の逸話が君主ごとに年代順に配列されている。
(47) 『尊経閣文庫漢籍分類目録』（尊経閣文庫、一九三四年）に拠る。
(48) 高山節也氏（二松學舍大学名誉教授）の指摘に拠る。
(49) 中国古籍善本書目編輯委員会編『中国古籍善本書目』（史部）全二冊（上海古籍出版社、一九九三年）に拠る。

第三節　「翰墨」篇に見える関羽／関帝の手紙について

はじめに

ここまで「関帝文献」の「本伝」篇について検討してきた。第一節において指摘したように、一口に「関帝文献」の「本伝」篇といっても、関帝信仰に対して冷静な態度で編纂された史実に比較的忠実なものと、関帝に対する熱烈な信仰心をもって編纂され、関帝に関する言説をできる限り取り込んだものとに大きく二極分化していた。それでは、この傾向は「本伝」篇以外にもあてはまるのだろうか。本節では「翰墨」篇に焦点を移し、特にそこに収められる関羽／関帝が認めたとされる手紙を検討の対象とする。ただし、これらの手紙が関羽／関帝自ら認めたものであることを示す資料は見出せない。よって、これらはいずれも後人の偽作と見ていい[1]。しかし、偽作であるからこそ、それらの分析を通して当時の人々の関羽／関帝に対する見方、および「関帝文献」の性格や編纂者の態度等を明らかにできよう。

序論でも述べたように、「関帝文献」研究の歴史は浅い。関羽／関帝の手紙についていえば、二十世紀末にそれに触れた研究もあるにはあるが、簡単な紹介にとどまる（先行研究の具体的な指摘については、後で手紙ごとに紹介する）。目下のところ、専ら関羽／関帝の手紙のみを論じた先行研究はない。それどころか、明らかに偽作であるこれらの手紙には研究する価値が全くないと断言する研究者もいるほどである。しかし、筆者はこれらの手紙にはまだ研究の余地が大いにあると考える。前述の通り、それらは関帝信仰の一端を明らかにするためのカギとなりうるからである。

本書で扱う七種の「関帝文献」における関羽／関帝の手紙の収録状況は次の通り。

A『漢前将軍関公祠志』 一通
B『関聖帝君聖蹟図誌全集』 七通
C『関聖陵廟紀略』 五通
D『聖蹟図誌』 七通
E『関帝志』 三通（このほか「考弁」篇に編纂者張鎮による「与曹操書考弁」を収める）
F『関帝事蹟徴信編』 七通
G『関帝全書』 九通

これら七種の文献のうち、G『関帝全書』が最も多い九通の手紙を収録する。その九通には文献A～Fに見える手紙が全て含まれる。そこで、以下、G『関帝全書』が収める手紙それぞれについて、その内容・出処、および後人の評価等について見ていく。

一、G『関帝全書』が収録する関羽／関帝の手紙

G『関帝全書』は編纂者が関帝に対してこの上ない崇敬の念を抱いて編纂した「関帝文献」である。その内容は

「本伝」「翰墨考」「封爵考」「聖蹟図誌」「霊験事蹟」などのほか、「桃園明聖経註釈」「忠孝節義真経」「忠義経註釈」「覚世真経註証」「功過格」「戒士子文註証」など善書とその注釈も含む（「本伝」「翰墨考」「聖蹟図誌」が本書でいうところの「本文」篇・「翰墨」篇・「関帝聖蹟図」に当たることはいうまでもない）。編纂者が関帝に関する資料を極力博捜し、それらを全て文献中に取り込んだことが見て取れる。

関羽／関帝の手紙についてもこのG『関帝全書』の特徴は現れている。文献AからGまでの七種の「関帝文献」のうち、手紙の収録数が最も多いのがこのG『関帝全書』であり、合計九通の関羽／関帝の手紙を収めているからである。以下、それぞれの手紙の内容・出処・後人の評価等について見ていく。

1、「与張桓侯書（張桓侯に与ふる書）」

曹操の悪だくみは様々であり、某でなければその智によって束縛されてしまって、どうして今日があっただろうか。将軍（張飛）は某を責めるが、これは某を知らないというものである。某は社稷が危機に陥り、兄者に味方がいない状況でなければ、三尺の剣によって将軍に答え、某が後日黄泉において恥じることがないようにするだろう。三たび翼徳将軍にたてまつる。死罪、死罪。(2)

「桓侯」とは張飛の諡号である。蕲陽子氏は、この手紙は関羽が許都から戻って来て張飛と再会した時、張飛の彼に対する誤解を解くために認めたものであると推測し、(3)田福生氏は、伝説によれば、関羽が張飛と会う前、張飛は関羽が曹操に降って義兄弟の誓いを忘れたと思い、武力に訴えようとしていたので、関羽が彼に手紙を認めて心の内を表したと述べている。(4)しかし、史書には張飛が曹操に降った関羽に対して疑いを抱いたという記載はない。このエピソードは『三国志演義』を代表とする民間の「三国志」物語に見えるものである。(5)この手紙が関羽自ら認めたものではなく、後人の偽作であることが分かる。また、張飛の字は本来「益徳」であるのに（『三国志』張飛伝）、この手紙では「翼徳」となっている。民間に起源を持つ「三国志」物語を題材とした多くの作品では張飛の字を「翼徳」とする。(6)よって、この手紙はこれらの作品の影響を受けた者の手になるものに違いない。さらに、文中で劉備を「兄者（仁兄）」と呼んでいることから、この手紙を偽作した人物はきっと「桃園結義」を史実と信じていたのだろう。しかし、周知の如く、史書には劉備・関羽・張飛が「桃園結義」をしたことは記されていない。(7)

B『関聖帝君聖蹟図誌全集』の編纂者である盧湛はこの手紙に対して按語をつけている。彼はまず「この手紙は米南宮（米芾）の書である。中翰（内閣中書の別称。内閣の様々な業務を掌る）の呉林がこれを手に入れた。太史の焦竑が（北京の）正陽門関帝廟に刻したいと頼んだが、中翰は真跡を人に見せずに大切にしていたので、そこで刺史の鄧文明に意をもってこれを臨書させ、石に刻させた(8)」という清・周亮工の言葉を引いた後、「今この手紙を見るに、正々堂々として素朴で慎み深く、偽作であるはずがない。そして南宮の真筆であることも、必ず確かに証拠があって、疑いはない。特に採録した(9)」と述べる。盧湛はこの手紙が「偽作であるはずがない」から、自ら編纂した「関帝文献」に採録したのである。彼がいかに関帝を盲信していたかが分かる。D『聖蹟図誌』の編纂者である葛崙は、「下邳で戦に敗れて、土山に包囲され、劉備夫人が敵営に捕らわれている中で、関帝がこの時すぐに死をもって殉じたら、虫けらと異なるところがあろうか。曹操に帰順するという一手は、深くて綿密な計略である。しかし、身を保つために気持ちを抑えて、自らは許都におり、主は河北にいるのに、公然と住まいを提供され下賜を受けたのだから、すでに大いに疑うべきである。ましてや曹操はずる賢いから、もちろんこっそりと離間を企んでこよう。桓侯の率直さは関帝に似ているため、いっそう甚だしく疑うことだろう。関帝は手紙によってこのことを述べているのである。潔い胸の内は、何と潔白なことか[10]」と述べており、彼もこの手紙は関羽／関帝が許都を離れた後に張飛に宛てて書いたものだと深く信じている。葛崙は文献D巻一の「蒐采群書」において、「淮陰の盧湛、字濬深は、図を刻して聖蹟を明らかにし、その採録の顚末をかくかくしかじかと述べている。私がその著述を調べたところ、奥深い真理を説き明かしているため、その事業を継承して修補した。濬深が古いものを愛し、聖人の心を実践できていることにひそかに感嘆するばかりである[11]」と述べていることから、B『関聖帝君聖蹟図誌全集』の編纂者である盧湛を非常に敬慕していたことが見て取れ、彼と盧湛がこの手紙を関羽／関帝が認めたものであると固く信じていることは決して偶然ではない。ただF『関帝事蹟徵信編』の編纂者である周広業と崔応榴だけは、当時の張飛は中郎将であって将軍ではないことを指摘するなど、冷静な態度でこの手紙が偽作であることを証明している。

2、「官渡与操書（官渡に操に与ふる書[12]）」

劉豫州（劉備）はこう言いました。尉佗は、秦の小役人にすぎなかったが、それでも堂々と独立した、と。某は鳥が飛びながら鳴くように名を上げて、時を得た出処進退を心がける所存です。どうして甘んじて小人の下で志を終えましょうか。殿（曹操）の威光と恩徳が天下にゆきわたって、漢室を盛り返し、遠い土地や内外が、殿の下についてその立派な徳義を慕うようにさせるのは、我ら兄弟だけです。仰ぎ見恐れつつ、再び申し上げます[13]。

この手紙は関羽／関帝が曹操陣営にいた時に曹操に送ったものと伝えられる。蘄陽子氏は、「この手紙は曹操と袁紹が官渡の戦いをしている期間に関羽が曹操に送ったもので、曹操が漢室を大いに支え、徳義を天下に広めることを希望している（後略）[14]」と述べる。この手紙について顔清洋氏は、この手紙の真偽を疑う人は少ないと指摘している。[15]しかし、前節でも指摘したように、この手紙は正史『三国志』の本文や裴注、および『文選』『全上古三代秦漢三国六朝文』等の詩文集には見えない。よって、この手紙も後人の偽作である。

しかも、その内容にも違和感がある。田福生氏はこの手紙の内容について、「関羽が期待するのは曹操が漢室を守護し、漢室に従わない諸侯を掃討して、徳を天下に広めることであり、さらに劉備集団の曹操に対するいっそうの敬服も表している[16]」と分析するが、たとえ偽作でも、これが関羽／関帝自ら認めたものだと信じさせる説得力が必要であろう。特に明清期においては、人々の心にある関羽像とは『三国志演義』を代表とする民間の「三国志」物語の中の関羽像である。しかし、この手紙の関羽／関帝は曹操に迎合しており、『三国志演義』の関羽像とは隔たりが大きい。これで関羽／関帝自ら認めた手紙だと信じさせることができようか。この点について田氏は、「関羽の真の意図は曹操を落ちつかせることによって、殺されるのを免れようとしたのである[17]」と解釈するが、『三国志演義』の「義」を何よりも重んじる関羽がこのような姑息な手段を採るだろうか。

ところが、明の辛全はこの手紙について、「この一段の胸の内、この一段の議論は、前漢の高祖・後漢の光武帝に向き合えるものであり、在世当時（の人々）を恥じ入らせるべきものであり、後世を照らすべきものである。これを読むと浩然の気が、なお筆と紙の間に立ちのぼっているのを感じる[18]」と評す。彼の関帝に対する盲信ぶりが分かる。

3、「与張遼書（張遼に与ふる書）」

魯仲連は東海の匹夫であり、斉の下士である。そうではあるが秦を帝とすることを恥じた。（そなたは）諸侯の地位にあり、漢の丞相に連なるのであるから、まさか漢に背かせることはできまい。そなたまずはやめよ。[19]

魯仲連は戦国斉の人で、節義を守ってどの国にも仕えず、秦の支配を受けるぐらいなら東海に身投げして死んだ方がよいと言った。もちろん、関羽／関帝は自身を魯仲連になぞらえていることになる。蘄陽子氏は、「この手紙は関羽が下邳で囲まれ、張遼が曹操の命を奉じて降服を勧めに来た時に、関羽が手紙を書き送って張遼に投降しない意志を示したものである[20]」と述べている。田福生氏も同様の見解を示した上で、「関羽と張遼は親友同士であるが、たとえ不利な軍事形勢の下でも、関羽は漢の朝廷を守るという政治的立場を変えていない。手紙の本質は張遼を教え導き、漢室に従わせることにある[21]」と指摘する。しかし、顔清洋氏は、見たところこの手紙は「『下邳三約』（『三国志演義』等民間の「三国志」物語に見える曹操に降服するにあたっての三つの条件）を出して降服する前にやり取りした談判の言葉である。少しでも史学の知識がある者であればすぐに偽作と分かる[22]」と指摘している。史書には曹操軍が関羽を下邳に包囲した時に張遼を派遣して関羽に投降を勧めたことは記されない（正史『三国志』武帝紀・先主伝・関羽伝はいずれも曹操が関羽を捕らえて帰ったと記すのみで、そこに張遼の名は見えない）。したがって、蘄氏と田氏の説は成り立たない。

F『関帝事蹟徴信編』の編纂者である周広業と崔応榴はこの手紙に対する按語の中で、「曹操は関聖帝君が手柄を立てて恩を返したので、立ち去ることを恐れ、張遼に親しくなだめさせた。関聖帝君は手紙を書いて張遼に答え、張遼を深く責めた[23]」という『関帝譜[24]』の語を引いている。史書には曹操が張遼を派遣して関羽に探りを入れたことが記される。『三国志』関羽伝には、「当初、曹操は関羽の人柄を尊敬していたが、関羽の心に長く（曹操のもとに）留まる気持ちが無いことを察し、張遼に向かって、『そなたが試しに真心をこめて関羽に尋ねてみよ』と言った。ほどなくして張遼が関羽に尋ねたところ、関羽はため息をついて、『私は曹公が私を厚遇して下さっていることはよく分かっています。しかし、私は劉将軍から厚恩を受け、共に死ぬことを誓っておりますので、彼に背くことはできません。私は最終的には（こちらに）留まることはありませんが、手柄を立てて曹公に報いてから立ち去るつもりです』と言った。張遼が関羽の言葉を曹操に報告したところ、曹操は関羽の姿勢を義にかなっていると評した[25]」とあるので、『関帝譜』の説は理にかなっているところがあるように見える。しかし、この手紙も正史『三国志』の本文と裴注、および『文選』『全上古三代秦漢三国六朝文』等の詩文集には見えず、やはり後人の偽作である可能性が高い。

内容面では、この手紙は関羽／関帝の絶対に曹操には従わないという決心を表している。Ｄ『聖蹟図誌』の編纂者である葛崙はこの手紙について、「『漢の丞相は漢に背くことはできない』という言葉は、奸雄の魂を奪い取ることができるものである。魯仲連は秦を帝とすることを認めず、東海に身を投げて死のうとした。その大いなる節義は関聖帝君のようであって、どうして下士であっても及ばないことがあろうか。『そなたまずはやめよ』という句は、言葉はおだやかであるが言わんとするところは厳しい。当時、張遼が曹操に従うよう関帝に勧めた時、耳障りな話が多かったのだろう[26]」と評している。文言に対する葛氏のこの分析については妥当といってよかろう。

4、「拝漢寿亭侯復操書（漢寿亭侯を拝して操に復する書）」

殿（曹操）が大義を天下に広めて、速やかに（政権を）取り自ら樹立することについては、某の知ろうとするところではありません。もしそれがなお漢であるならば、某が漢の臣でないことがありましょうか。進んで授爵の命を拝する辱めを受けましょう[27]。

正史『三国志』関羽伝によれば、袁紹が顔良に白馬を包囲させた時、「曹操は張遼と関羽を先鋒としてこれを撃たせた。関羽は遠くから顔良の車の指図旗と傘を眺めやり、馬にむち打ち（突進して）顔良を大軍の中で刺し殺し、その首を斬って馬首を返したところ、袁紹の諸将の中に太刀打ちできる者はなく、こうして白馬の包囲は解けたのだった。曹操はただちに天子に文書をたてまつり関羽を漢寿亭侯に封じた[28]」。当時、関羽が曹操にこのような手紙を送った可能性はあるが、やはり『三国志』の本文や裴注、および『文選』『全上古三代秦漢三国六朝文』等の詩文集に見えないため、後人の偽作に違いない。

この手紙がさらに違和感を覚えさせるのは、文中で関羽／関帝が曹操による天下の経営を承認せざるを得ないと表明しているように見えることである。このような態度は『三国志演義』を代表とする民間の「三国志」物語における関羽像とは異なる。このことについて、清の相欽抜は、「曹氏からのこの礼遇については、おのずと礼を失することはできない。功績を挙げて爵位を受けることに至っては、理の常である[29]」と理解を示す。D『聖蹟図誌』の編纂者である葛崙は関羽／関帝の肩を持って文中の一句ごとに、「前の三句には含みがあり、ひそかに老瞞（曹操）を抑えつけている。『もしそれがなお漢であるならば、漢の臣でないことがありましょうか』は、漢の天子を持ち上げており、いわゆる『天威 顔を違《さ》ること咫尺ならず（天子の威光は顔からわずかの距離にある）』ということである。（曹操は）『どうして拝礼しないでおられようか』。まことに操賊の不臣の心をひそかに取り除くことができるというものである[30]」と説明を加えている。まさに顔清洋氏が指摘するように、「いまだ反駁する者を見ない[31]」。この手紙については意外なことに近人の著作においても関羽／関帝をかばう意見が見られる。蘄陽子氏は、「この手紙は曹操に宛てた前の手紙（「官渡与操書」を指す）と同じように、いずれも漢室を尊ぶ正統思想を強調している[32]」と述べ、田福生氏は、「関羽の策略はおだてると同時に抑えるというものである。曹操の遠大な計画と雄大な謀を肯定していると共に、漢の朝廷を守る立場を繰り返し表明している[33]」と論じている。

5、「帰先帝謝曹操書（先帝に帰し曹操に謝する書）[34]」

主が憂えば臣は恥じ、主が恥じれば臣は死す、と某は聞いております。さきに（某が）死ななかった理由は、旧主（劉備）の消息を知りたいと思ったがためです。いま旧主はすでに河北におります。この心は舞い上がり、気持ちはもう先に走り出しています。ただ殿（曹操）におかれましては何とぞ少しはお哀れみ下さい。後を追いかけて千里の道をたずねるのに、利害を計算したり、生死を考えたりするはずがありません。男女の奴隷や玉・絹織物といった賜り物は、心に刻みつけておきます。他日ねがわくは戦場で相まみえた時に、君侯（曹操）より三舎退きましょう。そのこころは（晋の）重耳が秦の穆公に報いたようにしようと思うだけです。某はお暇いたします[35]。

「先帝」とは蜀の先主劉備のことである。近人の劉海燕氏は、「主に自分が劉備と生死を共にするという気持ち、および後日曹操に恩返しすることを伝えている[36]」と指摘する。この手紙は見たところ関羽／関帝が曹操のもとを辞去する時に彼に宛てて書いたもののようである。正史『三国志』関羽伝にも「関羽は下賜されたものを全て密封して、手紙をたてまつり暇を告げて、袁紹軍にいる先主のもとへとかけつけた[37]」とあり、この手紙の内容と合致しているのだが、正史『三国志』の本文や裴注は関羽が当時書いた手紙を収録していない。よって、この手紙も後人の偽作に違いない[38]。

「他日ねがわくは戦場で相まみえた時に、君侯より三舎退きましょう。そのこころは（晋の）重耳が秦の穆公に報いたようにしようと思うだけです」という部分は注意に値する。この部分は『春秋左氏伝』僖公二十三年・二十八年を典拠とするが（ただし、「秦の穆公（秦穆）」は「楚の成王（楚成）」の誤り）、なぜこの手紙の中にこの故事が使われているのか。それは正史『三国志』関羽伝注引『江表伝』に、「関羽は『春秋左氏伝』を好み、ほぼ全て諳んじることができた[39]」とあるからである。歴史上の関羽が『春秋左氏伝』に造詣が深かったことから、この手紙を捏造した後人はこの故事を用いたのであろう。

清の相欽抜はこの手紙について、「字数は少ないがその文辞には深みがあり、盲史にも恥じない[40]」（「盲史」とは左丘明を指す）と極めて高く評価している。D『聖蹟図誌』の編纂者である葛崙は、「『主を尋ねて千里の道を行くのに、利害を計算したり、生死を考えたりしません』とは、何とこうも気丈でまっすぐなことか。曹操が追っ手を差し向けなかったのも当然である。関帝の信義は明らかである。後日に華容道で曹操を見逃したことは、『君侯より三舎退きましょう』という言葉を、赤壁の戦いの際に実証したのである。思うに曹操はこの手紙を読んで、深く感じ入り嘆息して恐れに震えが止まらなかったことだろう[41]」と述べ、他の手紙についてと同様に、やはり関帝を賛美している。F『関帝事蹟徴信編』の編纂者である周広業と崔応榴だけがこの手紙を偽作と判定しており、曹操が自分を追って来ない保証がない以上、関帝がどうして「ことさら出過ぎたことを言って、その怒りを増幅させる[42]」ことがあろうか、と指摘している。また、偽作した後人についても、「この輩は左氏の文を盗んでその義に暗い者である[43]」と非難する。

6、「又致操書（又操に致す書）[44]」

ひそかに思いますに、日は天上にあり、心は人の内にあります。日は天上にあって、あまねく天下のいたる所を照らします。心は人の内にあって、真心を表します。真心とは、信義です。某は以前、投降した日に、「主（劉備）が亡くなっていたら（某も）死にます。主が生きていれば（主のもとに）帰ります」と申しました。新たに曹公のご厚情を受けることになりましたが、久しく劉備殿の君恩を蒙ってきました。丞相（曹操）の新たな恩と、劉備殿との昔からの義と。恩はお返しすることができますが、義は断つことができません。いま主の消息を、某はすでに知っております。主の姿を望んではその像を作ったりしておりますが、主の足跡を探し求めるには手柄が必要です。顔良を白馬にて刺し（殺し）、文醜を南坡にて誅したことで、丞相のご恩は、全てお返ししました。常に賜ったものを留めておき、ことごとく蔵に封をしてしまってあります。伏してお慈悲をたまわらんことを。ご高覧を願います[45]。

この手紙も関羽が曹操のもとを去る時に曹操に宛てて書いたもののように見える。しかし、やはり正史『三国志』の本文と裴注には見えない。前節でも触れたように、清の厳可均は『全上古三代秦漢三国六朝文』の『全後漢文』巻九十四にこの手紙を収録するが、彼自ら「これは後人による偽作である[46]」という按語をつけている。この手紙が明らかに後人の偽作であることは前節でも詳しく述べたので、ここでは繰り返さない。

A『漢前将軍関公祠志』は明代の成立であり、本書が対象とする七種の「関帝文献」の中で最も早い。文献Aには「翰墨」篇はないものの、前節で取り上げたように、「本伝」篇においてこの手紙を引用している。しかも、この手紙は文献Aに見える唯一の関羽／関帝の手紙である。よって、関羽／関帝の手紙と伝えられるもののうち、これが最も起源が古いものであろう。

最も古いがゆえに最も有名だったようで、人々はこの手紙に対して活発な反応を示している。まずはこの上ない崇拝の念を抱いて関帝を賛美している例。清・王邦翰は、「三百字に満たない手紙だが、心の中にあふれる忠誠心は、千年経っても目の前にありありと存在する[47]」と言い、清・張鵬翮は、「真心が清らかであり、秋霜烈日のように厳しい。決して後人が関帝に仮託したものではない[48]」と論じ、D『聖蹟図誌』の編纂者である葛崙は関帝の赤心が赤日のようであると称賛してから、「人は関帝の姿を見ようとしても、それはかなわない。太陽を見ることは、すなわち関帝の心を見るようなものである[49]」と述べる。

次いでこの手紙の真実性を疑っている例。清・孫雲霞は「文醜を南坡にて誅した」とあるのを根拠に、この手紙が偽作であると断定する（F『関帝事蹟徴信編』巻十二「軼聞」）。清・王士俊は、「『曹を辞する書』（『又操に致す書』）は後人による偽作であり、小説『三国志演義』に見える故事を混入させている[50]」と論じ、F『関帝事蹟徴信編』の編纂者である周広業・崔応榴は、正史『三国志』に基づき、当時曹操はまだ丞相でないことと文醜を破ったのは関羽ではないことを指摘してこの手紙が偽作であると断言する。

「主が亡くなっていたら（某も）死にます」という一句は、A『漢前将軍関公祠志』・C『関聖陵廟紀略』・F『関帝事蹟徴信編』ではいずれも「主が亡くなっていたら（曹操殿を）輔佐します（主亡則輔）」となっている。これについて清・顧湄は、「主亡則輔」の一句は劉備に忠である関羽／関帝の態度と一致しないと指摘し、「いま『主が亡くなっていたら輔佐します』と言っているが、これは劉備に背いているのか、背いていないのか[51]」と疑問を呈す。E『関帝志』はこの手紙を収録しないが、編纂者の張鎮は自ら「与曹操書考弁（曹操に与ふる書考弁）」（巻二「考弁」）を著し、関帝がこの手紙を書いたことを否定する。彼は「『主が亡くなっていたら（曹操殿を）輔佐します。主が生きていれば帰ります』という二句は、当時の口調ではないようだ。思うに、曹操が偽の仁義によって英雄を収攬して、漢の鼎を盗む機会をうかがっていることを、関帝はとうに見破っていた。このような手紙は、張遼に対する『（劉備と）共に死ぬことを誓ったから、背くことはできない』という発言と大きな隔たりがあり、しかも文中の言葉は卑俗であるから、決して漢代の文の風格ではない[52]」と述べている。このことから、関帝信仰が極めて盛んだった清代であっても、すでに多くの人がこの手紙の信憑性に疑いを持っていたことが分かる。最も古くに現れた関羽／関帝の手紙ですらこのように疑わしいのであるから、これより後に出た手紙についてはいっそう疑わしいということになる。

7、「与陸遜書（陸遜に与ふる書）」

この手紙は前節でもE『関帝志』の「本伝」篇所収のものを引用しており、その文字にもほぼ異同がないので[53]、ここでは重ねて引用しない。この手紙についてD『聖蹟図誌』の編纂者である葛崙は、「関帝は何と陸遜を信じ切っていることか。臨沮の事変は、すでにこの手紙が兆しとなっている[54]」と嘆じている。

8、「慰先帝書（先帝を慰むる書）」

昔、高祖は項羽と天下を争い、高祖はしばしば項羽に敗れたため、人はみな項羽を祝福して劉氏を哀れみましたが、（高祖は）九里山の一戦にて四百年の治世を開かれたのです。志はもとより定まっています。某は以前に君侯（劉備）と共に黄巾を破ってより、今までに百戦して、勝つこともあれば負けることもありましたが、その志はますます堅くなりました。どうしてにわかに変わることがありましょうや。君侯におかれては志をお棄てにならないで下さい。天下の笑いの種となることを恐れます。[55]

田福生氏は、この手紙は関羽が曹操陣営にいた時に劉備の行方を知って、劉備に宛てて書いたものであると推測する一方、嘉靖壬午本『三国志演義』巻七「劉玄徳敗走荊州」にも同じ言葉が見えるとして、「劉備は汝南で曹操に敗れた後、お先真っ暗になって、関羽・張飛らにそれぞれ前途を図らせようとする。関羽がそれを諫めて、上述の話（筆者注：「慰先帝書」を指す）をしている。毛宗崗本『三国志演義』ではこの話のエッセンスは残しながら、大幅に削っている[56]」と指摘する。田氏の言うように、嘉靖壬午本巻七「劉玄徳敗走荊州」における関羽のセリフはこの手紙の文字とかなり近い。しかし、原『三国志演義』に近いとされる福建系の版本の中には嘉靖壬午本以上に関羽のセリフがこの手紙の文字に近いものがある。例えば、余象斗本巻六「劉玄徳敗走荊州」では、関羽が劉備を慰めて、「某は昔、高祖は項羽と天下を争い、高祖はしばしば項羽に敗れたが、後に九里山の一戦に勝ち、数百年の王朝を開かれたと聞きました。某らは以前に兄者（劉備）と共に黄巾を破ってより、今まで二十年近く、勝つこともあれば負けることもありましたが、その志はますます堅くなりました。どうして今日にわかに変わることがありましょうや。兄者におかれては志をお棄てにならないで下さい。天下の笑いの種となることを恐れます[57]」と語る。上田望氏と中川諭氏の研究によれば、毛宗崗本『三国志演義』が中国全土に普及するようになるのは清の道光・咸豊年間以降のことであり、それまでは福建系の版本が依然として世に出ていたという[58]。したがって、この手紙は福建系の『三国志演義』の版本に見える関羽の劉備に対するセリフをもとにして、清代中期に作り上げられた可能性が高い。清代前期の「関帝文献」にこの手紙が見えないこともこのことを裏打ちする。

9、「諭軍中人書（軍中の人に諭す書）」

たまたま書いて壁に貼りつける。わしはいつも帳中に座り、燭を灯して『春秋』を読み、大義をあらかた知っておる。斉の襄王の仇討ちはすばらしい。痛快な出来事だ。世を乱す悪人はほしいままに勝手放題をしており、わしは日夜君恩に報いようとしている。今この荊州は要所たる都を抑える位置にあり、兵を訓練して食糧を蓄えているのに、他人に譲るべきであろうか。軍中の者はみな我が意を知れ[59]。

「荊州」の二字から、この手紙は関羽が荊州を守っていた時に書かれたように見える。田福生氏はこの手紙を関羽による思想工作とみなし、「関羽は荊州の戦略的地位と、戦に備える意向を多くの士官と兵士に言い聞かせて、将兵の思想の統一をはかった[60]」と述べる。「斉の襄王」と訳したところは原文では「斉襄」となっている。文中に『春秋』とあるから、この「斉襄」は春秋斉の襄公を指すように見えるが、「仇討ち」の故事と結びつくのは戦国斉の襄王の方であろう。燕の楽毅が斉を攻めた時、襄王の父の湣王は殺され、襄王は名を変えて時機をうかがった。後に田単が燕軍を攻め破ると、襄王を斉に迎え入れた。戦国斉の襄王のことはもちろん『春秋』には見えない。この手紙がいかにずさんに作られているかが分かる。この手紙は内容面において疑わしいのみならず、正史『三国志』（裴注を含む）などの史書や『文選』『全上古三代秦漢三国六朝文』などの詩文集にも見えない。よって、関羽自らが書いたものではありえない。

二、関羽／関帝の手紙が作られた理由

これまでの分析を踏まえ、以下、二つの観点から「関帝文献」における関羽／関帝の手紙について考察していく。まずは、どうして関羽／関帝の手紙が出現するようになったかという問題である。上述の通り、これらの手紙は関羽自らが書いたものではなく、後人が偽作したものであることは疑いない。それでは、後人はどうしてこれらの手紙を偽作したのであろうか。

本節では九通の関羽／関帝の手紙について分析を加えた。その内容において、これら九通の手紙は大きく二種類に分けられる。一つは、曹操に一時的に降服していた時期と関わるもので、「与張桓侯書」「官渡与操書」「与張遼書」「拝漢寿亭侯復操書」「帰先帝謝曹操書」「又致操書」「慰先帝書」[61]が含まれる。もう一つは、荊州失陥と関わるもので、「与陸遜書」「諭軍中人書」がこれに当たる。

曹操に降服したことと荊州失陥はいずれも関羽の生涯における「汚点」といっていい。なぜなら、曹操への降服は関羽の「忠」に対する懐疑を生むことになるし、荊州失陥は関羽の傲慢な性格によって劉蜀集団に取り返しのつかない損失を与えたからである。関帝を篤く信仰する後世の人々にはこれらの「汚点」は受け入れ難いものであったろう。これらの「汚点」に対して関羽／関帝本人にも弁解があると彼らが考えたとしても不思議ではない。しかし、文献上にこれらの「汚点」に対する関羽の弁解を見つけ出すことはできない。そこで、関羽／関帝に代わって世間の人々に釈明しようと考える者が出てきたのである。

もう一度、関羽／関帝の手紙の内容を見てみよう。曹操に一時的に降服していた時期と関わる七通の手紙のうち、

「与張遼書」「拝漢寿亭侯復操書」には関帝の漢室に対する忠誠心が示される。「官渡与操書」では曹操が漢室を輔佐することを要求している。「帰先帝謝曹操書」「又致操書」には関帝の義を重んじる信念、および劉備に対する溢れる忠誠心が示されている。「与張桓侯書」は関帝の張飛に対する弁解である。これらの手紙はいずれも一時的に曹操に降服したとはいえ、漢室や劉備に対する忠誠心は変わらずに厚いことを強調している（漢室に忠であることと劉備に忠であることとは矛盾しない）。「慰先帝書」もかかる立場を補強するものである。

荊州失陥と関わる二通のうち、「与陸遜書」は正々堂々と敵に向き合い、やさしく後輩の将軍を教え導く関羽／関帝像を打ち出している。「諭軍中人書」には責任を持って任務を遂行しようとする関羽／関帝の真摯な態度が示されている。後人はこの二通の手紙を作り出すことによって荊州失陥という一大損失は関羽／関帝の失態ではなく、孫呉が卑劣な手段を用いて引き起こしたものであるということを主張しているのである。

要するに、関羽／関帝の手紙は関帝を篤く信仰する人々が彼をかばうために作り出したものなのである。これらの手紙の目的は関羽／関帝の「汚点」を拭い去ることであったといってもいい。ゆえにその内容は、曹操に一時的に降服していた時期と関わるものと、荊州失陥と関わるものとに限られるのである。また、明清の文人たちが関帝およびその手紙に対してとても高い評価を与えているのも同様の心理によるものである。

三、関羽／関帝の手紙の収録状況と「関帝文献」の類型

冒頭で述べたように、筆者は各「関帝文献」の「本伝」篇の分析を通じて、「関帝文献」の「本伝」篇は二つのグループに大別できることを指摘した。一つは関帝信仰に対して冷静な態度で編纂された史実に比較的忠実なもの、も

【表①】「関帝文献」における関羽／関帝の手紙の収録状況

	〔グループⅠ〕				〔グループⅡ〕		
	A	C	E	F	B	D	G
与張桓侯書				○*1	○	○	○
官渡与操書		○	○*2	○*1	○	○	○
与張遼書		○		○*1	○	○	○
拝漢寿亭侯復操書		○		○*1	○	○	○
帰先帝謝曹操書		○	○*2	○*1	○	○	○
又致操書	○*2	○*3	*4	○*1	○	○	○
与陸遜書			○*2	*5	○	○	○
慰先帝書							○
諭軍中人書				○*1			○

*1 「軼聞」篇に見える。
*2 「本伝」篇に見える。
*3 「翰墨」篇の注に見える。
*4 「与曹操書考弁」においてこの手紙に触れるが、全文は引かない。
*5 「軼聞」篇の按語の中で触れるのみで、全文は引かない。

う一つは関帝に対する熱烈な信仰心をもって編纂され、関帝に関する言説をできる限り取り込んだものである。そして前者を〔グループⅠ〕、後者を〔グループⅡ〕とした。〔グループⅠ〕に属するのはA『漢前将軍関公祠志』・C『関聖陵廟紀略』・E『関帝志』・F『関帝事蹟徴信編』であり、〔グループⅡ〕に属するのはB『関聖帝君聖蹟図誌全集』・D『聖蹟図誌』、そしてG『関帝全書』である。

それでは、各「関帝文献」における関羽／関帝の手紙の収録状況にも、「本伝」篇から指摘できた二つのグループの特徴が反映されているのだろうか。各「関帝文献」における関羽／関帝の手紙の収録状況を整理すると**表①**のようになる。

〔グループⅡ〕に属する各文献に収録される関羽／関帝の手紙が、〔グループⅠ〕に属するそれより多いことが一目瞭然である。このことは〔グループⅡ〕の特徴が「本伝」篇にあてはまるだけでなく、関羽／関帝の手紙の収録状況にも符合することを表している。

つまり、〔グループⅡ〕の各文献は関羽／関帝が書いたと伝えられる手紙をできるだけ探し集め、それらを全て収録したということである。G『関帝全書』に収録される手紙が最も多いのは、これら三文献の中で文献Gの成書が最も遅いからである。成立が遅い文献ほど新しく作られた手紙が収録されているのは当然であろう。

〔グループⅠ〕に属する文献の状況は比較的複雑である。収録される関羽／関帝の手紙が少ない文献もあれば、関羽／関帝の手紙をできる限り探し集めて収録したように見える文献もある。注意すべきは、それぞれの文献に関羽／関帝の翰墨（書跡・手紙・文・詩など）を収録した「翰墨」篇があるかどうかである。〔グループⅡ〕の文献にはいずれも「翰墨」篇があり、関羽／関帝の手紙は全て「翰墨」篇に収められているが、(62)〔グループⅠ〕の文献ではC『関聖陵廟紀略』を除いていずれも「翰墨」篇がない。A『漢前将軍関公祠志』とE『関帝志』に収録される関羽／関帝の手紙は少なく、これらの手紙はいずれも「本伝」篇に見える。しかも、E『関帝志』の編纂者である張鎮は、「与曹操書考弁」を著して最も有名な「又致操書」に対する疑問を呈している。F『関帝事蹟徴信編』は一見、〔グループⅡ〕の文献と同様に関羽／関帝の手紙をできる限り収録しているようだが、注意すべきはこれらの手紙が全て「軼聞」篇に見えることである。「与陸遜書」に至っては、文献Fの編纂者たちはそれが明の呉従先の模作を手直ししたものであることを見破ったため、全文を引用することはせずに、按語の中で触れるにすぎない。編纂者の崔応榴は、「散逸した手紙数篇は、とりわけ誤りが多く、特に邵国賢（邵宝）・郭青螺（郭子章）・焦弱侯（焦竑）といった名士たちが比較検討して評価を定めてからは、にわかにおおむね削られることとなり、聞く者を驚かせた。ゆえに今『軼聞』篇にそれぞれ収録した」(63)と述べており、文献Fの編纂者は世上にこれらの手紙が伝わっているという事実を記録したに過ぎず、彼ら自身はこれらが関羽／関帝が自ら認めたものだとは全く信じていなかったようだ。したがって、文献A・E・Fは収録している関帝の手紙に対して比較的慎重な態度をとっているといえる。〔グループⅠ〕の文献の中ではC『関聖陵廟紀略』にのみ「翰墨」篇があり、五通の関帝の手紙を収録している（このうち「又致操書」は注に見える）。文献Cが収録する手紙は〔グループⅡ〕の文献よりも少ないが、「翰墨」篇があるという点は他の〔グループⅠ〕の文献とは大きく異なる。文献Cの編纂者である王禹書の自序によれば、当陽の関帝廟（今の関陵）には沿革等を記した書物がないことから荊州知府の魏勷が彼に編纂を命じたという。F『関帝事蹟徴信編』巻三十「書略」によれば、文献Cは清・黄希声の『関侯類編』に基づくというが、王禹書が編纂にあたり、先行していた「翰墨」篇を持つ「関帝文献」を参照した可能性は高い。

総じていえば、関羽／関帝の手紙の収録状況にはおおむね「関帝文献」の二つのグループの特徴が反映されている。〔グループⅡ〕に属する文献は、伝説だけでなく手紙についてもできるだけ蒐集して、それらを全て文献中に採り込んでいる。それゆえ手紙の収録状況からも〔グループⅡ〕の特徴を見て取ることができる。〔グループⅠ〕に属する文献のうち、文献AとEは収録する手紙が少なく、文献Fにいたっては手紙を一種の資料としてしか見ていない。そして文献A・E・Fにはそもそも「翰墨」篇がない。これらの文献が手紙をはじめとした関羽／関帝の翰墨を慎重な態度で扱っていることが分かり、こういった態度は〔グループⅠ〕の文献の特徴と合致する。ただし、文献Cのような例外的状況があることも事実である。

おわりに

以上に論じてきたように、「関帝文献」における関羽／関帝の手紙の収録状況にも、そして「翰墨」篇の有無にも、第一節で示した〔グループⅠ〕と〔グループⅡ〕の特徴と同じ傾向が見出せた。第一節で見た各文献の序文に掲げられた編纂方針はやはり「本伝」篇以外にも貫かれているといっていい。「関帝文献」は、編纂者の関帝信仰に対する態度に応じて、相反する方向性を持つことになったのである。

冒頭でも紹介したが、関羽／関帝の手紙には研究する価値がないと言い切る論者もいる。しかし、これまで述べてきたように、それぞれの手紙とそれに対する按語・評語等を仔細に見ることを通して、当時の人々の関帝に対する見方や関帝信仰に対する態度、あるいは「三国志」の物語と史実の違いに対する認識、関羽／関帝の手紙を作った人々の文化水準、当時普及していた『三国志演義』の版本など様々なことを読み取ることができる。もちろん、各「関帝文献」の編纂者たちの見方や、各「関帝文献」の特徴などを知ることもできる。これらの例は、研究に臨むにあたっては先入観を捨てなければならないということを改めて教えてくれている。

注

（1）張志江氏は、関帝を崇拝する人々が関帝に代わってこれらの手紙を含めた「翰墨」篇の詩文を作り上げたと指摘している（張志江『関公』（中国民俗文化叢書、中国社会出版社、二〇〇八年）二二六～二二七頁）。

（2）操之詭計百端、非某智縛、安有今日。將軍罪某、是不知某也。某不緣社稷傾危、仁兄無儔、則以三尺劍報將軍、使某異日無愧於黃壤間也。三上翼德將軍、死罪、死罪。

（3）蘄陽子編著『万世人極――関公』第二巻（九州出版社、二〇〇〇年）二七六頁。

（4）田福生『関羽伝』（中国文史出版社、二〇〇七年）一七八頁。

（5）『三国志演義』のほか、『三国志平話』と雑劇「関雲長千里独行」にもこのエピソードが見える。

（6）『三国志平話』や雑劇、毛宗崗本などの『三国志演義』の版本など。

（7）ただし、正史『三国志』張飛伝には「少與關羽倶事先主。羽年長數歲、飛兄事之」とあり、歴史上の関羽と張飛も義兄弟の関係にあった。

（8）此帖米南宮書。呉中翰林收得之。焦太史竑請摹刻正陽門關廟、中翰祕惜眞蹟、乃令鄧剌史文明以意臨之、刻諸石。

（9）今觀此書、正大簡嚴、當非僞作。而南宮手筆、亦必確有所證、無疑也。特採入之。

（10）當下邳兵敗、土山困守、國母陷在敵營、帝此時即以死殉、何異螻蟻。歸曺一着、計之深、籌之熟矣。但委曲求全、身在許都、主在河北、公然受宅受賜、已大可疑。况操狡獪、自然暗地反間。桓侯直性類帝、更必疑甚。帝書以白之。氷雪肝腸、何皎皎也。

（11）淮陰盧湛、字濬深、鏤圖以昭聖蹟、其所采源委云云。崙較其撰述、闡幽發秘、因踵其事而葺之。竊嘆濬深好古、能體聖心也。

（12）この手紙は前節でもE『関帝志』所収のものを引いているが、G『関帝全書』とは文字に異同があるため、改めてG『関帝全書』所収のものを全文引いた。

（13）劉豫州有言、尉佗、秦之小吏耳、猶獨立不詭。某啞啞飛鳴、翔而後集。寧甘志終小人下也。使明公威德布於天下、斡旋漢鼎、窮海内外、將拜下風、慕高義矣、獨某兄弟哉。瞻悚、某再具。

（14）這封信是關羽在曹操與袁紹進行官渡之戰期間寫給曹操的、希望曹操鼎扶漢室、布德義於天下（後略）。（注〔3〕所掲蕲氏著書二七七頁）

（15）顔清洋『関公全伝』（台湾学生書局、二〇〇二年）五六六頁。

（16）關羽期待的是曹操維護漢室、勦滅不遵從漢室的書侯、布德於天下、還表達了劉備集團對曹操敬佩有加。（注〔4〕所掲田氏著書一五七頁）

（17）關羽深層次意圖是穩住曹操、免遭其毒手。（注〔4〕所掲田氏著書一五七頁）

（18）此段心事、此段議論、可對高光、可羞當時、可照後世。讀之覺浩然之氣、猶勃勃毫楮間。（C『関聖陵廟紀略』巻二「翰墨」）

（19）魯仲連東海之匹夫耳、爲齊下士。然且恥不帝秦。職爲通侯、列漢元宰、獨可使負漢耶。子且休矣。

(20) 這封信是關羽在下邳被圍困、張遼奉曹操之命前去勸降、關羽寫信給張遼表示不投降。(注〔3〕所掲蘄氏著書二七六頁)

(21) 關羽・張遼是好朋友、即便在不利的軍事形勢下、關羽也沒改變維護漢廷的政治立場。信的實質是開導張遼、遵從漢室。(注〔4〕所掲田氏著書一四六頁)

(22) 「下邳三約」前的往返折衝語。稍有史學知識者即知其僞。(注〔15〕所掲顏氏著書五六五頁)

(23) 操知聖立功報効、恐其將去、使張遼欵慰。聖以書覆遼、深責之。

(24) F『関帝事蹟徴信編』巻三十「書略」によれば、清代に杭州の無名氏によって著された。五巻。

(25) 初、曹公壯羽爲人、而察其心神無久留之意、謂張遼曰、「卿試以情問之。」既而遼以問羽、羽歎曰、「吾極知曹公待我厚。然吾受劉將軍厚恩、誓以共死、不可背之。吾終不留、吾要當立效以報曹公乃去。」遼以羽言報曹公、曹公義之。

(26) 「漢元宰不可負漢」、此一語、可以褫奸雄之魄。魯仲連不肯帝秦、欲蹈東海而死。大節如關聖、豈下士之不若耶。「子且休矣」句、語婉而義峻。想當年張遼勸帝順操、多有不入耳之語。

(27) 明公布大義於天下、而速取自樹、非某之所敢知。若猶是漢也、某敢不臣漢哉。敢拜嘉命之辱。

(28) 曹公使張遼及羽爲先鋒擊之。羽望見良麾蓋、策馬刺良於萬衆之中、斬其首還、紹諸將莫能當者、遂解白馬圍。曹公即表封羽爲漢壽亭侯。

(29) 曹氏一段禮遇、自不可沒。至功成受封、乃理之常。

(30) 前三句含蓄、暗暗擦納老瞞。「若猶是漢也、敢不臣漢哉」、擡高漢天子、所謂「天威不違嚴咫尺。」「敢不下拜」、眞可潛消操賊不臣之心。(尚、『春秋左氏伝』僖公九年によれば、「天威不違嚴咫尺」は「天威不違顔咫尺」が正しい。現代日本語訳はこちらに従った。また、「敢不下拜」も『春秋左氏伝』僖公九年からの引用である。)

(31) 未見有人批駁。(注〔15〕所掲顏氏著書五六五頁)

(32) 這封信和前一封致曹操的信一樣、都強調了尊奉漢室的正統思想。(注〔3〕所掲蘄氏著書二七七頁)

(33) 關羽的策略是有捧有抑。既對曹操的宏圖偉略肯定、又反復申明維護漢廷的立場。(注〔4〕所掲田氏著書一六三頁)

(34) 注(12)に同じ。

(35)　某聞、主憂則臣辱、主辱則臣死。曩所以不死者、欲得故主之音問耳。今故主已在河北。此心飛越、神已先馳。惟明公幸少矜之。千里追尋、當不計利害、謀生死也。子女玉帛之貺、勒之寸丹。他日幸以旗鼓相當、退君三舍。意亦如重耳之報秦穆者乎。某謝。

(36)　主要表達自己與劉備生死相隨的心意以及日後對曹操知恩圖報的許諾。（劉海燕『従民間到経典――関羽形象与関羽崇拝的生成演変史論』〔当代学人論叢、上海三聯書店、二〇〇四年〕一三二頁）

(37)　羽盡封其所賜、拝書告辭、而奔先主於袁軍。

(38)　嘉靖壬午本『三国志演義』巻六「関雲長封金挂印」には関羽が曹操に暇乞いした時の手紙が登場するが、その文字はこの手紙と完全に異なる。

(39)　羽好『左氏傳』、諷誦略皆上口。

(40)　節短音長、不愧盲史。（F『関帝事蹟徴信編』巻十二「軼聞」）

(41)　「千里尋主、不計利害、不謀生死」、何血性乃爾乎。宜操不使人追也。帝信義昭著。他日華容釋操、「退君三舍」之言、験於赤壁之際。諒操見書、慨嘆而震讐無窮。

(42)　故作亢詞、以重其怒。

(43)　是徒欲剿左氏之文而昧其義者。

(44)　この手紙は前節でもA『漢前将軍関公祠志』所収のものを引いているが、G『関帝全書』とは文字に異同があるため、改めてG『関帝全書』所収のものを全文引いた。

(45)　竊以、日在天之上、心在人之内。日在天上、普照萬方。心在人内、以表丹誠。丹誠者、信義也。某昔受降之日、有言曰、「主亡則死、主存則歸。」新受曹公之寵顧、久蒙劉主之恩光。丞相新恩、劉公舊義。恩有所報、義無所斷。今主之耗、某已知。望形立相、覓迹求功。刺顔良於白馬、誅文醜於南坡、丞相之恩、滿有所報。毎留所賜之物、盡在府庫封緘。伏望台慈。俯垂鑒照。

(46)　此後人所依託。

(47) 書不滿三百字、一腔忠赤、千載在目。(F『関帝事蹟徴信編』巻十二「軼聞」)
(48) 肝膽皎潔、如烈日秋霜、斷非後人擬作。(同)
(49) 人欲見帝、帝不可見。覩天之日、即如見帝心也。
(50) 「辭曹書」是後代人贋作、雜用小説『三國志』中故事。(F『関帝事蹟徴信編』巻十二「軼聞」)
(51) 今曰「主亡則輔」、此爲背劉乎、不背劉乎。(同)
(52) 「主亡則輔、主存則歸」二語、不似當日口吻。蓋曹以假仁假義收攬英雄、而窺竊漢鼎之心、早爲帝所識破。若如此書與對張遼「誓以共死、不可背」之言大相懸絶、且其辭鄙俚、絶非漢文氣習。
(53) 両者の異同はE『関帝志』に「老夫不戒戎軍」とあるところを、G『関帝全書』は「老夫不戒車」に作る点のみ。
(54) 帝何其信陸遜之深也。臨沮之變、已於此書兆之矣。
(55) 昔高祖與項羽共爭天下、高祖數敗於項、人皆賀項而哀劉矣、乃九里之役、一戰而開四百年之業。志素定也。某昔與君侯共破黄巾、迄今百戰、或勝或負、其志愈堅。何爲忽生變異耶。君勿墮志。恐來天下笑端耳。
(56) 講到劉備在汝南時被曹操擊敗後、對前途沮喪、他讓大家各奔前程。關羽勸阻時、講了上邊這一段話。毛宗崗本《三國演義》保留了這段話的精髓、但有大的砍削。(注〔4〕所掲田氏著書一六四頁)
(57) 羽昔聞高祖與項羽共争天下、高祖数敗於羽、後九里山一戰成功、而開数百年之基業。某等昔日與兄共破黄巾以来、今近二十年、或勝或負、其志愈堅、何故今日忽生変異。兄勿堕志。恐惹天下笑端。(陳翔華主編『三国志演義古版叢刊五種』第一冊〔中華全国図書館文献縮微複制中心、一九九五年〕三七六頁)
(58) 上田望「毛綸、毛宗崗批評『四大奇書三国志演義』と清代の出版文化」(『東方学』第百一輯、二〇〇一年)、および中川諭「上海図書館蔵『三国英雄志伝』二種について」(『新大国語』第三十号、二〇〇五年)、同「継志堂刊『三国英雄志伝』について」(『中国—社会と文化』第二十号、二〇〇五年)。
(59) 偶書黏座壁。我每坐帳中、燃燭看『春秋』、覊識大義。齊襄復仇、卓哉。快事。亂賊肆不顧忌、我日夜圖君恩。今此荊州扼咽喉上都、練兵屯穀、可讓人哉。軍中人具曉我意。

(60) 關羽把荊州的戰略地位、備戰的意圖都曉諭廣大官兵、以此來統一全體將士的思想。（注〔4〕所掲田氏著書二八〇頁）

(61) 前述の通り、「慰先帝書」は『三国志演義』において劉備が荊州に身を寄せる前に関羽が彼を慰めたセリフを手直ししたものである。しかし、「関帝文献」においてこの手紙ははっきりと劉備に宛てた手紙とされている。では、関羽／関帝はいつ劉備を慰める手紙を書くことができたのであろうか。田福生氏が述べるように、曹操陣営で劉備の行方を知った後に書いたとするのが自然であろう。

(62) D『聖蹟図誌』には「翰墨」篇が二つあり、それぞれ「聖帝翰墨」「聖帝文辞」と題されている。関羽／関帝の手紙は「聖帝文辞」に見える。

(63) 軼書數篇、尤多舛誤、特經邵國賢・郭青螺・焦弱侯諸名輩所論定、一旦概從刪薙、聞者駭之矣。故今於軼事既爲分別存之。

第二章　関帝の容貌について

第一節　関帝の肖像について

はじめに

関羽／関帝の容貌については、『三国志演義』におけるそれがスタンダードとして一般に定着している。「関帝文献」においても基本的にそれは踏襲される（特に『三国志演義』成立以降の文献）。「関帝文献」には「聖帝遺像」などと題された関帝の肖像が収録されるほか、「本伝」篇や伝説を博捜した篇（「霊異」篇など）、関羽／関帝や関帝廟にまつわる歴代の文人たちの詩文を収録した「芸文」篇にも関帝の容貌に関する表現が見える。本章ではこれらのうち、特に関帝の肖像と「芸文」篇所収の詩を主な資料として、「関帝文献」ならではの関帝の容貌描写の特徴や傾向を探る。

本節と次節では関帝の肖像を扱う。「関帝文献」には崇拝の対象である関帝の肖像が収録されるが、本書で対象とする「関帝文献」のうち、関帝の肖像を収録するのは、A『漢前将軍関公祠志』・B『関聖帝君聖蹟図誌全集』・C『関聖陵廟紀略』・D『聖蹟図誌』・E『関帝志』・G『関帝全書』の六種である。異なる文献に同じ図（に基づいたもの）が見える場合もあるが、これらの文献に収められる肖像は多種多様である。

それでは、「関帝文献」に見える関帝の肖像には、全体的にどのような特徴があるのか。本節ではこの点について考察する。まず、各文献に収録される関帝の肖像を概観し、それぞれの文献において関帝の肖像についてどのように述べられているかを見ていく。もちろん、それらの肖像の特徴を明らかにするためには、他の図像との比較も必要である。そこで、『三国志演義』等の挿図など、「関帝文献」以外に見える関羽／関帝を描いた図像とも適宜比較を行なう。これにより、「関帝文献」が志向した関帝の肖像の傾向を見て取ることができよう。

また、小川陽一氏によれば、明清に流行した人相術は肖像画にも深い影響を及ぼしているという。[1]とすれば、「関帝文献」に見える関帝の肖像も人相術の影響を受けている可能性が高い。そこで、関帝の肖像に描かれる顔の部位を人相術の書と照らし合わせながら、その影響関係についても探っていく。

関帝の肖像についての先行研究は少ない。就中、「関帝文献」における関帝の肖像に触れている論考ということになると、E『関帝志』について全面的に検討を加えた洪淑苓「文人視野下的関公信仰――以清代張鎮《関帝志》為例」[2]のみであろう。ただし、肖像については『関帝志』が収録する二幅とそこに附された文章、および「考弁」篇に見える張鎮「図像考弁」の紹介にとどまる。

広く関羽や関帝の肖像について研究したものとしては、李福清「関羽肖像初探」[3]が挙げられる。李氏は民間の「紙禡」（紙馬とも。祭祀の時に焼く木版印刷された神像）や年画を中心に、各種の関羽／関帝の図像を網羅的に取り上げ、それぞれの特徴や傾向を論じる。その射程は中国のみならず、韓国・日本、そして西洋にまで及ぶ。

肖像に限らず、関羽や関帝の容貌について研究した論考は多い。胡小偉「金代関羽神像考釈」[4]は、年代が確定している中では現存最古の関帝の肖像である、金代に山西の平陽で作成された版画を起点とし、そこに描かれた諸要素から、関帝崇拝や金代の社会と文化をめぐる様々な事象について論じる。関帝の顔の部位やかぶり物についても細かく考証している。また、序論で紹介した先行研究でも、その多くが関帝の容貌について論及する。

一、「関帝文献」に見える関帝の肖像

本書で対象とする「関帝文献」に見える関帝の肖像の収録状況は以下の通り。各文献の肖像は、肖像のみの収録である場合もあれば、文章が附されている場合もある。

A『漢前将軍関公祠志』　二幅（図①②）
B『関聖帝君聖蹟図誌全集』　一幅（図③）
C『関聖陵廟紀略』　三幅（図④⑤⑥）
D『聖蹟図誌』　一幅（図⑦）
E『関帝志』　二幅（図⑧⑨）
G『関帝全書』　一幅（図⑩）

このうち、A『漢前将軍関公祠志』には「孫尚書古聖賢像二」と題された肖像（図②）があり、E『関帝志』にも「孫尚書蔵像」と題された肖像（図⑧）があって、同じ肖像に基づいたものであることが分かる。また、B『関聖帝君聖蹟図誌全集』の肖像（図③）とD『聖蹟図誌』の肖像（図⑦）も似ているが、これは両文献が共に「関帝聖蹟図」[5]を収録し、文献Dの「関帝聖蹟図」が、図③を第一図とする文献Bの「関帝聖蹟図」を引き継いだものであるからである。[6]一方、G『関帝全書』も「関帝聖蹟図」を収録するが、肖像（図⑩）は文献B・Dのものとは異なっている。

【図①】 A『漢前将軍関公祠志』の関帝肖像①（「公幞像」）

魯愚等編『関帝文献匯編』国際文化出版公司、1995年

【図②】Ａ『漢前将軍関公祠志』の関帝肖像②（「燕居巾幘像」）

魯愚等編『関帝文献匯編』国際文化出版公司、1995年

【図③】B『関聖帝君聖蹟図誌全集』の関帝肖像

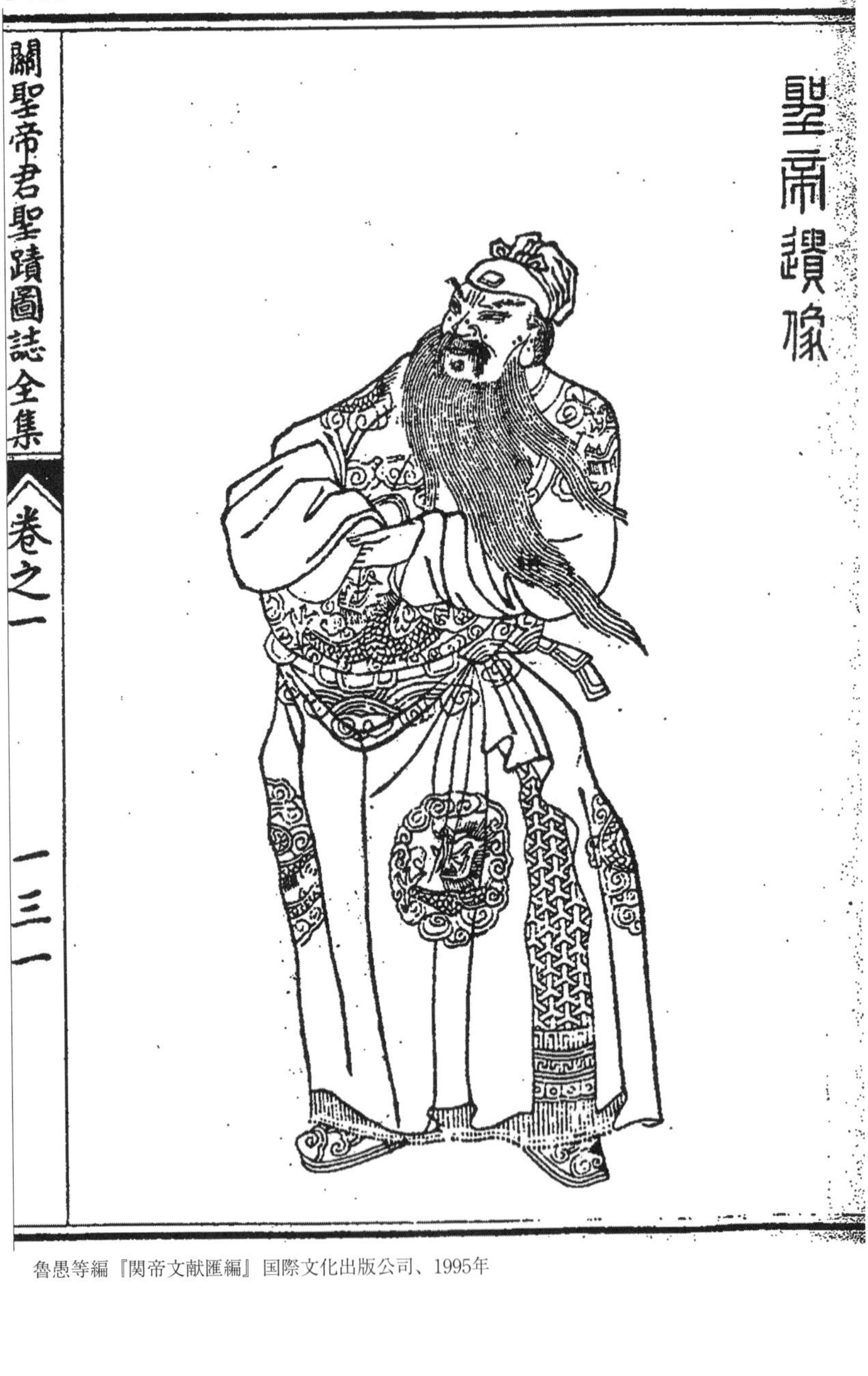

魯愚等編『関帝文献匯編』国際文化出版公司、1995年

【図④】C『関聖陵廟紀略』の関帝肖像①

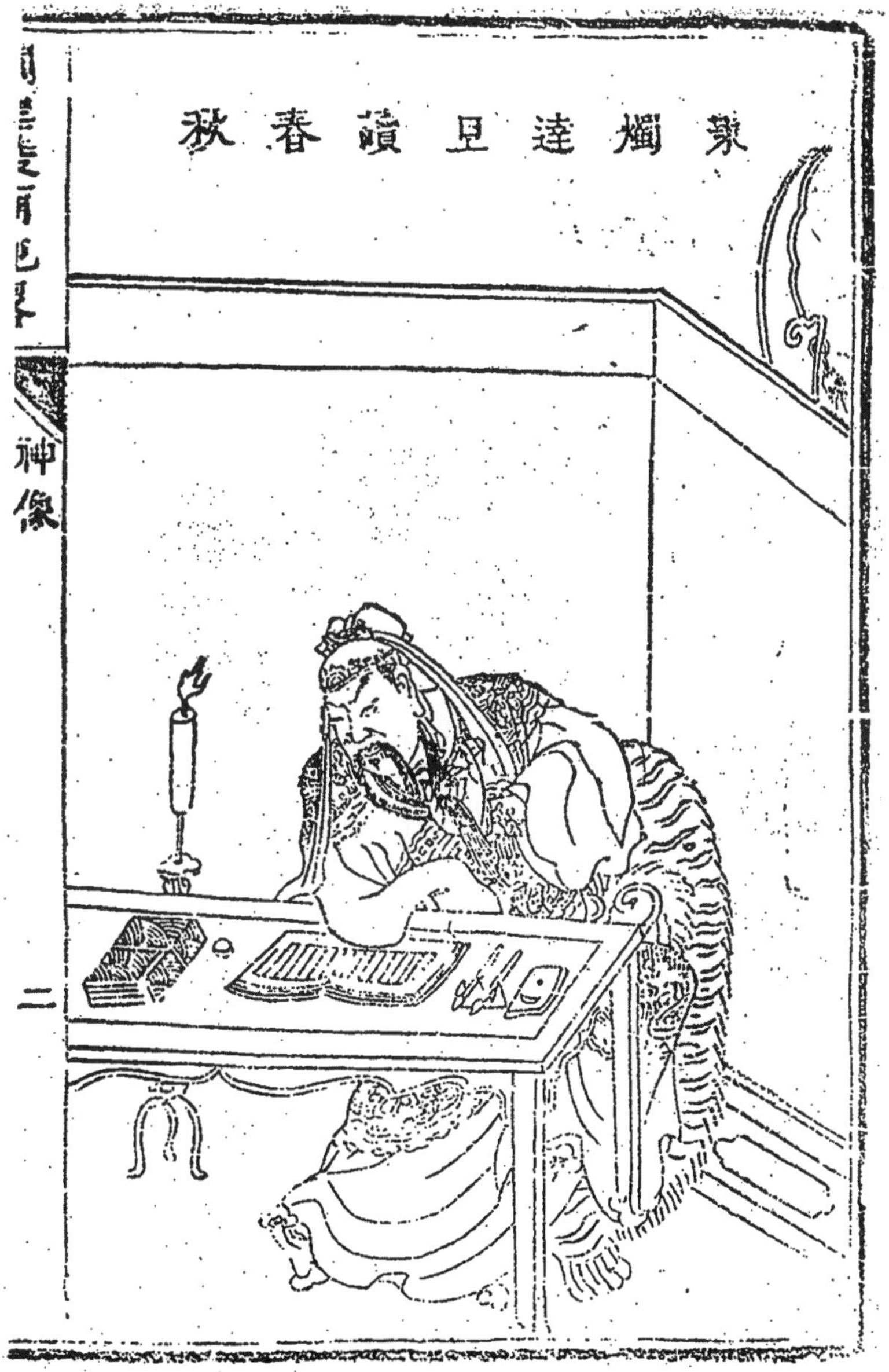

魯愚等編『関帝文献匯編』国際文化出版公司、1995年

【図⑤】C『関聖陵廟紀略』の関帝肖像②

魯愚等編『関帝文献匯編』国際文化出版公司、1995年

【図⑥】C『関聖陵廟紀略』の関帝肖像③

魯愚等編『関帝文献匯編』国際文化出版公司、1995年

【図⑦】D『聖蹟図誌』の関帝肖像

魯愚等編『関帝文献匯編』国際文化出版公司、1995年

【図⑧】Ｅ『関帝志』の関帝肖像①

魯愚等編『関帝文献匯編』国際文化出版公司、1995年

【図⑨】Ｅ『関帝志』の関帝肖像②

魯愚等編『関帝文献匯編』国際文化出版公司、1995年

【図⑩】G『関帝全書』の関帝肖像

魯愚等編『関帝文献匯編』国際文化出版公司、1995年

関羽の容貌については、『三国志演義』に見える描写が一般的であろう。現存最古の嘉靖壬午本[7]では、

身長は九尺三寸、ひげの長さは一尺八寸。顔は重棗[8]のごとくで、唇は紅を塗ったよう。丹鳳眼（丹鳳〔頭と翼が赤い鳳〕のように目じりのつり上がった細い眼）、臥蚕眉（蚕を横たえたような眉）。立派な容貌の持ち主で、威風堂々としている。[9]（巻一「祭天地桃園結義」）

身長は九尺五寸[10]、ひげの長さは一尺八寸、丹鳳眼、臥蚕眉、顔は重棗のごとくで、声は大きなつり鐘のよう。[11]（巻一「曹操起兵伐董卓」）

と描写されており、他の版本においても多少の異同はあれ、ほぼ同じである。

図①〜⑩を見ると、いずれも墨摺の木版本であるため、顔や唇の色については判別のしようがないが、これらの肖像の多くが『三国志演義』の関羽の容貌と同じ特徴を持っていることが分かる。

一部の肖像には文章が附されている。図①について、A『漢前将軍関公祠志』は元・胡琦の語を引き、関帝の外見上の特徴として、「背丈が高く、美しいひげ（長大、美鬚髯）」を持つことを挙げる。図③について、B『関聖帝君聖蹟図誌全集』には「身長九尺六寸[12]、ひげの長さは一尺八寸。顔は熏《ママ》棗のごとくで、唇は朱のごとし。鳳目にして蚕眉、顔には七つのほくろがある（身長九尺六寸、鬚長一尺八寸。面如熏棗、唇若丹硃。鳳目蠶眉、臉有七痣）」とあり、「七つのほくろ」以外はやはり『三国志演義』とほぼ共通する。図③に基づく図⑦についてのD『聖蹟図誌』の説明文は、図③の説明文を敷衍する。いわく、「身長九尺六寸、ひげの長さは一尺八寸。顔は大きくて唇は赤く、高い鼻に鳳目、蚕眉にして猿臂[13]。その徳は五行（五常）を備える。顔には七つのほくろがある（身長九尺六寸、鬚長一尺八寸。面豊唇丹、

龍準鳳目、蠶眉猿臂。徳全五行。面有七痣）」。『三国志演義』に基づいた図③の描写に、「高い鼻（龍準）」「猿臂」がつけ加えられており、やはり顔に「七つのほくろ」があったとする。ほくろについては別に論じる必要があるが、ここでは「関帝文献」における関帝の肖像も『三国志演義』の関羽像の影響のもとに描かれていることを確認しておきたい。『三国志演義』の関羽の人物像は、関羽像のスタンダードとして普及し、それは崇拝の対象としての関帝像とも一致するものだからである（第三章第三節参照）。

しかし、その一方で、これら関帝の肖像に特有の特徴も指摘できる。以下、それらの特徴について見ていきたい。

図①～⑩を横断的に眺めてみると、全体に静的な傾向にある。肖像であるから静的なのは当然ともいえるが、李福清氏は、「一般の関帝の神像はいずれも彼の静的な様子を描いており、彼が怪力をふるったり動作をしたりしているものは見られない[14]」と指摘している。「関帝文献」の肖像についての指摘ではないが、「関帝文献」は関帝信仰に基づくものであるから、そこに収録される肖像も神像の一種には違いない。静的であることはこれらの肖像の特徴として挙げてよかろう。

図④と図⑤は動作をしている図になるが、それぞれ「秉燭達旦読春秋」「独行千里」と題されていることから分かるように、これらの図は肖像ではあるものの、『三国志演義』の一場面を描いた図でもあり、他の肖像と性格を異にする。だが、これらも『三国志平話』『三国志演義』「関帝聖蹟図」に見える敵将を討ち取る図などに比べれば、十分に落ち着いた姿であろう。

また、図①～⑩には武将らしくは見えない肖像が多い。どちらかというと文官に見えるものもある。李福清氏も関帝の神像を紹介する時に、しばしば文臣のようであるとか、文官の服を着ていると指摘する[15]。神となった関帝の像には冕冠を戴いたものもあるから、武将のいでたちはそぐわないのであろう。神像図と違って「関帝文献」の肖像に冕冠を戴いたものはないが、文官のように見えるのは、神像図と軌を一にする。

そのうち、先にも述べたように、A『漢前将軍関公祠志』所収の図②とE『関帝志』所収の図⑧は、いずれも孫尚書所蔵の関帝の肖像に基づいたものである。孫尚書とは、明の正徳六年（一五一一）の進士で、礼部尚書を務めたことのある孫承恩（一四八五～一五六五）のことであり、人物画をよくしたという。文献Aは図②の後に、以下のような孫承恩の語を引く。

孫承恩は言う。姑蘇（蘇州）の劉司直は、もともと絵を描くのが上手だったので、そこで古聖賢像の原書を縮小して模写させた。手に収まる大きさだが、そこに描かれた古人のほとんどは名を問わなくても、それが誰であるか見分けることができる。[16]

孫承恩は古聖賢像を一冊にまとめ、『集古像賛』と題して出版したことがある。すなわち、ここでいう「古聖賢像の原書（古聖賢像原帙）」である。図②もとはそこに収められていたものである。[17] ゆえに「孫尚書古聖賢像」と題されているのである。「聊城陳一岳敬摹」とあるから、これをまた聊城（今の山東省）の陳一岳という人物が模写したのが図②である。文献Aの撰者である趙欽湯も図②の後で次のように言う。

今ここに収める第一図は胡琦（の『関王事蹟』所収のもの）に拠っており、第二図は雲間（孫承恩の本籍地である松江府の別称）の孫尚書の「先賢像賛図」を写したものである。一方はすなわち「公幞像」であり、端然として厳か、そのひげは大きく広がって当時そのままのようである。もう一方はすなわち「燕居巾幘像」であり、荘重典雅に

して雄壮秀逸、見る者に並外れて衆に抜きん出ている点の全てを追想させる。(18)

「公幞像」と題される第一図とは、すなわち図①のことであり、第二図の「燕居巾幘像」、つまり家でくつろいでいる頭巾姿の肖像が図②である。「並外れて衆に抜きん出ている（絶倫逸羣）」という語は、正史『三国志』関羽伝に見える、諸葛亮が関羽に送った手紙の中で使われている。この手紙は、新たに味方に加わった馬超について関羽が尋ねたことに対する返答であり、人の風下に立つことを嫌う関羽を刺激しないように関羽をおだてる内容になっている。諸葛亮は、馬超を「文武の才を兼ね備え、勇ましさや気性の激しさは人に勝り、当代の英傑である（兼資文武、雄烈過人、一世之傑）」と評した上で、関羽を「絶倫逸羣」と称えている。この文脈で考えれば、関羽の「絶倫逸羣」は文武の才を含めた人がら全てということになろうが、図②からその「全て（大全）」を追想できるだろうか。ここに趙欽湯ら当時の知識人が考える関帝像の偏りがうかがえる。

当初、関帝はその「武」ゆえに神格化されたが、この肖像はその服装やたたずまいから「武」を感じ取ることはできない。ここに表現されている関帝の「絶倫逸羣」はその精神性であり、関帝は神であるから、それは「神格」と呼ぶべきものである。黄華節氏は『関公的人格与神格』の中で、「神格」とは、最高の理想を代表するもの、神の神たるゆえんである特殊な人徳・性質であり、「人格」は学んで習得できるが、「神格」はそれができないと定義した後、関公の「神格」とは、「義」という道徳的理想の体現であると述べる。(19)図②をはじめ、武将よりも文官、文人のように描かれる関帝の肖像が表現しようとしているものは、まさにこれであろう。このことは何を意味するか。

図②を同じく文献Aに収載される図①と比べてみるとそれが分かる。図①は先に見たように、元・胡琦の『関王事蹟』所掲の関帝の肖像である。文献Aの編纂者である趙欽湯が「公幞像」と称しているのは、元代に漢人官僚が朝廷でかぶった幞頭を戴いているからであり、他の肖像と同じように文人化している。しかし、図①が一線を画しているのは、画面下方に雲が描かれている点である。この雲は関帝が天にいることを表す。図①と同時期の神仙図説である元刻『新編連相捜神広記』にも同じような幞頭をかぶり雲の上にいる神が描かれているから、元代にあって神をこのように描くことは自然だったのだろう。一方、図②をはじめ、それ以降の図⑩までには雲が描かれない。なぜ雲が描かれないのか。

図②は「燕居巾幘像」と題されている。『論語』述而篇第四章に、「子の燕居するや、申申如たり、夭夭如たり（孔子が家でくつろぐ時は、なごやかで、伸び伸びとした様子であった）[20]」とあり、孔子の最も有名な肖像の一つに孔府所蔵の「孔子燕居像」がある。この肖像は明代の作というが、作者が不明であるため、図②との先後関係は不明であるものの、孔子の胸から上を描いており、構図は図②と同じである。「燕居巾幘像」と題されていることから、図②は孔子を意識して描かれたものであるとみて間違いなかろう。雲が描かれないのは聖人であって、神ではない孔子になぞらえたためである。儒教の徳目の一つである「義」を体現する関帝は、清代には孔子と並び称されるほどに地位が向上するが、その動きは明代の肖像においてすでに見られるということである。

かかる特質を持つ図②は、清の乾隆年間に成立したE『関帝志』に引き継がれる。すなわち図⑧である。そして、E『関帝志』はさらに図⑧とよく似た図⑨も収録する。図⑨の右上には、見にくくなっているものの、「果親王繪像」（「繪像」は肖像の意）とあり、図⑨のもとになった肖像の作者が清の康熙帝の第十七子である果親王允礼（一六九七〜一七三八）であることが分かる。しかし、図⑨には図⑧と異なる点もある。

一つは、関帝が右手でひげをしごいている点である。ひげをしごく姿は関帝のポーズとしては定番である。王樹村編著『関公百図』（嶺南美術出版社、一九九六年）は、関羽／関帝が描かれた挿図・年画・紙馬など様々なジャンルの関羽／関帝の図像を収録するが、そこにも関帝／関羽がひげをしごく姿は多く見られる。李福清氏によれば、このひげをしごくポーズを描いたものは、周曰校本『三国志演義』の挿図「張遼義説関雲長」が最初であるという[21]。今、この指摘の正否については判断できないが、おそらくポーズ自体の起源は演劇であろう。ひげをしごくポーズは、見栄を切る時に美しくて効果的だからである。

もう一つは、関帝の顔に見えるほくろである。前述のように、図③と図⑦の説明文にはすでにほくろのことが書かれていた。ただ、図③と図⑦の説明文では「七つのほくろ」となっているのに対し、図⑨では四つしか確認できない。E『関帝志』では図⑨の後に、関帝の顔の色や部位に関する資料として、いくつか文章を引用するが、その中に以下のような文章がある。

> 都城には以前、関帝の像があった。明代に宮中から移されたもので、顔の色は混じり気のない赤、顔には七つのほくろがあり、鼻筋の二つのほくろが最も大きい。ひげはまばらであごいっぱいに生えているが、五すじではない、と伝えられる。この言い伝えの真偽については分からない[22]。

図⑨を見ると、確かに鼻に二つほくろが見えるが、鼻筋というよりは小鼻（鼻翼）、人相術の用語でいうところの「蘭台」（左の小鼻）といった方がいい。ひげも図⑨は五すじあり、ここにいう宮中由来の関帝像とは異なる。果親王允礼は都城に以前あったというこの像をモデルにして描いたのではなさそうだ。

図⑨の後に引用された文章の末尾には、E『関帝志』の編纂者である張鎮の按語がある。

私、張鎮が思うに、……世に伝えられる関夫子の像は大変多い。今、解州関帝廟の石刻を見ると、五十三歳の時の肖像であり、果親王の描いた肖像とおおむね似通っている。[23]

山西省運城市にある解州関帝廟と常平家廟（関羽の出生地とされる）を豊富な写真で紹介した『関公故里』[24]という本には、この「五十三歳の時の肖像」の石刻の写真（図⑪）を収める（三四〇頁）。キャプションがついていないため、この石刻が今も解州関帝廟に現存するのか定かではないが、張鎮のいうように図⑨と確かに似ている。『関公故里』には、解州関帝廟の碑亭にある果新王允礼の詩を刻した碑や、春秋楼に掲げられた「忠貫天人」という果親王允礼による扁額の写真も収録する。特に詩は、E『関帝志』巻四「芸文下」に「謁解州廟」という題で収録されるものであり、実際に果親王允礼が解州関帝廟を訪れて詠んだものであることが分かる。よって、「果親王繪像」も果親王允礼が解州関帝廟に伝わっていた「五十三歳の時の肖像」を模写したものと考えられる。

もちろん、本当に関羽が五十三歳の時に描かせた肖像ではない。そもそも頭にかぶる頭巾は唐代以降のもので、関羽が生きていた時代には存在しないものである。図②⑧と似通っていながら、図②⑧が五十三歳の肖像としていないことも、これが本物でないことを雄弁に物語る。

以上、散漫ではあるが、図①～⑩の「関帝文献」に見える関帝の肖像から指摘できることを述べてきた。次にこれら関帝の肖像と明清に流行した人相術の関係について見ていく。

【図⑪】「五十三歳の時の肖像」

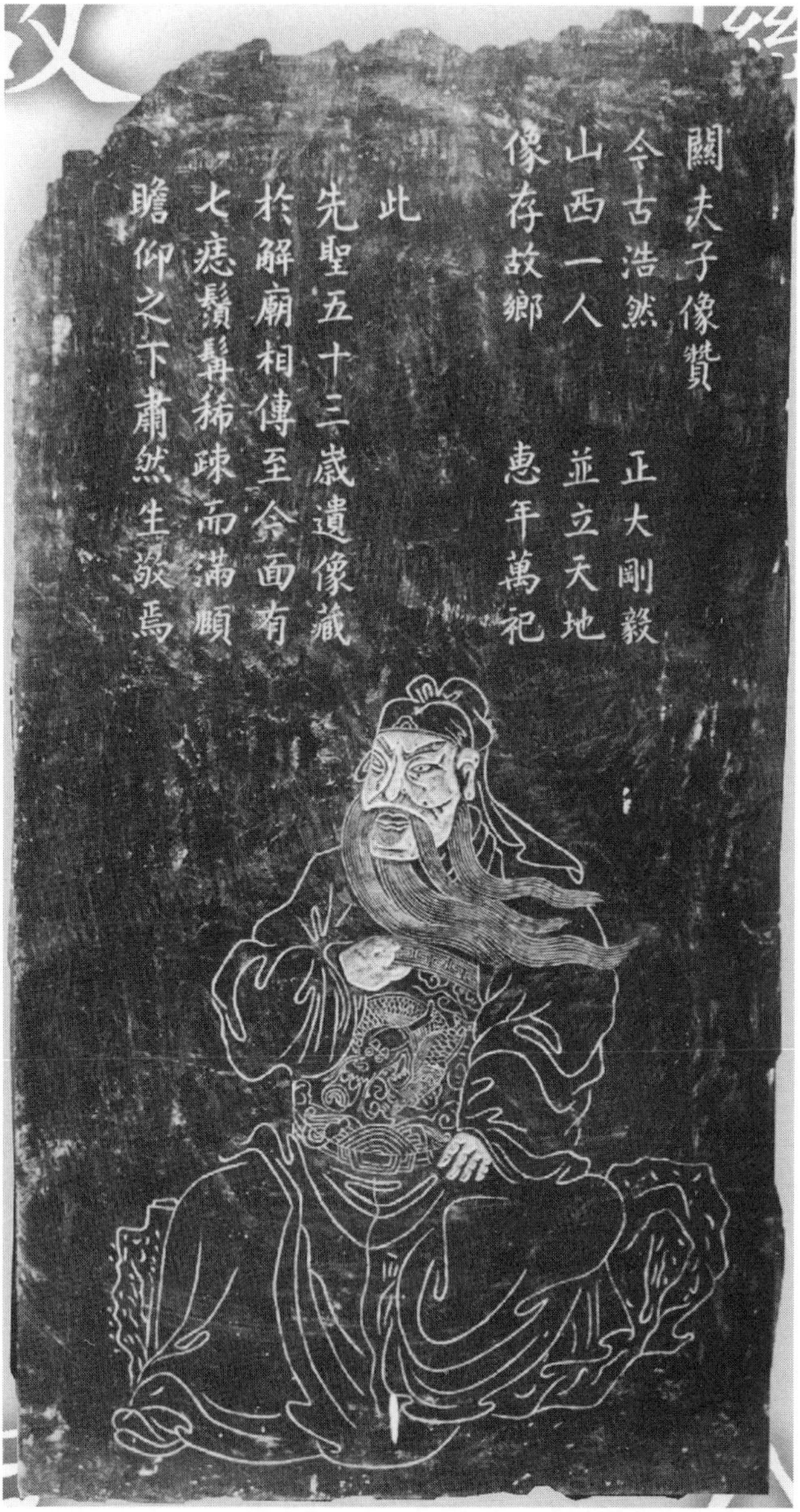

張成徳・黄有泉・宋富盛主編『関公故里』山西人民出版社、1998年、340頁

二、人相術から見る関帝の肖像

小川陽一氏は、「人相術が肖像画の技法（肖像画の画論）に影響を与えていること」、「その技法で描かれた作品例」が見出せること、「その肖像画が人相術の視点で鑑賞されている」ことを指摘している。[25]とすれば、「関帝文献」に収められる関帝の肖像にも人相術の影響が及んでいる可能性が高い。

小川氏は、先に引いた『三国志演義』における関羽の容貌描写についても人相術に依拠していることをつとに指摘しており、[26]「丹鳳眼」「臥蚕眉」が人相術の用語であったり、人相術の考え方に基づく表現であったりすることを確認して、その意味を考察している（類型化することで人物の内面や将来、他の人物との格の上下等を示す。例えば、顔の部位の表現が共通する関羽と『水滸伝』の宋江・朱仝・関勝とは同格となる）。

それでは、果たして「関帝文献」に見える関帝の肖像にも人相術の考え方が反映されているのか、反映されているとすればどのように反映されているのかを見ていこう。

人相術、すなわち相法は、類書の中にも収録される。今、明代の『三台万用正宗』[27]巻三十「相法門」と『三才図会』[28]身体七巻「人相類」を見ると、顔の部位の種類を示すたくさんの図が並び、それぞれを表す用語、そしてそのような部位を持つ者の運命について記される。関帝の肖像もこれらの図から、部位ごとに適切なものを選択し、あたかもモンタージュ写真のように一枚の紙の上で組み合わせることによって描かれているのだろうか。

しかし、それを確かめようにも、関帝の肖像の各部位を『三台万用正宗』や『三才図会』の図と同定することは困難である。そもそもこれら類書に描かれる顔の各部位は、その差異の区別がつけられない図も多い。そこで、今回は関帝の肖像に附された文章の中で特に人相術の用語を用いている部位、目・眉についてのみ検討することにしたい。

（一）　目

図③と図⑦に附された説明文では、関帝の目は「鳳目」と表現される。『三国志演義』では「丹鳳眼」である。『三台万用正宗』と『三才図会』のいずれにも「丹鳳眼」は見えないが、「鳳目」に似た「鳳眼」を載せる。「鳳目」は、「蠶眉」「龍準」と組み合わせて四字にするために縮めた表記に過ぎないかもしれないものの、図①～⑩を通観すると、目が一本の線のみで表現されるC『関聖陵廟紀略』所収の図④⑤を除き、おおむね眼球が上まぶたに覆われるように描かれる。これは目が細いこと、あるいは目をあまり開かないことを表していると思われる。[29]『三台万用正宗』『三才図会』に見える目の図のうち、両書とも眼球が上まぶたに覆われる形で描かれているのは、「鳳眼」だけである（図⑫）。さらに、『三台万用正宗』の「鳳眼」の図には、「富貴」「聰明」「超越」の文字も見え、[30]まさに関帝にふさわしい。これらの肖像の作者は「鳳眼」のイメージで関帝の目を描いたのだろう。

（二）　眉

次は眉。図③と図⑦の説明文は「蠶眉」とし、『三国志演義』は「臥蚕眉」とする。『三台万用正宗』にも『三才図会』にも「蠶眉」は見えず、「臥蚕眉」のみが見えるので、図③と⑦の「蠶眉」はやはり前後の語と組み合わせて四字とするために「臥蚕眉」を縮めた表現であろう。この「臥蚕眉」について小川陽一氏は、「語の由来は蠶が横臥したような太く濃い眉を言うのであろうが、この二書（筆者注：『三才図会』と『相法大全』）の図の眉は新月眉などと並んで細い方に属する。これは図がよくないせいであろうか[31]」と述べている。

【図⑫】『三才図会』身体七巻「人相類」①

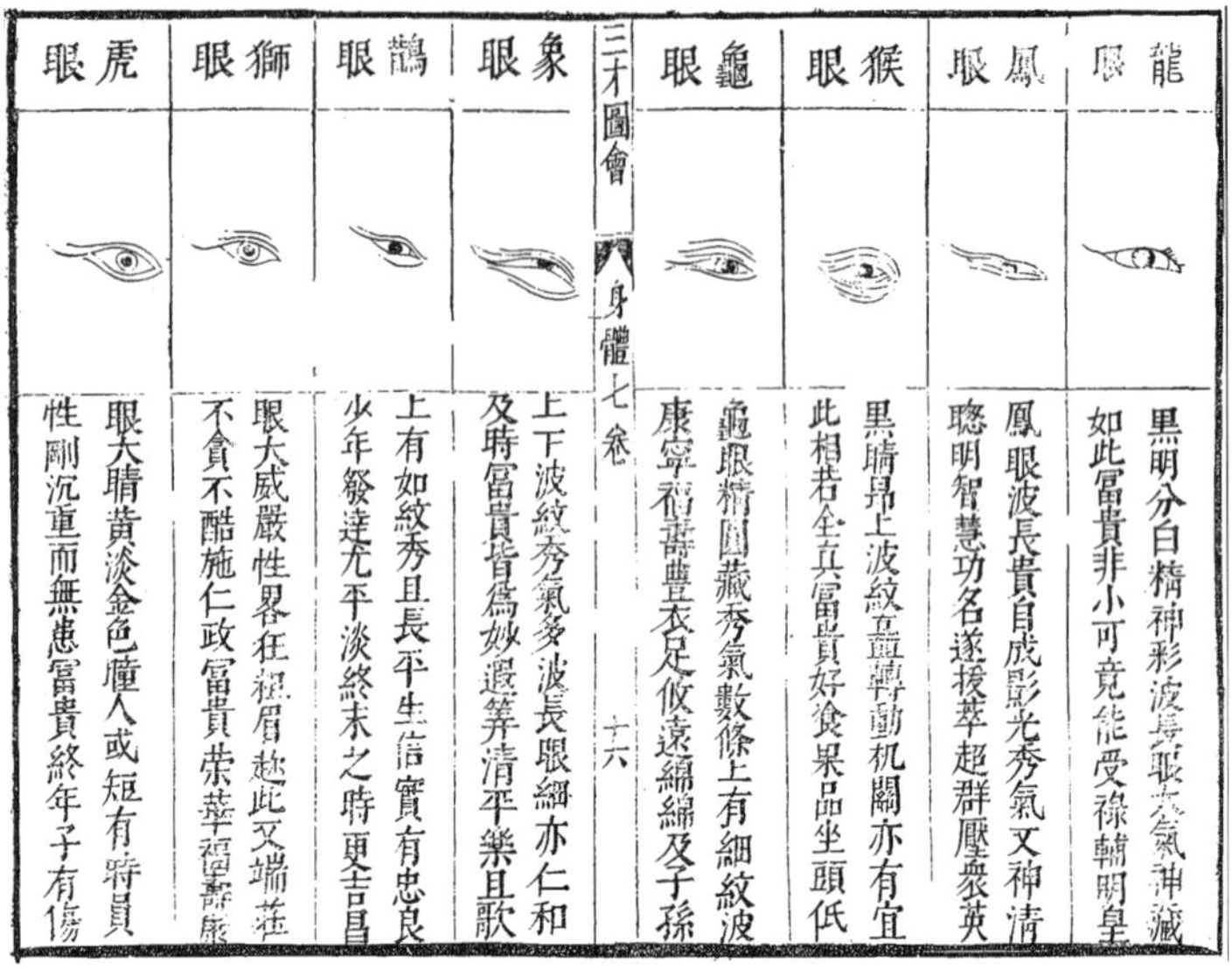
龍眼　黒明分白精神彩波長眼大氣神藏　如此富貴非小可竟能受祿輔明皇
鳳眼　鳳眼波長貴自成影光秀氣又神清　聰明智慧功名遂拔萃超群壓衆英
猴眼　黒睛昂上波紋矗轉動机關亦有宜　此相若全真富貴好食果品坐頭低
龜眼　龜眼精圓藏秀氣數條上有細紋波　康寧福壽豊衣足悠遠綿綿及子孫
三才圖會　身體七卷　十六
象眼　上下波紋秀氣多波長眼細亦仁和　及時富貴皆爲妙遐筭清平樂且歌
鵲眼　上有如紋秀且長平生信實有忠良　少年發達尤平淡終末之時更吉昌
獅眼　眼大威嚴性畧狂粗眉趂此又端莊　不貪不酷施仁政富貴榮華福壽康
虎眼　眼大睛黄淡金色瞳人或短有時員　性剛沉重而無患富貴終年子有傷

『三才図会』全六冊、成文出版社、1970年

【図⑬】『三才図会』身体七巻「人相類」②

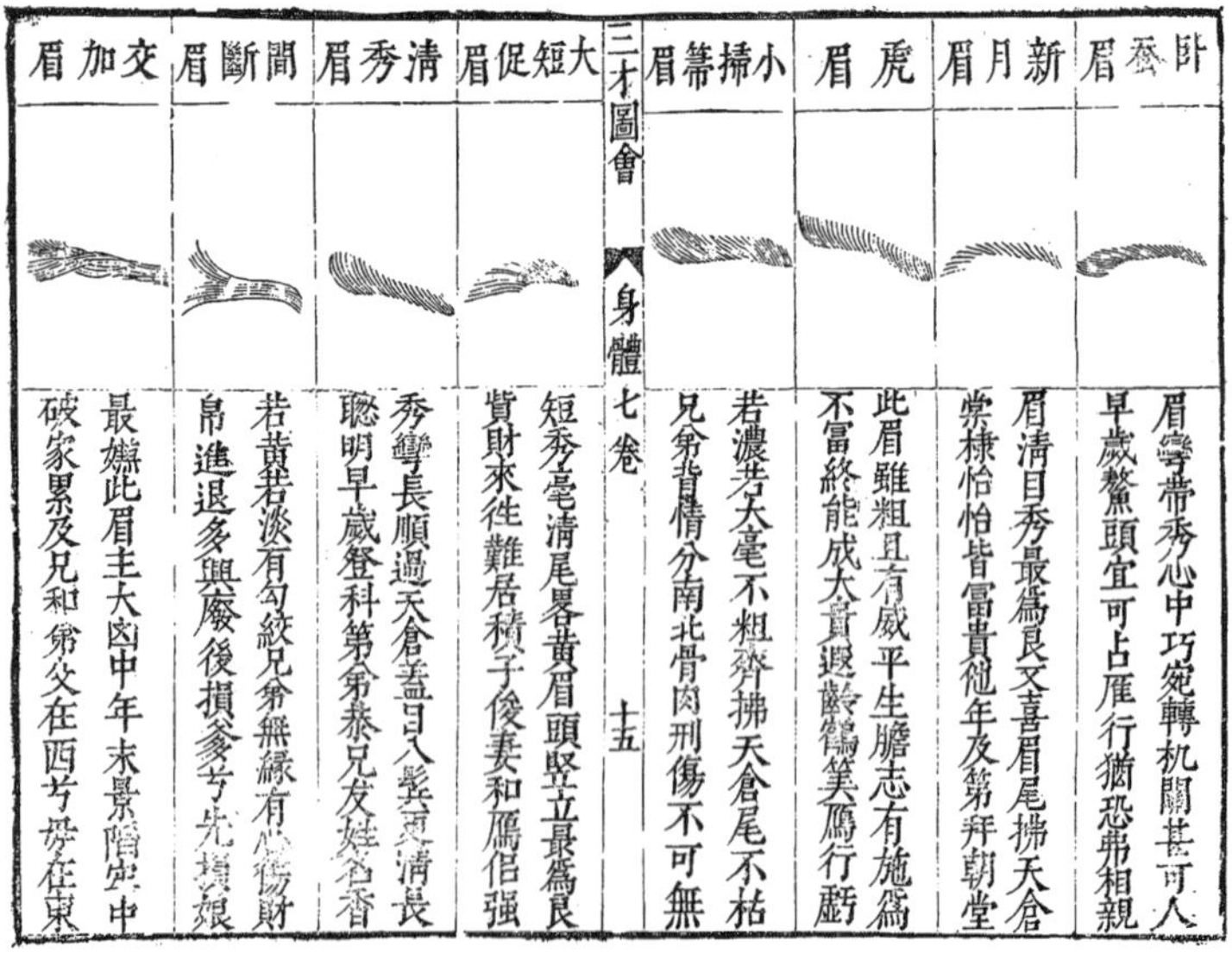
卧蚕眉　眉學帯秀心中巧宛轉机關甚可人　早歳鰲頭宜可占雁行猶恐弗相親
新月眉　眉清目秀最爲良又喜眉尾拂天倉　棠棣怡怡皆富貴從年及第拜朝堂
虎眉　此眉雖粗且有威平生膽志有施爲　不富終能成大貴遐齡儁美厲行蔚
小掃箒眉　若濃若大毫不粗齊拂天倉尾不枯　兄弟背情分南北骨肉刑傷不可無
三才圖會　身體七卷　十五
大短促眉　短秀毫清尾畧黄眉頭竪立最爲良　貲財來往難居積子優妻和属侶強
清秀眉　秀彎長順過天倉蓋日入鬢更清長　聰明早歳登科第弟恭兄友姪名香
間斷眉　若黄若淡有勾紋兄弟無緣有傷財　帛進退多興廢後損爹兮先損娘
交加眉　最嫌此眉主大凶中年末景陷空中　破家累及兄和弟父在西兮母在東

『三才図会』全六冊、成文出版社、1970年

『三国志演義』の邦訳を見ると、「臥蚕眉」はそれぞれ、「蚕のような眉毛」「蚕のまゆ」（小川環樹・金田純一郎訳『完訳三国志』（一）、岩波文庫、岩波書店、一九八八年、一四・一一二頁）、「太く濃い眉」（立間祥介訳『三国志演義』一〈改訂新版〉徳間文庫、徳間書店、二〇〇六年、二三・一二二頁）、「蚕のような眉」（井波律子訳『三国志演義』一、ちくま文庫、筑摩書房、二〇〇二年、二八・一二八頁）と訳されている。立間氏は小川陽一氏と同じ見解のもとに訳していることが分かるが、小川環樹・金田両氏と井波氏は蚕という比喩のまま訳していて具体的イメージに触れない。

今、『三台万用正宗』と『三才図会』に見える「臥蚕眉」は、小川氏が指摘するようにそれほど太くはない（図⑬）。

ただ、類書間において差異がない以上、小川氏のいうように「図がよくないせい」というわけでもなさそうだ。

そこで、関帝の肖像を見てみると、成立の比較的早い図②を除けば、それほど太くはない眉が目立つ。中には図⑤や図⑩のようにむしろ細く描かれているものもある。明清（時代が下れば下るほど）において「臥蚕眉」はこのようにあまり太くない眉として認識されていたのではなかろうか。もっとも、なぜ「臥蚕」というのかは謎のままであるが[32]。あるいは蚕といっても繭や成虫ではなく、細長い形状の幼虫に例えているのかもしれない。少なくとも、関帝の肖像が人相術でいうところの「臥蚕眉」の概念に従って描かれていることは分かる。

『三国志演義』における関羽の容貌の描写に人相術の影響が見られることは指摘されていたが、本節では目と眉の分析を通して、「関帝文献」に見える関帝の肖像にも人相術の影響が多分に感じられることを確認できた[33]。関帝の肖像を描くにあたっては、人相術の書に見える顔の部位の図から、関帝にふさわしいものが選択されている。関帝の肖像は『三国志演義』以上に人相術の深い影響を受けているとさえいえよう。

おわりに

本節では「関帝文献」に収録される関帝の肖像について検討してきた。「関帝文献」にはいろいろなタイプの肖像が収録されるが、まずその基本として、すでに関羽像のスタンダードとして普及していた『三国志演義』の関羽像をおおむね踏襲していた。また、その姿は静的で、武将というよりは文官の趣である。「義」の理想を体現する関帝の「神格」を表現しようとする明清の知識人の意識が見える。そして、そこには関帝を孔子になぞらえようとする動きが見出せた。顔の部位の一部については人相術の観点から検討した。その結果、「関帝文献」における関帝の肖像にも明清に流行した人相術の深い影響が見て取れた。

尚、『三国志演義』の関羽の容貌との相違として、関帝の肖像の一部にほくろがあることを指摘したが、この点については次節で論じる。

注

（1）小川陽一「明清の肖像画と人相術――明清小説研究の一環として――」（『東北大学中国語学文学論集』第四号、一九九九年）。

（2）洪淑苓「文人視野下的関公信仰――以清代張鎮《関帝志》為例」（『漢学研究集刊』第五期、二〇〇七年）。

（3）李福清「関羽肖像初探」（『関公伝説与三国演義』雲龍叢刊〇三九、雲龍出版社、一九九九年）。初出は「関公肖像初探」（上）（『国立歴史博物館館刊』四：四、一九九四年）・同（下）（『国立歴史博物館館刊』五：一、一九九五年）。

（4）胡小偉「金代関羽神像考釈」（『嶺南学報』新第一期、一九九九年）。

（5）「関帝聖蹟図」については次章で詳しく論じる。

（6）『関帝文献匯編』所収のB『関聖帝君聖蹟図誌全集』は光緒二年（一八七六）の重刊本であり、同書所収のD『聖蹟図誌』よりも後の刊刻になるが、文献Bの初刊本である康熙三十二年（一六九三）序刊本（東京大学東洋文化研究所蔵）に見える肖像と比べても、文献Dの肖像が文献Bのものを引き継いでいることが分かる。

（7）羅貫中『三国志通俗演義』（人民文学出版社、一九七四年）に拠る。

（8）「重棗」の解釈については諸説あるが、沈伯俊氏は「重陽節の時分の棗。その色は紫色を帯びた深紅に近い（重陽時的棗子、顔色接近紫紅）」（沈伯俊校理『三国演義（名家批注図文本）』〔全二冊〕鳳凰出版社、二〇〇九年、三頁）と説明し、立間祥介氏は「くすべた棗」と訳す（立間祥介訳『三国志演義』一〈改訂新版〉徳間文庫、徳間書店、二〇〇六年、一三頁）。駒田信二「関羽の顔の『重棗』について」（『対の思想―中国文学と日本文学―』勁草書房、一九六九年）も参照されたい。

（9）身長九尺三寸、髯長一尺八寸。面如重棗、唇若抹朱。丹鳳眼、臥蚕眉。相貌堂堂、威風凜凜。

（10）身長に「九尺三寸」「九尺五寸」と異同が見えるのは、「三」と「五」の字形の近似による誤刻であろうか。

（11）身長九尺五寸、髯長一尺八寸、丹鳳眼、臥蚕眉、面如重棗、聲似巨鐘。

（12）B『関聖帝君聖蹟図誌全集』が身長を「九尺六寸」とするのは、孔子に合わせたためであろう。呉嘉謨『孔聖家語図』所収の「孔子聖蹟図」（孔子の生涯を図によって示し、それに対応する説明文や詩を附したもの）は、孔子の身長を「九尺六寸」とする。「関帝聖蹟図」は関帝を孔子と並ぶ聖人とするために呉嘉謨本「孔子聖蹟図」を模倣して制作された。図③は「関帝聖蹟図」の第一図であるから、その説明文で関帝の身長を孔子に合わせているのである。第三章参照。

（13）猿のように長い腕。弓を射るのに都合がいいという。

（14）一般的關帝神像都畫他靜態的様子、看不到他施展大力氣及動作、……（注〔3〕所掲李氏「関羽肖像初探」一四二頁）。

（15）「天地三教十八仏諸神」図において「關帝被稱爲『伏魔大帝』、衣服與關聖帝君圖不同、不像將軍而是文臣、頭戴冕旒冠、但是只可以看得見側面的各一面兩串、右爲持青龍刀的周倉、左爲捧印的關平、關帝紅臉、但只有八字鬍、與上類不同」（注〔3〕所掲李氏「関羽肖像初探」一一六頁）。「光緒二十七年（一九〇一年）泉州成美齋刻印的《喚醒新民》書中有『關聖帝君神像』、此與一般的關帝像不同、也坐椅上（無虎皮）、兩手持圭、穿文官服」（同）。

(16) 孫承恩曰、姑蘇劉生司直、素善繪事、迺令昉古聖賢像原帙、縮而小之。不越指掌、而古人大都無須問名、而可識其爲某某矣。（F『関帝事蹟徵信編』巻十九「雑綴二」は「昉」を「仿」に作る。こちらに従って訳出した。）

(17) F『関帝事蹟徵信編』巻十九「雑綴二」に引く胡棟『関帝誌』に拠る。尚、国立公文書館のサイトでこの『集古像賛』中の関羽／関帝の肖像を見ることができる（http://www.archives.go.jp/exhibition/summerpopup_19/005_2.html、最終アクセス日二〇一八年七月八日）。

(18) 今所存第一圖仍胡公、第二圖則摹雲間孫尚書「先賢像贊圖」。一則「公幞」、端嚴、鬚髯如當年。一則「燕居巾幘」、莊雅雄秀、令人想見絶倫逸羣之大全也。（尚、「公幞」を「公幞像」、「燕居巾幘」を「燕居巾幘像」とそれぞれ図題として訳出したのは、F『関帝事蹟徵信編』巻十九「雑綴二」に拠る。）

(19) 黄華節『関公的人格与神格』（人人文庫、台湾商務印書館、一九六八年版〔一九六七年初印〕）一九九～二〇一頁。

(20) 子之燕居、申申如也、夭夭如也。（阮元校刻『十三経注疏』全二冊〔中華書局、一九八〇年〕に拠る。）

(21) 注（3）所掲李氏「関羽肖像初探」一〇三頁。

(22) 都城舊有帝像。言、先朝從大内出者、其面色正赤、面有七痣、鼻準二痣尤大、鬚髯則稀疎而滿頤、非五縷也。未知眞否。

(23) 鎮按、……世傳關夫子像甚多。今閲解廟石刻、爲五十三歳眞容、與　果親王所繪大畧相彷。

(24) 張成徳・黄有泉・宋富盛主編『関公故里』（山西人民出版社、一九九八年）。

(25) 注（1）所掲小川氏論文参照。

(26) 小川陽一「『三国志演義』の人間表現――相書との関係において――」（金谷治編『中国における人間性の探究』創文社、一九八三年）、同「明代小説における相法――三国志演義と金瓶梅詞話を中心に――」（『東方学』第七十六輯、一九八八年。のち小川陽一『日用類書による明清小説の研究』研文出版、一九九五年）。

(27) 『三台万用正宗』四十三巻。余象斗輯、万暦二十七年（一五九九）刊。本書では坂出祥伸・小川陽一編『中国日用類書集成』第五巻（汲古書院、二〇〇〇年）所収のものを用いた。

（28）『三才図会』百六巻。王圻輯、万暦三十五年（一六〇七）刊。本書では『三才図会』（全六冊、成文出版社、一九七〇年）を用いた。
（29）京劇において関羽を演じる「紅生」は、舞台上であまり目を開かず、まるで閉じているかのように見せる。これは「關老爺睜眼就要殺人」といわれているからだという。李洪春・董維賢・長白雁整理『関羽戲集　李洪春演出本』（上海文芸出版社、一九六二年）四二二頁参照。
（30）『三台万用正宗』巻三十第十二葉表。
（31）注（26）所掲小川氏「明代小説における相法――三国志演義と金瓶梅詞話を中心に――」。
（32）胡小偉氏も指摘するように、「臥蚕」とは本来は下まぶたを指す（注（4）所掲胡氏論文参照）。『三才図会』身体七巻「人相類」に収録される顔の各部位の名称を示した図「十三部位総要図」でも右目の下に「臥蚕」の文字が見える。
（33）目と眉以外の部位についても図③⑦の説明文や『三国志演義』に描写があるが、人相術の用語を直接用いていないため、それぞれの部位の図と同定するのは困難である。口については、図③の説明文に「唇若丹硃」、図⑦の説明文に「唇丹」、『三国志演義』に「唇若抹朱」と唇の色についてのみ描写される。類書の口の図にもその韻文で色について「似硃砂」「唇紅似抹丹」「含丹」（『三台万用正宗』）、「唇紅光潤似硃砂」「若丹鮮」（『三才図会』）と描写されるものがある。しかし、類書に描かれる口の形は似通ったものが多く、また、肖像の方でも口がひげに隠れて輪郭が見えないものもあり、同定は難しい。鼻についても図⑦の説明文にある「龍準」という語が『三台万用正宗』と『三才図会』に見えないため同定は困難。ただし、各肖像の鼻の形状はおおむね共通している。よって、やはり人相術の概念に基づいて描かれていることが推定される。

第二節　関帝のほくろについて

はじめに

前節で見たように、「関帝文献」に収録される関帝の肖像は、おおむね『三国志演義』の関羽の容貌描写を踏襲していたが、『三国志演義』との相違点として、一部の肖像にほくろがついていることが挙げられた。本節ではこのほくろの意味するところを探っていきたい。

従来の研究では、この問題についての解明が十分になされておらず、決定的な結論が出ていない。そのうち、洪淑苓氏は専著『関公民間造型之研究――以関公伝説為重心的考察』において、わざわざ「二、有痣関公像辨析」という一項を設けて関帝のほくろについて考察している。(1) 洪氏は、関帝の伝説の中に関帝の顔にほくろがあるとするものがあるが、これは演劇の影響によるものではないかと推測している。関羽を演じる役者はしばしば顔にほくろをつけることで、これは芝居であって、本当の関帝ではないこと（降臨した神ではないこと）を表したというのだ。しかし、京劇の瞼譜を見ると、流派によってほくろをつける位置や数が違うという。洪氏は流派の独自性を出すためではないかと推測する。さらに、李福清氏が、『史記』高祖本紀に見える漢の高祖の左足のももにあった七十二個のほくろと同様に、(2) 関帝のほくろもその非凡さを示すと考えていることを紹介した上で、さらに考察を進めて、同じくほくろとすることで高祖との共通性を持たせ、関帝の漢室への忠義の厚さも表していると述べる。

さらに、洪淑苓氏は論文「文人視野下的関公信仰——以清代張鎮《関帝志》為例[3]」の注において情報を更新する。洪氏も参加した学会の出席者であった胡小偉・謝聡輝両氏の見解として、関帝のほくろは道教、とりわけ北斗七星図と関係があるという説を紹介する。

その胡小偉氏は、自身の「金代関羽神像考釈[4]」において、関帝の顔に「七痣（七つのほくろ）」があるとされることについて、「観相家は富貴をつかさどるしるしであると考える。明らかに後の人がつけ加えて潤色したものであり、深く論ずるまでもない（相術家謂主富貴之象。顯為後人増飾之語、不足深論）」と一蹴する。

これらの先行研究を承けて、本節では関帝のほくろが意味するところを明らかにするにあたり、まず、演劇との関係について検討する。次いで、明清の肖像に大きな影響を与えていたという人相術との関係を探る。最後に、北斗七星と関係があるという説を起点として、なぜ関帝の顔にほくろがあるとされるようになったのかを考察する。

一、ほくろのある関帝の肖像

前節で検討した「関帝文献」中の関帝の肖像のうち、ほくろのあるものは三幅である。すなわち、B『関聖帝君聖蹟図誌全集』所収の図③、D『聖蹟図誌』所収の図⑦、E『関帝志』所収の図⑨である。本節ではこの三幅を主要資料とする。

B『関聖帝君聖蹟図誌全集』とD『聖蹟図誌』はいずれも「関帝聖蹟図」（次章参照）を収録する。B『関聖帝君聖蹟図誌全集』所収の関帝の肖像（図③）は「関帝聖蹟図」の第一図であり、D『聖蹟図誌』はB『関聖帝君聖蹟図誌全集』の「関帝聖蹟図」を引き継いでいるから、図③とD『聖蹟図誌』所収の関帝の肖像（図⑦）とはよく似ている。

図③と図⑦が全身像であるのに対して、Ｅ『関帝志』所収の肖像（図⑨）は、上半身のみを描く。

図③には、前節でも引いたように次のような説明文がつく。

　身長九尺六寸、ひげの長さは一尺八寸。顔は熏棗《ママ》のごとくで、唇は朱のごとし。鳳目にして蚕眉、顔には七つのほくろがある。[5]

「七つのほくろ（七痣）」以外は、表現に違いはあるものの基本的に『三国志演義』と共通する。図③には確かに右頬に一つ、鼻筋に一つ、左頬に一つ、左側面に上下に並ぶ二つ、左耳に上下に並ぶ二つの計七つのほくろが見える。続いて図⑦の説明文も引いておこう。図⑦は図③に基づくから、その説明文も図③の説明文を敷衍する。

　身長九尺六寸、ひげの長さは一尺八寸。顔は大きくて唇は赤く、高い鼻に鳳目、蚕眉にして猿臂。その徳は五行（五常）を備える。顔には七つのほくろがある。[6]

『三国志演義』に基づいた図③の描写に、「高い鼻（龍準）」「猿臂」がつけ加えられており、やはり顔に「七つのほくろ（七痣）」があったとする。図⑦を見ると、右頬の右目の下に上下に並ぶ二つ、鼻の頭に一つ、左頬の側面に上下に並ぶ二つ、下あごの左側に一つ、左耳に一つの計七つのほくろが確認できる。

図⑨は、見にくくはなっているものの、右上に「果親王繪像」（「繪像」は肖像の意）とあり、図⑨のもとになった肖像の作者が清の康熙帝の第十七子である果親王允礼（一六九七～一七三八）であることはすでに述べた。図③・⑦と違っている点は、図③・⑦の説明文では「七つのほくろ」となっているのに対し、図⑨では四つしか確認できないことである。

図⑨の後に引用された文章の末尾には、Ｅ『関帝志』の編纂者である張鎮の按語がある。

私、張鎮が思うに、……世に伝えられる関夫子の像は大変多い。今、解州関帝廟の石刻を見ると、五十三歳の時の肖像であり、果親王の描いた肖像とおおむね似通っている。(7)

前節でも見たように、『関公故里』(8)にはこの「五十三歳の時の肖像」（図⑪）の石刻の写真を収める（三四〇頁）。キャプションがついていないため、この石刻が今も解州関帝廟に現存するのか定かではないが、張鎮のいうように図⑨と確かに似ている。前節で述べたように、「果親王繪像」は果親王允礼が解州関帝廟に伝わっていた「五十三歳の時の肖像」を模写したものと考えられる。(9)

さらに、『関帝文献滙編』に収録される「関帝文献」の一つ、Ｆ『関帝事蹟徴信編』巻十九「雑綴一」に引く言如泗『解州志』には次のようにある。

関聖遺像碑。西門外の廟内にある。関聖帝君五十三歳の時の肖像と伝えられる。建安年間に描かれたもので、顔に七つのほくろがあり、ひげはまばらであごいっぱいに生えている。海内の人々がこの像を敬い奉じて毎日絶えず写したり拓本をとったりしたので、もとの碑は像がはっきりしなくなってしまった。乾隆二十七年（一七六二）、解州知州の言如泗が品質のいい石に改めて写させた。(10)

前節でも述べたように、建安年間に描かれたというのは真実ではないが、この「五十三歳の時の肖像」には七つのほくろがあったようだ。ほくろの数が一致しないのは気になるものの[11]、前述のように、図⑨は果親王允礼がこの肖像を模写したものに基づく。図⑨が収められるE『関帝志』には、図⑨と構図が似る「孫尚書蔵像」（図⑧）も収録されるが、「孫尚書蔵像」にはほくろがない。そしてこの「孫尚書蔵像」は明の万暦年間に刊行されたA『漢前将軍関公祠志』に収録される「孫尚書古聖賢像二」（図②）と同源である（前節参照）。もちろん、「孫尚書古聖賢像二」にもほくろはない。また、A『漢前将軍関公祠志』では関帝のほくろについて一切記されない。よって、少なくとも万暦年間には「五十三歳の時の肖像」は存在せず、関帝の顔にほくろがあるともされていなかったのではないか。一方、乾隆年間には像がはっきりしなくなるほどだったというのだから、「五十三歳の時の肖像」は明末にはすでに存在していたか。

いずれにせよ、乾隆二十七年以前の古いものはもはや存在しない。ただ、果親王允礼は康熙・雍正年間の人であるから、彼が模写したのは明らかに古い方の肖像である。したがって、その模写に基づく図⑨は、失われた古い「五十三歳の時の肖像」の姿を今に伝える貴重な肖像ということになるのである。

以上、三つの「関帝文献」に収録されるほくろのある関帝の肖像について概観した。では、なぜ関帝にほくろが描かれるようになったのか。以下にその答えを探っていきたい。

二、「破相」説について

まず、洪淑苓氏が説く、伝説中の関帝の顔にほくろがあるとされるのは、役者が舞台で関羽を演じる際にほくろをつけたことの影響だとする見解について検討しよう。このように舞台上の人物の顔形をわざと崩すことを「破相」とか「破臉」というが、洪氏も述べるように、こうすることによって本物の関帝が降臨したのではないことを明示して、神罰を受けるのを避けようとしたのである。舞台上の人物造形としては納得のいく話である。

しかし、それならどうして「関帝文献」の関帝の肖像にもほくろを描き込む必要があるのだろうか。これらの肖像は神としての関帝を描いているのだから、むしろほくろがあっては具合が悪い。演劇の影響によって関帝の顔にほくろが描かれるようになったとするのには無理があろう。もともと関帝の顔にはほくろがあるという設定があり、それが臉譜にも反映されたと考える方が自然である。

三、人相術から見る関帝のほくろ

胡小偉氏は関帝のほくろについて観相家が考える富貴のしるしであると指摘していた。そこで次に、関帝の顔にほくろが描き込まれた理由を明清に流行した人相術によって解明できないか探ってみたい。小川陽一氏は、「人相術が肖像画の技法（肖像画の画論）に影響を与えていること」、「その技法で描かれた作品例」が見出せること、「その肖像画が人相術の視点で鑑賞されている」ことを指摘している。[12]とすれば、「関帝文献」に収められる関帝の肖像にも人

【図⑭】『三才図会』身体七巻「人相類」③

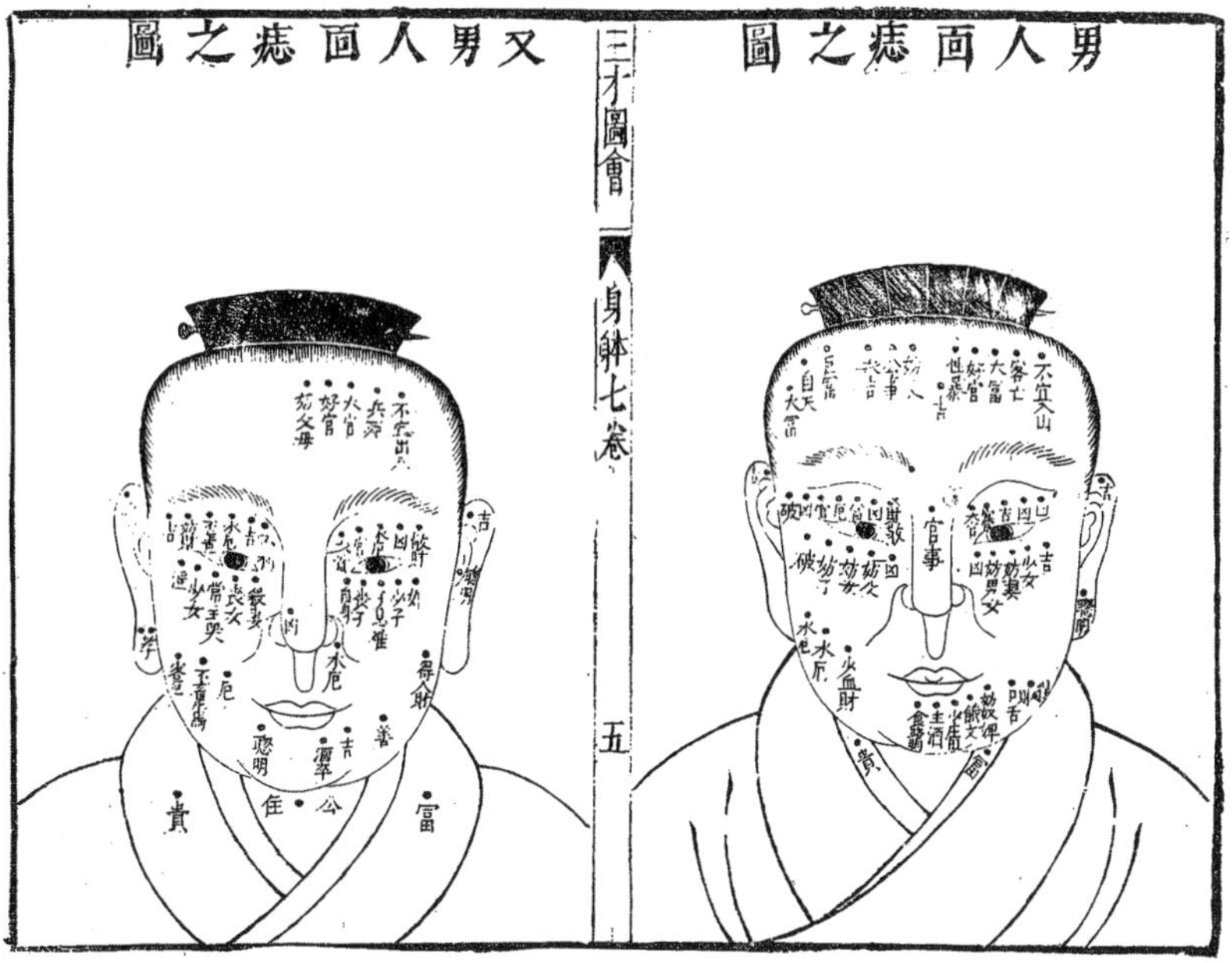

『三才図会』全六冊、成文出版社、1970年

相術の影響が及んでいると考えられるからである。

小川氏は、『三国志演義』における関羽の容貌描写についても人相術に依拠していることをつとに指摘しており[13]、「丹鳳眼」「臥蚕眉」が人相術の用語であったり、人相術の考え方に基づく表現であったりすることを確認して、その意味を考察している。

これらを受け、前節において、「関帝文献」が収録する関帝の肖像の目と眉について、人相術の考え方がどのように反映されているのかを検討した。ここでは、ほくろについて同様に見ていく。

前節で使用した明代の『三台万用正宗』巻三十「相法門」と『三才図会』身体七巻「人相類」でもほくろについて説かれている。両書はほくろが顔のどの位置にあるかでその人の運命を占っており、それを図で示している。『三台万用正宗』には「男人面痣図」と題された一幅が、『三才図会』にはそれぞれ「男人面痣之図」「又男人面痣之図」と題された二幅（図⑭）が掲載されており、『三台万用正宗』

のものと『三才図会』のものとでは中身に異同がある。

しかし、図③・⑦・⑨に見えるほくろの位置は、これら類書に見える図のほくろの位置と必ずしも対応しているわけではない。対応している場合でも、「妨父（父を損なう）」「喪女（娘を失う）」「凶」といった凶事を表す位置に関帝のほくろが描かれている。そもそも、『三台万用正宗』にしても、『三才図会』にしても、ほくろは「妨貴」「妨父母」「性暴」「水厄」など凶事を表すことが多いようである（特に『三台万用正宗』の場合）。関帝を崇拝する人々が凶事を表すために関帝の顔にほくろを描き入れるとは考えにくい。

しかも、図③・⑦・⑨の三幅の間でほくろの位置が一致していない。また、その数も図③と⑦では「臉（面）有七痣」という説明文の通りに七つあるが、図⑨では四つしか確認できない。そもそも、図③と図⑦のほくろは数を合わせることに重点を置いているように見える。これらの肖像は正面を描いたものではない。よって、見えない部分にほくろがあってもいいはずである。にもかかわらず、「臉（面）有七痣」に合わせてほくろを七つ、しかも顔の片側に集中して描いている点からそれがうかがえる。だから、図⑨に四つしかないのはむしろ自然であるともいえよう。

また、図③が「関帝聖蹟図」の第一図であることは先に述べた通りだが、第一図以外では関帝のほくろはどのように描かれているだろうか。B『関聖帝君聖蹟図誌全集』の初刊本[14]の「関帝聖蹟図」では、ほくろのない図が圧倒的に多い（第三章の図⑲・㉒・㉓参照）。『関帝文献匯編』所収のB『関聖帝君聖蹟図誌全集』の「関帝聖蹟図」の場合は、左頬に三つ、鼻の頭に一つ、右頬に三つ描かれる図がほとんどであり（角度によっては片頬は見えない）、第一図である図③とはほくろの位置が異なる。以上から、関帝のほくろに共通認識としての定まった位置があったとは考えにくい。

このように見てくると、目や眉とは違い、関帝のほくろの謎を人相術の観点から明らかにすることはできないように思われる。

ところが、北宋の陳摶が撰し、明の袁珙・袁忠徹父子が訂正した相書の集大成『神相全編』には、七つのほくろに関する記載が見える。[15]ただし、この袁氏父子による『神相全編』は、「妄りに天機を洩らすことを恐れ（恐妄洩天機）」るためにわざと文意を通じにくくさせているといい[16]、甚だ読みにくい。そこで、それを改訂した石龍子法眼（藤原相明）による文化四年（一八〇七）刊の和刻本『神相全編正義』を繙くと、その巻下に「頭と顔のほくろを占う（相頭面黒子）」とあり、そこには「額に七星があれば、大貴の相である（額上有七星者、主大貴）」と見える。「七星」は後述のように七つのほくろを指す。また、同じ巻下に掲載される「面痣吉凶之図」でも額に七つのほくろが描かれ、「額有七星者大貴」と記されている（同じ『神相全編』の和刻本でも慶安四年〔一六五一〕に梅村三郎兵衛が刊行したものでは「面痣吉凶之図」の額に七つのほくろは描かれない[17]）。

このことから関帝の七つのほくろは人相術と関連がある可能性は否定できないが、それが「大貴」を示す額に描かれず、顔中にばらばらに、それもおおむね凶事を表す位置に描かれていることには疑問が残る。七つのほくろには、人相術に従って「大貴」を表す以上に、別の意味合いが込められているのではなかろうか。

四、関帝の肖像にほくろがある理由——北斗七星との関係

そこで最後に、先学によって示された七つのほくろは北斗七星と関係があるという説を起点として、関帝の肖像にほくろが描かれるようになった理由を考察する。

冒頭で触れたように、洪淑苓氏は論考の中で、胡小偉・謝聡輝両氏の見解として、関帝の七つのほくろは北斗七星と関係があるという説を紹介している。「七つのほくろ（七痣）」は容易に「七つの星」を連想させるから、北斗七星

と結びつけるのは比較的自然である。実は、古くから七つのほくろは「七星」と称されている。例えば、『晋書』桓温伝には、「溫豪爽有風概、姿貌甚偉、面有七星（桓温は豪快かつ率直にして人柄がよく、容貌ははなはだ立派で、顔には七つの星のようなほくろがあった）」と見える。ほくろが星に例えられ、それが七つで「七星」と称されることからすれば、やはり関帝の顔にある七つのほくろも「七星」、すなわち「北斗七星」と関連させて考えるべきであろう。

よく知られるように、古来、中国では北斗七星は信仰の対象となっていた。[18] 道教には『北斗九皇隠諱経』『北斗七元金玄羽章』『太上北斗二十八章経』『太上玄霊北斗本命延生真経』といった経典があり、北斗を神格化した北斗七元星君という神も生み出されているが、これらは古代の北斗信仰が引き継がれたものである。また、仏教にも北斗信仰は見られ、『北斗七星念誦儀軌』『北斗七星護摩秘要儀軌』『仏説北斗七星延命経』『北斗七星護摩法』といった経典がある。北斗信仰と密接な関係のある道教の三尸説は仏教にとり入れられ、日本に入って庚申信仰となった。

『淮南子』天文訓には、「北斗の撃つ方角は、何者も敵とすることができない」[19] とあり、『後漢書』天文志には、「北斗は殺をつかさどる（北斗主殺）」とある。杉原たく哉氏はこれらの記載から、北斗七星には「敵を打ち破り殺すという強力な軍事的意味づけがなされていた」と述べる。さらに、北斗七星が刻まれた「七星剣」と呼ばれる剣について、北斗を刻むことで「北斗の霊力を受けて無敵の剣と化す」[20] と論じている。つまり、剣により強い威力を与えるために北斗の霊力を借りようとしたわけである。

このように北斗を図案に用いることで、その霊力を借りようとした例は、剣だけにとどまらない。『史記』孝武本紀には、

その秋、南越を討伐するために、泰一（北極神）に祈った。牡荊（植物名。ニンジンボク）を旗竿として日・月・

北斗・登龍を描いた旗を作り、天一（泰一の別名）の三星をかたどって、泰一の鋒とし、「霊旗」と名づけた。[21]
とあり、「霊旗」という旗に北斗が描かれていたことが分かる。これは北斗の図柄そのものに破敵・破陣の霊力があると考えられていたためであり、杉原氏は、北斗をはじめとした天体や山川・龍といった文様は、「全宇宙の霊力を象徴するもの、崇高なるものの表象として[22]」使われたと指摘する。

これらのことを踏まえれば、七つのほくろ、すなわち「七星」も剣や旗に北斗を描くのと同じ理屈で関帝に加えられたのではなかろうか。つまり、関帝の武威をさらに強化することが目的だったのではないだろうか。歴史上の関羽はすでに「一人で一万人に敵対できる（萬人之敵）」（『三国志』関張馬黄趙伝評）と評される武将であるが、現在のスタンダードな関羽像に欠かせない青龍偃月刀・赤兎馬などの要素は後世に関羽と結び付けられたものであって、歴史的根拠はない。史書に見えるのは「立派なひげ（美鬚髯）」（『三国志』関羽伝）のみである。

青龍偃月刀[23]は武器である以上、関羽の武を象徴・強調するために附与されたことは自明であり、関羽と青龍偃月刀の関係性の物語が、洋の東西を問わず共通する神話・伝説のモチーフであることはつとに指摘されている。[24]説唱詞話『花関索伝』では、赤兎馬が関羽の刀を水中に沈める描写の後、関羽は死ぬ。刀を失うことで死が訪れるということから、刀こそ関羽の力の根源であることを逆説的に物語っている。

赤兎馬についても青龍偃月刀と同様に英雄の力を象徴するという指摘がある。竹内真彦氏は、『三国志平話』や『三国志演義』において赤兎馬の持ち主が呂布から関羽へと移ることは、呂布から関羽に力が継承されたことを表していると論じる。[25]

実は、歴史的根拠のあるひげでさえも、後世には武威を強化するための要素として新たな伝説が作られている。B

『関聖帝君聖蹟図誌全集』巻一所収の「関帝聖蹟図」第四十九図「烏衣兆夢」に次のようにある。

関帝は立派なひげの持ち主であったが、そのうちの一本が特に長く、戦のたびに跳ね上がった。禍いに遭う前の晩、黒い衣を着た男が、「私は北海の龍です。あなたにお伴して猛威のお力添えをして参りましたが、ここでお別れさせていただきとう存じます」と暇乞いする夢を見た。朝に目覚めると、その特に長かったひげが、手に触れて落ちた。関帝はこのことを不快に思った。(26)

この後、関帝は天に帰することになるので、この伝説も青龍偃月刀の物語と同じパターンである。史書に唯一根拠のあるひげだからこそ、関帝の力の根源が秘められているに違いないと考えられたのだろう。

青龍偃月刀と赤兎馬が関羽の武器や座騎とされたのは遅くとも元代のことであり、ひげが龍であったという伝説はおそらく明代に流布している。(27)時代が下るにつれて、関羽／関帝に武威を添える要素は増やされていく。顔の七つのほくろについてもこの文脈の上で考えるべきであろう。第一節で述べたA『漢前将軍関公祠志』所収の肖像と「五十三歳の時の肖像」をめぐる状況に鑑みて、ほくろが附加されたのは明末の頃と推測される。北斗七星を象ったほくろも関帝に武威を添えるべく、明末に新たに加えられた要素と結論づけられる。

おわりに

本節では、これまで十分な解明がなされてこなかった、一部の関帝の肖像に見える顔の七つのほくろが意味するところについて探究した。まず、舞台上の役者が本物の関羽／関帝ではないことを示すためにわざとほくろをつけたことに由来するという説、いわば「破相」説について検討し、神として描いている以上、関帝の肖像にわざわざほくろを描き込む必要性がないことから、この説が成り立たないことを述べた。次いで、明清における肖像の制作と鑑賞に大きな影響を与えていた人相術に照らしてほくろが加えられた理由を探ったが、相書に額の七つのほくろが「大貴」を示すことは見られるものの、実際に関帝の肖像に描かれたほくろは額に集中しておらず、人相術において凶事を表す位置に分散して描かれていることから、ほくろが人相術に照らして描き入れられたと言い切ることは難しかった。
最後に、先行研究で示されていた、七つのほくろは北斗七星と関係があるという説を起点とし、顔の七つのほくろを「七星」と表現する例があること、北斗信仰において北斗を剣や旗に描くことで軍事的な力を得ようとしたことから、関帝の顔の七つのほくろには青龍偃月刀や赤兎馬などと同様に、関帝の武威を強化する意味合いがあると結論づけた。

注

（1）洪淑苓『関公民間造型之研究——以関公伝説為重心的考察』（国立台湾大学出版委員会、一九九五年）五二一～五二四頁。

（2）『史記』高祖本紀に「高祖爲人、隆準而龍顔、美須髯、左股有七十二黒子」とある（〔漢〕司馬遷撰『史記』全十冊、中華書局、一九八二年版〔一九五九年初印〕に拠る。以下同じ）。

（3）洪淑苓「文人視野下的関公信仰——以清代張鎮《関帝志》為例」（『漢学研究集刊』第五期、二〇〇七年）。

（4）胡小偉「金代関羽神像考釈」（『嶺南学報』新第一期、一九九九年）。

（5）身長九尺六寸、鬚長一尺八寸。面如熏棗、唇若丹硃。鳳目蠶眉、臉有七痣。

（6）身長九尺六寸、鬚長一尺八寸。面豊唇丹、龍準鳳目、蠶眉猿臂。徳全五行。面有七痣。

（7）鎮按、……世傳關夫子像甚多。今閲解廟石刻、爲五十三歳眞容、與　果親王所繪大畧相彷。

(8) 張成徳・黄有泉・宋富盛主編『関公故里』（山西人民出版社、一九九八年）。
(9) 前節でも述べたように、「五十三歳の時の肖像（五十三歳真容）」といっても、本当に関羽が五十三歳の時に描かせた肖像ではない。詳しくは前節を参照。
(10) 關聖遺像碑。在西門外廟内。相傳爲關聖五十三歳眞容。建安年間所寫、面有七痣、鬚髯則稀疎而滿頤。海内敬奉摹搨日不暇給、舊碑模糊。乾隆二十七年、知州言如泗重摹上石。
(11) この点について洪淑苓氏は注（1）所掲著書において、「不知是否翻刻時磨損了」（五二二頁）と述べている。
(12) 小川陽一「明清の肖像画と人相術――明清小説研究の一環として――」（『東北大学中国語学文学論集』第四号、一九九九年）。
(13) 小川陽一「『三国志演義』の人間表現――相書との関係において――」（金谷治編『中国における人間性の探究』創文社、一九八三年）、同「明代小説における相法――三国志演義と金瓶梅詞話を中心に――」（『東方学』第七十六輯、一九八八年。のち小川陽一『日用類書による明清小説の研究』研文出版、一九九五年）。
(14) 康熙三十二年（一六九三）序刊本。東京大学東洋文化研究所所蔵本に拠った。
(15) 小川陽一氏（東北大学名誉教授）の指摘に拠る。
(16) 『神相全編正義』（陳摶秘伝、袁忠徹訂正、石龍子法眼改誤、石孝安同校執筆。文化四年〔一八〇七〕刊）の石龍子法眼藤原相明自序に拠る。『神相全編正義』については、『日本古典籍データセット』（国文学研究資料館所蔵。http://codh.rois.ac.jp/、最終アクセス日二〇一八年七月八日）を利用した。尚、『神相全編』の近世日本における受容については、佐藤実「幸せになるための人相術――『神相全編』の受容からみる近世日本における相術観念」（『社会と倫理』第三十一号、二〇一六年）を参照されたい。
(17) 慶応義塾大学メディアセンター（図書館）所蔵本に拠った。
(18) 北斗信仰に関しては、那波利貞「道教の日本国への流伝に就きて」（『東方宗教』第二号、第四・五合併号、一九五二～五四年。のち野口鐵郎・酒井忠夫編『選集　道教と日本』第一巻、雄山閣、一九九六年）、窪徳忠「庚申信仰と北斗信仰」

(『民族学研究』二一—三、一九五七年)、吉川寿洋「北斗崇拝に関する南方熊楠の手紙」(『国語教育研究』二一、一九七五年)、原田正己「マレーシアの九皇信仰」(『東方宗教』第五十三号、一九七九年)、小川陽一「明代小説の中の北斗星信仰」(『集刊東洋学』五四、一九八五年)等を参照した。

(19) 北斗所撃、不可與敵。(何寧『淮南子集釈』〔新編諸子集成、中華書局、一九九八年〕に拠る。尚、邦訳は楠山春樹『淮南子』上〔新釈漢文大系第五十四巻、明治書院、一九七九年〕に拠った。)

(20) 杉原たく哉「七星剣の図様とその思想——法隆寺・四天王寺・正倉院所蔵の三剣をめぐって——」(『美術史研究』二一、一九八四年)。

(21) 其秋、爲伐南越、告禱泰一。以牡荊畫幡日・月・北斗・登龍、以象天一三星、爲泰一鋒、名曰「靈旗」。

(22) 注(20)所掲杉原氏論文。

(23) 雑劇「劉関張桃園三結義」では「青龍偃月三停刀」、説唱詞話『花関索伝』では「大刀」「三停刀」となっているなど、作品によっては武器の呼称が異なるものの、歴史的根拠がないことに変わりはない。

(24) 金文京「関羽の息子と孫悟空」(上)(下)(『文学』五四—六・九、一九八六年)、大塚秀高「剣神の物語(上)—関羽を中心として—」(『埼玉大学紀要』三三—一、一九九六年)、同(下)(『埼玉大学紀要』三三—二、一九九七年)、竹内真彦「青龍刀と赤兎馬——関羽像の『完成』過程」(『三国志研究』第五号、二〇一〇年)など。

(25) 竹内真彦「関羽と呂布、そして赤兎馬——『三国志演義』における伝説の受容——」(『東方学』第九十八輯、一九九九年)。

(26) 帝美鬚髯、一髯特長、戰輒躍躍。被難之前夕、夢烏衣丈夫拜辭曰、「余北海龍。附君助猛威。今請辭去。」晨起、特長之髯、觸手落。帝心惡之。(尚、「関帝聖蹟図」第四十九図「烏衣兆夢」は清・王朱旦「漢前将軍壮繆侯関聖帝君祖墓碑記」に基づく。)

(27) 注(24)所掲竹内氏論文、および大塚秀高「関羽の物語について」(『埼玉大学紀要』三〇、一九九四年)参照。

第三節　関帝のひげについて

はじめに

小説『三国志演義』に登場する関羽のトレードマークといえば、やはりりっぱな長いひげと赤い顔であろう。第一節でも引いたが、関羽の登場シーンにおいてその容貌は次のように描写される（引用は現存最古の嘉靖壬午本に拠る）[1]。

身長は九尺三寸、ひげの長さは一尺八寸。顔は重棗のごとくで、唇は紅を塗ったよう。丹鳳眼、臥蚕眉。立派な容貌の持ち主で、威風堂々としている。[2]（巻一「祭天地桃園結義」）

第一にひげの長さが強調されている。「重棗」の解釈については諸説あるが[3]、おおむね赤い顔と見てよいようである。

また、一時的に曹操に降っていた関羽が曹操と敵対していた袁紹の武将である文醜を斬った時、兵士が劉備に、

今回も赤い顔で長いひげのやつが文醜殿を斬りました。[4]（巻六「雲長延津誅文醜」）

と報告している。

「関帝文献」には関帝の霊験を語る伝説も多く収録されるが、それらの伝説においても関帝の容貌の特徴としてひげと赤い顔を挙げる。例えば、F『関帝事蹟徴信編』巻十四「霊異」篇には、明・周暉『金陵瑣事』から引いた以下の伝説を載せる。

明の太祖は天下を平定し終えると、廟を鶏鳴山（南京市の山）に建立して神を祭ろうとした。夜、夢の中に、赤い顔に長いひげ、手に大きな刀を握った一人の巨人が現れ、きざはしの前で（太祖に）まみえて、「臣は漢の前将軍の関某にございます。陛下には廟を建立されるとのことですが、何ゆえ臣だけお忘れでございますか」と言った。太祖、「そなたは国家に対して手柄がないからじゃ」。神、「陛下が鄱陽湖に戦われし時、臣は神兵を挙げてお助けしましたのに、どうして手柄がないなどといえましょうか」。太祖がこれにうなずいたので（神は）去った。翌日、そこで工部に勅《みことのり》して廟を鶏鳴山に建てさせ、特に英霊坊を賜ってその神をたたえた。(5)

夢に現れた関帝の特徴として「赤い顔（赤面）」「長いひげ（長髯）」が挙げられている。この例では「巨人」自らが「漢前将軍關某」（諱の「羽」を避けて「某」としている）と名乗っているが、同じくF『関帝事蹟徴信編』巻十四「霊異」篇に見える清・拜斯呼朗『乾州府志』所載の伝説では、

関帝廟は乾州の役所の広間の東端にある。以前北門の城壁の上に建っていた時に霊験を現した。盗賊が城に押し寄せ、中に入ろうとした時、長いひげの将軍が、刀を手にして守っているのが見えた。賊は驚いて退き、民は安

全を得た。廟が倒壊したため、今の場所に移した。碑記がある。[6]

と、関帝廟にまつわる記事だからでもあろうが、「長いひげ（長髯）」という特徴をもった神の名を示すこともない。長いひげの神が関帝であることは自明のこととなっている。

「関帝文献」が多く世に出た明清にあっては、『三国志演義』に見られるようなひげをトレードマークとする関羽像はすでにスタンダードとなっており、信仰の対象としての関帝像とも一致していた（第三章第三節参照）。よって、関帝のひげについて、「関帝文献」における独自性を見出すことは難しい。例えば、各「関帝文献」が収載する関帝の肖像に対する説明文でも、『三国志演義』と同じような表現でひげが描写される。

身長九尺六寸、ひげの長さは一尺八寸。[7]（B『関聖帝君聖蹟図誌全集』巻一）

そこで、目先を転じて「関帝文献」の「芸文」篇が収録する関帝や関帝廟にまつわる文人たちの詩に注目すると、そこには彼らが関帝のひげをどのようにとらえていたのかをうかがえるものもある。したがって、本節ではそれら詩に見える関帝のひげをめぐる表現から、彼ら文人たちが生きた当時における関帝のひげについての認識を探ることとしたい。

一、詩における関帝のひげの現れ方

「関帝文献」には歴代の文人たちの関羽／関帝や関帝廟にまつわる詩や文を収録した「芸文」篇を持つものがある。[8]「芸文」篇に見える詩の中には、関帝のひげに言及するものもままある。本書で対象とする「関帝文献」に収録される詩のうち、関帝のひげに関わる表現をもつものは四十首近くに上るが、それらの表現は大きく三種類に分類される。

第一は、ひげを単に顔の部位として詠んでいるもの。明・李春光の五言排律「謁武安王」[9]の中には、

赤面心扶漢　　赤面　心は漢を扶け
蒼髯貌絶倫　　蒼髯　貌は絶倫たり
元勲推虎豹　　元勲　虎豹に推さるるべく
壮業畫麒麟　　壮業　麒麟に畫かるるべし

赤面は漢を支えんとする心の象徴
白いものも交じった髯をたくわえた容貌は並外れている
その大きな功労は勇猛な武将として推されるべきであり
その盛んな功業は（漢の武帝が功臣の肖像を描かせた）麒麟閣に肖像を描かれるべきである

という句が見える。「赤面」と共に、ひげが関帝の象徴として用いられるが、それは顔の部位として描かれるに過ぎない。

第二は、ひげを関帝の代名詞として用いているもの。ひげによって関帝を指している場合で、多くは「髯将軍」「髯侯」といった形で見える。明・袁翶の七言律詩「謁武安王祠」(10)を例として引く。

漢祚蕭條只豫州　漢祚蕭條として　只だ豫州あるのみ
紛紛逐鹿破金甌　紛紛として鹿を逐ひ　金甌を破る
英雄自負能平賊　英雄　自ら能く賊を平らぐと負《たの》むも
暦數其如不在劉　暦數　其れ劉に在らざるがごとし
呉下腐儒忘正統　呉下の腐儒は正統を忘れ
蜀中老將失髯侯　蜀中の老將は髯侯を失ふ
三分鼎據今猶恨　三分鼎據　今猶ほ恨む
不恨曹瞞恨仲謀　曹瞞を恨まず　仲謀を恨む

漢の命運はものさびしく、ただ劉豫州が残るのみ
入り乱れて中原に鹿を逐い、国土を破壊する
英雄は賊を平らげることができると自負するも
天命はおそらく劉氏にはないようだ

呉の腐れ儒者は正統が漢にあることを忘れ
蜀の老将たちは関羽を失った
三国鼎立に至ったことは今なお恨めしいが
曹操ではなく、孫権が恨めしいのだ

この詩の中で関羽や関帝を表す語は「髯侯」のみだ。それだけひげが関羽／関帝のトレードマーク、代名詞として定着していたことが分かる。また、字数や平仄などの制約がある詩というジャンルにおいて、このようにひげを関羽／関帝の代名詞として用いることができるということは、表現の「手札」を増やせるという実用的な一面もある。そのせいかこの第二のタイプの詩は第一のタイプの詩とほぼ同数に上る。

第三は、数としては少ないものの、関帝のひげは龍の化身であるという伝説を踏まえたものである。明・徐渭の七言律詩「読三国史《ママ》関帝伝」[11]を引こう。

尚將知己報曹公　尚ほ己を知るを將つて曹公に報ゆ
何況傾心漢室宗　何ぞ況んや心を漢室の宗に傾けるをや
一體義深眞國士　一體義深し　眞の國士
三分威震此英雄　三分威震ふ　此の英雄
千里人間窮赤兎　千里に人間《へだ》たりて赤兎を窮まらしめ
中宵夢斷失鬚龍　中宵に夢斷《た》えて鬚龍を失ふ

滾 滾 只 今 流 漢 水　　滾滾として只今《しこん》流るる漢水
無 邊 遺 恨 自 朝 東　　無邊の遺恨　自づから東に朝す

自分を理解してくれるということで曹操に報いたのだから
心を漢室の一族（劉備）に寄せるのは当たり前ではないか
全身義の塊であるまことの国士
三国に勢威とどろくこの英雄
劉備と千里も隔たったために赤兎を苦しめることになり
真夜中に夢から醒めてひげの龍を失った
とうとうと現在流れる漢水
尽きることのない遺恨は自ずと東（呉）にそそぐ

関帝のひげを龍の化身とする伝説は、絵解きによって関帝の生涯を語る「関帝聖蹟図」（B『関聖帝君聖蹟図誌全集』・D『聖蹟図誌』・G『関帝全書』に所収）にも見え（前節、および第三章参照）、徐渭の詩の第六句「中宵夢斷失鬚龍」は完全にこの伝説の内容と合致する。「関帝聖蹟図」は清・王朱旦「漢前将軍壮繆侯関聖帝君祖墓碑記」（関帝の祖父の墓の碑記）を藍本とするが、この碑記がひげの龍の伝説の発祥ではない。F『関帝事蹟徴信編』巻十二「軼聞」に引かれる『異識資諧』にすでに同様の話が見える。『異識資諧』は『千頃堂書目』巻十二「小説類」によれば閔文振の手になり、成書年代は記されないものの、同じく閔文振による『渉筆志』に嘉靖十五年（一五三六）の序があると記されるから、[12]『異識資諧』もその前後の成書と考えられる。寧稼雨『中国文言小説総目提要』によれば、この関文振『異識資諧』は今に伝わらないという。[13]ところが、北京大学図書館には『異識資諧』が所蔵されている。『北京大学図書館蔵古籍善本書目』によれば、編者は関文振ではなく薛朝選となっており、万暦三十一〜三十二年（一六〇三〜一六〇四）の刊本であるという。[14]大塚秀高氏は、『異識資諧』以外の文献におけるこの伝説の出現状況も踏まえて、この伝説が明の弘治年間から万暦年間に至るまでの間に世上に流布し始めたのではないかと推測している。[15]徐渭の生年は正徳十六年（一五二一）、没年は万暦二十一年（一五九三）であるから、ここに引いた詩の存在は大塚氏の見解を補強する。

徐渭「読三国史関帝伝」以外で関帝のひげを龍の化身とする伝説を踏まえるのは、A『漢前将軍関公祠志』巻九所収の張仕周「謁武安王」（五言古詩）と、C『関聖陵廟紀略』巻四所収の劉守亮「謁関聖墓」（七言律詩）である。張仕周は明の人で、解州知州を務めたことが注されるが、明のいつ頃の人であるかは示されない（A『漢前将軍関公祠志』に詩が収められる以上、遅くとも万暦年間までの人であることは間違いない）。明・楊天民『楊全甫諫草』巻二には「鄜城縣知縣張仕周」[16]とあり、同一人物であれば、楊天民と同時代人ということになり、やはり万暦の頃の人か。劉守亮については綿竹の人であること以外は不明。清の人であるかもしれない。ただ、C『関聖陵廟紀略』は湖北省当陽県章郷の関帝陵廟の修築を記念して当陽県学教諭の王禹書が編纂した「関帝文献」であり、劉守亮の詩も「謁関聖墓」と題されているから当陽で詠まれたものと見え、ひげの龍の伝説が南方にも広く知られていたことが分かる。

二、関帝のひげは「虬髯」か

先述のように、『三国志演義』の関羽像はスタンダードとして普及し、関帝信仰における関帝像もそれと重なっていた。よって、関帝のひげについても『三国志演義』の関羽と同様の長いひげがイメージとして定着した。そのため、「関帝文献」の「芸文」篇に見える詩でも関帝のひげの形を表す場合、「長鬚」や「修髯」という表現が用いられることが普通である。例えば、梁山金の七言絶句「謁関帝陵[17]」は以下の通り。

生是英雄死是禪　　生きては是れ英雄　死しては是れ禪
死生無媿那能全　　死生媿《は》づること無し　那《なん》ぞ能く全からんや
漢家一個關夫子　　漢家に一個の關夫子あり
黑面長鬚不計年　　黑面長鬚　年を計らず

生きては英雄、死しては悟りの境地
生きるも死ぬも恥じることはない、どうして完璧であり得ようか
漢に仕えた関夫子
黒い顔に長いひげ、もう歳月を気にしない

結句はおそらく関帝の陵廟に鎮座する関帝像の描写であろう。長いひげをたくわえていたことが分かる。関帝のトレードマークのひげはやはり長いのである。梁霱の七言古詩「謁関帝廟」には、「陛《きざはし》を登りて長須を攬《と》るを妨ぐる無し（無妨登陛攬長須）[18]」という句があるが、ここでの「長須」は「長鬚」と同じである。また、明・来三聘の七言律

詩「弔関侯[19]」には、

修髯拂拂動風雲
虎將當年自逸羣
少假營星還數載
肯令炎鼎僅三分
英雄百戰空餘恨
忠烈千秋尚有聞
此日孫曹應愧死
荊呉惟祀漢將軍

修髯　拂拂として風雲を動かし
虎將　當年自づから逸羣なり
營星に還た數載を假りるを少《か》き
炎鼎をして僅かに三分せしむるを肯んず
英雄は百戰して空しく恨みを餘《のこ》すも
忠烈は千秋にして尚ほ聞こえ有り
此の日孫曹　應に愧ぢて死すべし
荊呉惟だ祀る　漢の將軍

長いひげが小刻みに震えて時勢を動かし
勇猛な将軍は当時から自然と人より抜きん出ていた
営頭星（全軍壊滅の予兆となる凶星）からさらに数年の猶予を借り受けられず
漢の鼎をかろうじて三分させることのみを受け入れるほかなかった
英雄は百戦して空しく恨みを残したけれども
忠烈は長きにわたってなお誉れあり
この日、孫権と曹操は恥じて死ぬべきだ

かつての楚や呉の地ではただ漢の前将軍のみを祀る

とあり、長いひげを「修髯」と表現している。

ところで、「関帝文献」の「芸文」篇に見える明・李東陽の七言古詩「解州拝崇寧宮」に、「怒髯は虬の如く　眼は炬の如し（怒髯如虬眼如炬）[20]」という句が見える。「怒髯如虬」というのは、「虬髯」という語からの連想であろう。

詩のみならず、「芸文」篇に収められる碑記にも関帝の容貌描写の中に「虬髯」の語は見える。明・方孝孺「寧海県廟碑」には「虬髯虎眉　面は赤璊のごとし（虬髯虎眉面赤璊）[21]」とあり、明・翁大立「余姚霊緒山重建武安王廟碑」にも、「鳳目虬髯、英偉神秀、頎然たる異人なり（鳳目虬髯、英偉神秀、頎然異人）[22]」とある。

関羽や関帝のひげを「虬髯」と表現することは珍しいことではないようだ。元代に出版された『三国志平話』においても関羽の容貌を「神眉[23]・鳳目・虬髯の持ち主、顔は紫色の玉のよう（生得神眉鳳目虬髯、面如紫玉）」（巻上）、「虬髯が腹の下まで伸びている（虬髯過腹）」（巻中）と描写する。

そもそも「虬髯」とは如何なる形状のひげか。『大漢和辞典』には、「みづちのやうに曲つてゐるひげ。虯鬚[24]」と記されるのみでやや具体性に欠ける。『漢語大詞典』では、「鬢まで続く縮れたひげ（拳曲的連鬢鬍鬚[25]）」となっていて、その形状をより限定している。

唐の太宗は「虯鬚（虬鬚）」で知られていたらしい。『旧唐書』『新唐書』にそのことは記されないが、唐・杜甫「八哀詩」の「贈太子太師汝陽郡王璡」に、玄宗に帝位を譲った譲帝李憲の子である李璡を詠んで「虯鬚は太宗に似る（虬鬚似太宗[26]）」と見える。また、唐・段成式『酉陽雑俎』巻一「忠志」には、太宗は虬鬚の持ち主であったが、かつて戯れにそのひげを弦として弓を引きしぼり矢をつがえた。その矢はいつも用いる四つの羽根がついた大きな矢で、一般の矢より指の幅四本分長いものであった。射ると門の扉を貫いた[27]。

とある。

太宗の肖像はいくつもあるが、明代中後期の肖像画集である『歴代古人像賛』『集古像賛』『新刻歴代聖賢像賛[28]』に見える太宗の肖像では、いずれも頬からあごにかけてひげに覆われていて、ひげの先がカールしている。長さもあまりない（図⑮）。明代中後期における「虯鬚」、すなわち「虬髯」のイメージが分かる。

しかし、これはよく知られる関羽／関帝のひげとは大きく異なる。『三国志演義』においても「虬髯」と形容されているのは関羽のひげではなく、周倉のどちらかというと短いひげである。だから、胡小偉氏は『三国志平話』が関羽のひげを「虬髯」と描写することに対して、「ましてや縮れ曲がったひげがあろうことか『腹の下まで伸びている』ことがあろうか、明らかに道理にも合わない[29]」と述べている。なるほど、胡氏がそう述べるのももっとものようである。

ただ、関羽のひげを「虬髯」とする『三国志平話』の挿図に描かれた関羽のひげはいずれも長く、具体的にはあごひげと左右の頬ひげの三すじが長く描かれている（図⑯）。もちろん、『三国志平話』の本文が書かれた時期と挿図が描かれた時期がずれるから本文と挿図のひげの形が一致しない可能性もあろう。しかし、年代が確定している関帝像としては現存最古の金代に山西の平陽で作成された版画「義勇武安王」図においても関帝のひげは長く、しかもやはり三すじに描かれている（図⑰）。よって、関羽／関帝のひげの形に対するイメージには一貫したものがあり、それは現代の我々が持つイメージと共通するものであるといっていい。

では、なぜ関羽／関帝のひげが「虬髯」と描写されるのか。その謎を解くために、もう一度、唐の太宗の肖像に話を戻したい。先述のように、太宗の肖像は多種あるが、古いものでは唐の画家である閻立本の「歩輦図」に描かれた太宗の姿がある（現存するものは後代の模本という。北京故宮博物院蔵。図⑱）。そこに描かれた太宗のひげは下あごから頬まで全体を覆うものではなく、あごひげとわずかな頬ひげ、横に伸びた口ひげである。明の徐仲和が閻立本「唐太宗納諫図」を臨模したという「唐太宗立像」（台北故宮博物院蔵[30]）も残されているが、こちらのひげも同様である。いずれも先に見た明代中後期の太宗の肖像とはひげの形状が異なっている。[31]

唐の太宗はすでに唐代から「虬髯（鬚）」をもって知られていた。しかし、同時代の肖像からして先に確認した辞書に見える「虬髯」の説明、特に『漢語大詞典』の説明とは異なる形状のひげが描かれている。もちろん、『漢語大詞典』がいうところの「鬈まで続く縮れたひげ」というのが誤りというわけではない。『歴代古人像賛』等の明代中後期の肖像画集に収められる太宗のひげはまさに「鬈まで続く縮れたひげ」だからだ。このことは「虬髯」のイメージが変化したことを如実に物語っていよう。つまり、『漢語大詞典』は変化した後の新しい「虬髯」のイメージを説明しているのである。

では、古い「虬髯」のイメージとは如何なるものなのか。辞書は「虬髯」についてその形状を説明していたが、おそらく形状はあまり関係あるまい。というのは、「虬」は「龍」の一種、場合によっては「龍」そのものを指し、[32]「虬髯」は「龍髯」に通じるからである。『史記』封禅書に方士の公孫卿が漢の武帝に語った次のような話が見える。

黄帝は首山で銅を採掘して、荊山のふもとで鼎を鋳ました。鼎が出来上がると、龍があごひげを垂らして黄帝を迎えに下りて来ました。黄帝は龍の体に登ってまたがり、群臣や宮中の女官たちで黄帝に従って龍に乗った者は

【図⑯】『三国志平話』巻上第十二葉裏（部分）

『至治新刊全相平話三国志』、至治年間（1321～1323）建安虞氏刊（国立公文書館内閣文庫蔵）

【図⑱】唐・閻立本「歩輦図」（部分）

楊伯達主編『故宮文物大典』（一）絵画、福建人民出版社・浙江教育出版社・江西教育出版社・紫禁城出版社、1994年、21頁

【図⑮】『歴代古人像賛』所掲唐太宗像

鄭振鐸編『中国古代版画叢刊』（一）、上海古籍出版社、1988年、426頁

【図⑰】金代「義勇武安王」図

王樹村編著『関公百図』嶺南美術出版社、1996年、13頁

七十人以上に及びました。龍はそこで天に昇って行きました。残された身分の低い臣下は乗ることができず、そこでみなが龍のひげを握ったため、龍のひげは抜けて、人々は落ち、黄帝の弓が落とされました。黄帝が天に昇って行ってしまったのを人々が仰ぎ見て、その弓と龍のあごひげを抱えて泣き叫んだので、後にその場所は鼎湖と名づけられ、その弓は烏号と称されたのでございます[33]。

ここで想起されるのが、先に引いた『酉陽雑俎』の記事である。この『史記』の記載と同様にひげと弓に言及されていた。よって、『酉陽雑俎』の記す故事には太宗を黄帝になぞらえようとする意図が見える。ということは、太宗の「虯髯」は龍のひげを表しているにほかならず、『酉陽雑俎』の故事は太宗の常人と異なる偉大さを際立たせるためのエピソードとなる[34]。

「虯髯」が龍のひげであることを表すならば、その形状はあまり問われないだろう。「虯髯」という語を用いるのは、そのひげの持ち主の偉大さや特別さを示すのが目的だからである。しかも、関帝と龍の関係は深い。関帝は人間界に転生した龍神であるとされているからである[35]。よって、関帝が「龍髯」、すなわち「虯髯」を持っていることはむしろ自然であろう。

以上から、李東陽の七言古詩「解州拝崇寧宮」に見える「怒髯如虯」、また、方孝孺らの碑記、そしてさらに時代をさかのぼった『三国志平話』に見える「虯髯」といった表現は、神格化された関羽、すなわち関帝のひげを表現するのにこれ以上ない語であった。ただ、明代中期以降になると、形状を規定する新しい「虯髯」のイメージが定着していく。それはおそらく演劇の影響であろう。王安祈氏によれば、明の伝奇で用いられたつけひげの形状には「三髯」「満髯」「虯髯」があったという[36]。三すじの関羽／関帝のひげは「三髯」であり、「虯髯」とは別の種類である。

当時の人々にとって、舞台の上はもちろん、小説の挿図や関帝廟の塑像などで目にする関羽／関帝のひげが「虬髯」と表現されることには違和感を覚えたであろうことは想像に難くない。

おわりに

本節では、「関帝文献」の「芸文」篇に収録される詩の中で関帝のひげがどのように表現されているかに注目して、それらの詩が作られた当時における関帝のひげについての認識を探ってきた。

まず、詩の中に現れる関帝のひげに関する表現を、その性質から三種類に分類した。第一はひげを単に顔の部位として詠んでいるもの、第二はひげを関帝の代名詞として用いているものである。これらはひげが関帝のトレードマークとして広く認知されていたことの反映である。さらに、第三として関帝のひげが龍の化身であるという伝説をふまえた表現もある。この第三の種類の詩の存在は、ひげの龍の伝説が明の中期に流布したという説を補強するものであった。

また、詩の中では関帝のひげを形容する時、「長鬚」「修髯」といったひげの長いことを表す言い方を用いる場合が多いが、中には関帝のひげが従来「虬髯」と言い表されてきたことに因む表現も見られた。ところが、明代中期の唐太宗の肖像に描かれるように、「鬢まで続く縮れたひげ」とされる「虬髯」は、長くてりっぱな関帝のひげとは大きく異なる。なぜ関帝のひげが「虬髯」とされたのかを考える時、そこに明代中期から後期にかけて「虬髯」の意味するところが変化したことがうかがえ、本来、「龍髯」に通じる「虬髯」は、形状を表す語ではなく、そのひげの持ち主が超人的な偉大な人物であることを示す意味合いが込められていたことが見て取れた。

ところで、前述のように、関帝のひげを龍の化身とする伝説は明代中期に流布したとされるが、この時期は「虬髯」のイメージが変わっていったと思しい時期とも重なる。「虬髯」の本来意味するところが忘れ去られ、新しい「虬髯」のイメージと関帝のひげの形状が齟齬を来した時、その矛盾を解消すべく発生したのがひげの龍の伝説だったという推測も成り立つのではなかろうか。当時の人々にとって「虬髯」に見えない関帝のひげがなぜ詩や碑記で「虬髯」と描写されているのか。それを説明するため、「虬」は龍の一種だから、関帝のひげは龍そのものなのだという発想が生まれたと考えることも可能であろう。

注

（1）羅貫中『三国志通俗演義』（人民文学出版社、一九七四年）に拠る。以下同じ。

（2）身長九尺三寸、髯長一尺八寸。面如重棗、唇若抹朱。丹鳳眼、臥蚕眉。相貌堂堂、威風凜凜。

（3）第一節注（8）参照。

（4）今番又是紅面長髯的斬了文醜。

（5）明太祖既定天下、將建廟於雞鳴山以事神。夜夢一巨人、赤面長髯、手握巨刀、謁陛前曰、「臣漢前將軍關某也。陛下建廟、何獨遺臣。」上曰、「卿於國家無功。」神云、「陛下戰翻陽時、臣舉陰兵十萬相助、何謂無功。」上頷之而退。明日遂勅工部建廟於雞鳴山、特賜英靈坊以表之。

（6）關帝廟在州治大堂東首。舊建於北門城上時著靈異。剽寇至城、欲入、見有長髯將軍、執刀擁衛。賊驚退、民獲安全。因廟傾移建今所。有碑記。

（7）身長九尺六寸、鬚長一尺八寸。

（8）C『関聖陵廟紀略』・F『関帝事蹟徴信編』・G『関帝全書』には「芸文」という篇名は用いられていないが、文献Cは巻三・四に詩文等をまとめて収め、文献Fは巻二十五～二十九にやはり詩文等をまとめて収め、文献Gは巻三に賛や頌などを収める。

(9) A『漢前将軍関公祠志』巻九に拠る。この詩はB『関聖帝君聖蹟図誌全集』巻五・C『関聖陵廟紀略』巻四・E『関帝志』巻四にも収録されるが、文献B・Cには引用した句は見えない。

(10) A『漢前将軍関公祠志』巻九に拠る。C『関聖陵廟紀略』巻四・E『関帝志』巻四にも収録される。

(11) E『関帝志』巻四。

(12)『景印文淵閣四庫全書』第六七六冊（台湾商務印書館、一九八五年）に拠る。尚、黄虞稷『千頃堂書目』（書目叢編、広文書局、一九六七年）では『渉筆志』を『渉異志』に作る。

(13) 寧稼雨『中国文言小説総目提要』（斉魯書社、一九九六年）二一九頁。

(14) 北京大学図書館編『北京大学図書館蔵古籍善本書目』（北京大学出版社、一九九九年）三三三頁。

(15) 大塚秀高「関羽の物語について」（『埼玉大学紀要』三〇、一九九四年）。

(16)《続修四庫全書》編纂委員会編『続修四庫全書』四八二（上海古籍出版社、一九九八年）所収明天啓年間刊本に拠った。

(17) C『関聖陵廟紀略』巻四。

(18) C『関聖陵廟紀略』巻四。

(19) B『関聖帝君聖蹟図誌全集』巻五に拠る。A『漢前将軍関公祠志』巻九・C『関聖陵廟紀略』巻四・E『関帝志』巻四にも収録される。A『漢前将軍関公祠志』は第三句を「少假營星還數戰」に作る。

(20) A『漢前将軍関公祠志』巻九に拠る。B『関聖帝君聖蹟図誌全集』巻五・C『関聖陵廟紀略』巻四・D『聖蹟図誌』巻十・E『関帝志』巻四・F『関帝事蹟徴信編』巻二十九にも収録される。

(21) E『関帝志』巻三に拠る。このほか、B『関聖帝君聖蹟図誌全集』巻四・C『関聖陵廟紀略』巻四・D『聖蹟図誌』巻九・F『関帝事蹟徴信編』巻二十五・G『関帝全書』巻三にも収録されるが、「虬髯」以外の語には異同が見られ、また一部には誤刻と思われる箇所も存在する。

(22) A『漢前将軍関公祠志』巻八に拠る。E『関帝志』巻三にも収録される。

(23) 人相術の用語と思われるが不詳。
(24) 諸橋轍次『大漢和辞典』巻十（大修館書店、一九五九年）二頁（「虬髥」の項）。
(25) 漢語大詞典編輯委員会・漢語大詞典編纂処編纂『漢語大詞典』第八巻（漢語大詞典出版社、一九九一年）八五五頁。
(26) 『全唐詩』共二十五冊（中華書局、一九六〇年）に拠る。
(27) 太宗虬鬚、嘗戯張弓掛矢、好用四羽大笴、長常箭一扶、射洞門闔。（〔唐〕段成式撰、方南生点校『酉陽雑俎』中華書局、一九八一年に拠る。）
(28) 『歴代古人像賛』は弘治年間の刊本、『集古像賛』は嘉靖年間孫承恩序刊本、『新刻歴代聖賢像賛』は万暦年間の胡文煥文会堂刊本。いずれも瀧本弘之編著『中国歴史・文学人物図典』（遊子館、二〇一〇年）の「主要資料解題」に拠った。
(29) 何況鬈曲的髯鬚竟然能夠「過腹」、顯然也不合情理、……。（胡小偉「金代関羽神像考釈」（『嶺南学報』新第一期、一九九九年））
(30) 台北故宮博物院所蔵の文物については、国立故宮博物院のサイト（http://www.npm.gov.tw/）にある「典蔵資料庫系統」で見ることができる（最終アクセス日二〇一八年七月八日）。
(31) ただし、万暦三十五年刊の『三才図会』のように明代後期の太宗の肖像の中にも閻立本と同じようにひげを描いているものもある（人物二巻）。
(32) 『大漢和辞典』では「㈠みづち。龍の子で、兩角のあるもの」「㈡角のない龍」「㈢龍」と説明し（巻十、一頁「虬」）、『漢語大詞典』では「傳説中的一種無角龍」と説明する（第八巻、八五四頁）。
(33) 黄帝采首山銅、鑄鼎於荊山下。鼎既成、有龍垂胡髥下迎黄帝。黄帝上騎、羣臣後宮從上者七十餘人、龍乃上去。餘小臣不得上、乃悉持龍髥、龍髥拔、墮、墮黄帝之弓。百姓仰望黄帝既上天、乃抱其弓與胡髥號、故後世因名其處曰鼎湖、其弓曰烏號。
(34) 『酉陽雑俎』に見える唐太宗の記事が『史記』に見える黄帝に関する記載を淵源とすることは、李小龍「唐太宗的胡子——従《虬髥客伝》談起」（『文史知識』二〇一三年第一期）に教示を得た。

(35) 注(15)所掲大塚氏論文、および同氏「斬首龍の物語」(『埼玉大学紀要』三一(一)、一九九六年)参照。
(36) 王安祈『明代伝奇之劇場及其芸術』(全一冊、中国文学研究叢刊、台湾学生書局、一九八六年)二七〇頁。

第三章　「関帝聖蹟図」について

第一節　「関帝聖蹟図」と「孔子聖蹟図」

はじめに

関帝は「山西夫子」とも称されるが、これは今の山東省出身の夫子、すなわち孔子に対しての呼び方である。また、関帝廟は「武廟」とも称されるが、これは「文廟」、すなわち孔子廟に対しての呼び方である。このように関帝は孔子と並び称され、孔子が文の聖人であるのに対して、武の聖人とされるようになるが、これは時代の推移につれて意図的に操作された結果である。第二章第一節で述べたように、関帝の肖像を孔子になぞらえて描くこともその動きの一つであった。しかし、かかる動きの中でも最も顕著な例は、「孔子聖蹟図」を模倣して「関帝聖蹟図」が制作されたことであろう。「関帝聖蹟図」とは、関帝の生涯や「井磚発見」の過程（後述）などを図で表し、説明の文字を加えたものである。現在見ることのできる最も古い「関帝聖蹟図」は、B『関聖帝君聖蹟図誌全集』の康熙三十二年（一六九三）序初刊本に所収されるものであり、その後の「関帝文献」に収録される「関帝聖蹟図」はいずれもこれに基づく。本章では、「関帝文献」所収の「関帝聖蹟図」について検討し、「関帝聖蹟図」の成り立ちや、使用されている資料、制作者の意図などについて考察する。

「関帝聖蹟図」に関する研究の蓄積は多いとはいえない[1]。その中で、李世偉氏は「創新聖者：《関聖帝君聖蹟図誌》与関帝崇拝」において、B『関聖帝君聖蹟図誌全集』所収の「関帝聖蹟図」は「孔子聖蹟図」の模倣であり、B『関聖帝君聖蹟図誌全集』は清初における関帝の「儒家化」「聖人化」を推し進める役割を果たしたと論じている。また、B『関聖帝君聖蹟図誌全集』には「歴史化」という特質もあると指摘する。[2]

「聖蹟図」と称する以上、確かに「関帝聖蹟図」は「孔子聖蹟図」の模倣であろう。しかし、「孔子聖蹟図」といっても多くの種類がある。「関帝聖蹟図」は果たしてどの「孔子聖蹟図」を模倣したのか。李氏はそこまで踏み込んではいない。

そこで本節では、李氏の論考を足がかりにして、B『関聖帝君聖蹟図誌全集』所収の「関帝聖蹟図」と「孔子聖蹟図」の関係について考察していく。まず、B『関聖帝君聖蹟図誌全集』と「関帝聖蹟図」について、ついで「孔子聖蹟図」とその系譜について確認する。そして「関帝聖蹟図」が模倣した「孔子聖蹟図」の特定を試み、さらに内容面において両者を比較してどのように模倣したのかを探る。最後に「関帝聖蹟図」の淵源の一つである王朱旦「漢前将軍壮繆侯関聖帝君祖墓碑記」と「孔子聖蹟図」の関係についても論及する。

尚、本章ではB『関聖帝君聖蹟図誌全集』のテキストには、『関帝文献匯編』所収の光緒二年（一八七六）上海翼化堂重刊本ではなく、康熙三十二年（一六九三）序初刊本（東京大学東洋文化研究所所蔵）を用いた。『関帝文献匯編』所収本は改刻されていて「関帝聖蹟図」が原型と異なるためである。あわせて嘉慶二年（一七九七）重刊本（『関帝聖迹図』〈上海書店出版社、二〇〇六年〉に影印）、および『関帝文献匯編』所収本も参照した。

一、B『関聖帝君聖蹟図誌全集』と「関帝聖蹟図」

B『関聖帝君聖蹟図誌全集』は桃源の人、盧湛、字は濬深が編纂した「関帝文献」であり、康熙三十二年（一六九三）に刊行された。全五巻からなり、各巻がそれぞれ仁・義・礼・智・信と名づけられている。「関帝聖蹟図」を収める「全図考」のほか、王朱旦「漢前将軍壮繆侯関聖帝君祖墓碑記」（以下、「祖墓碑記」）そのものからなる「発祥考」、関羽／関帝の伝記である「本伝考」（本書でいうところの「本伝」篇）、関羽／関帝自身の手になるとされる手紙・書跡・詩を収録した「翰墨考」（同「翰墨」篇）、関帝の霊験を伝える「霊感考」、後世の文人による関羽／関帝や関帝廟についての詩文等を収めた「芸文考」（同「芸文」篇）などによって構成される。

F『関帝事蹟徴信編』巻三十「書略」はそれまでに世に出た「関帝文献」の一覧であり、B『関聖帝君聖蹟図誌全集』については次のように記されている。

> 国朝桃源盧湛撰。湛、字は濬深、稟監生。その書は銭謙益『重編義勇武安王集』[3]を主とし、焦竑や辛全といった諸家の文献[4]を参考にして、（「本伝考」「翰墨考」など）十六の「考」を設け、（仁・義・礼・智・信の）五部に分けている。取捨選択は精密であり、資料を広く探し集めているものの、「圧巻」たる（優れているとして巻頭に置かれる）「全図考」と「発祥考」だけは、いずれも『三国志演義』、および王朱旦「祖墓碑記」を用いており、さらに神の諱を避けて改めることがはなはだしいため、時の賢人からそしられることを免れなかった[5]。

「関帝聖蹟図」を収めた「全図考」の評判が悪かったことが見て取れる。また、「関帝聖蹟図」が小説『三国志演義』と王朱旦「祖墓碑記」に基づいていることも指摘されている。

ただし、この「関帝聖蹟図」は盧湛が制作したものではない。F『関帝事蹟徴信編』巻三十「書略」の孫百齢『関夫子聖蹟図』の項に次のようにあるからである。

国朝寧波孫百齢撰。　百齢、字は錫菴、歳貢生。この図は康熙庚午二十九年（一六九〇）に成った。……自ら次のように言う。『解梁廟志』[6]には、塔の下にあった「井磚記」に、関聖帝君の祖父と父の遺蹟がことごとく記載されていると見える。そこですべてにわたって深く検討し、信用できない点については、排除して採録しなかった。ちょうど公刊しようとして、たまたま淮陰をまわっていたところ、盧濬深（盧湛）らと出会い、さらに一緒に校訂して公刊を実現させた、と。いま盧湛『関聖帝君聖蹟図誌全集』にある図説（「関帝聖蹟図」）はこの『関夫子聖蹟図』なのである。しかし、実のところは『三国志演義』、および王朱旦「祖墓碑記」から取って作り上げたものであり、信用できないために採録しなかった内容については、結局のところ分からない。[7]

B『関聖帝君聖蹟図誌全集』の「全図考」に収められる「関帝聖蹟図」が孫百齢の『関夫子聖蹟図』であることが明言されている。そして、ここでもそれが『三国志演義』と王朱旦「祖墓碑記」に基づいていることが強調される。F『関帝事蹟徴信編』を編纂した周広業と崔応榴の「関帝聖蹟図」に対する評価は厳しいといっていい。F『関帝事蹟徴信編』が「関帝聖蹟図」を収録していないことからもそれが分かる。

それでは、かかる「関帝聖蹟図」はどのような内容を持っているのだろうか。B『関聖帝君聖蹟図誌全集』所収の「関帝聖蹟図」は五十五幅からなる。この五十五幅の図にはそれぞれの内容を表す四字の題がついている。それらを以下に列挙する。

1聖帝遺像　2隠居訓子　3盧墓終喪　4葬地発祥　5見龍生聖　6詣郡陳言　7廻途遇相

【図⑲】「関帝聖蹟図」第二十一図「三約明志」

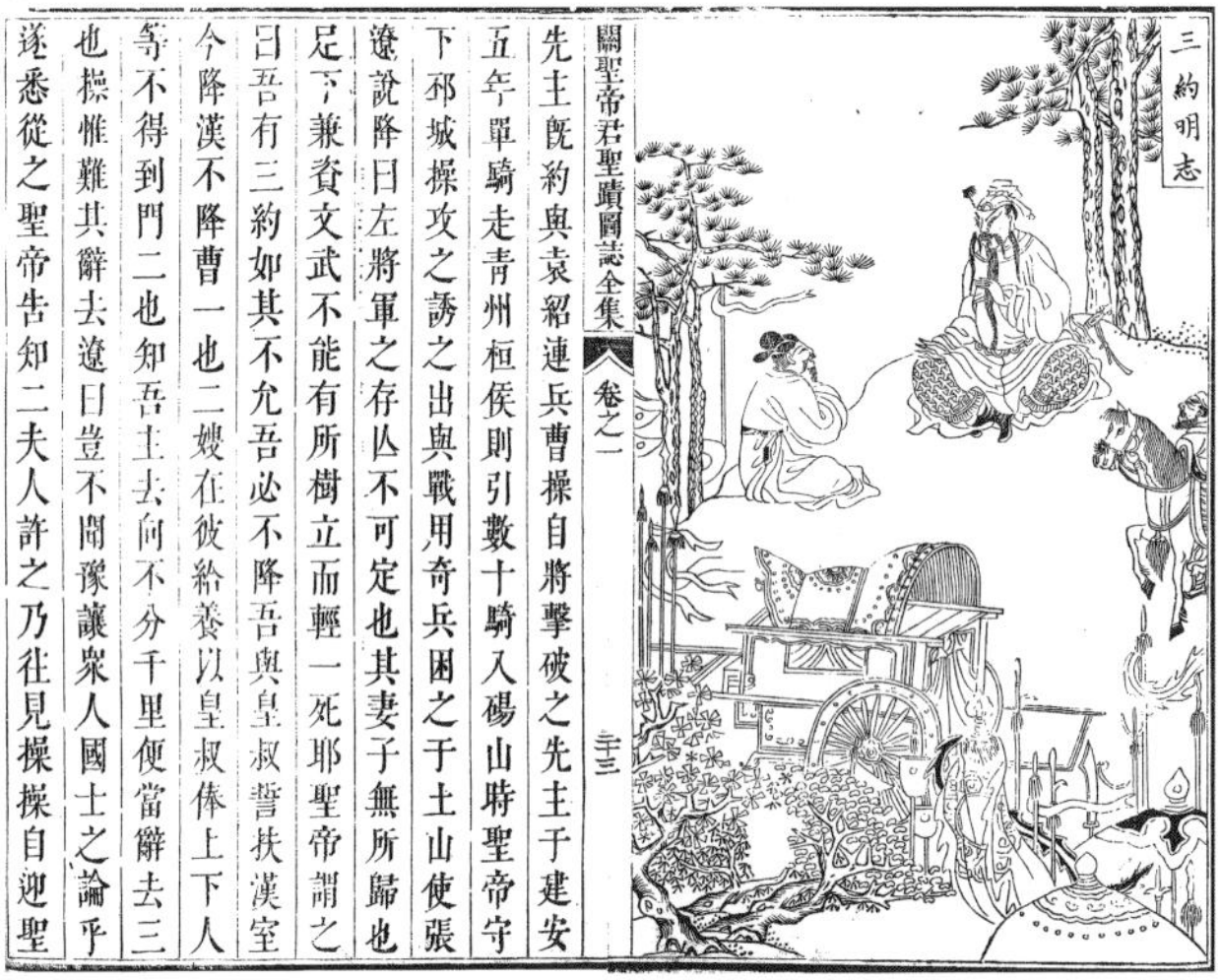

盧湛『関聖帝君聖蹟図誌全集』、康熙三十二年（1693）序刊本（東京大学東洋文化研究所所蔵）

8 憫寃除豪	9 避難至涿	10 桃園義聚	11 涿州全勝
12 青州解囲	13 大破張角	14 迅斬華雄	15 同撃呂布
16 平原典兵	17 勧領州牧	18 救釈張遼	19 許田憤奸
20 徐州誅冑	21 三約明志	22 秉燭達旦	23 贈馬拝嘉
24 受恩許報	25 白馬斬良	26 南陂戮醜	27 緘書告辞
28 五関斬将	29 中路収倉	30 斬蔡表心	31 古城重会
32 共屯新野	33 同顧草廬	34 沔江救敗	35 華容釈曹
36 徇郡得将	37 専督荊州	38 省書示賓	39 力争三郡
40 単刀赴粛	41 分地和呉	42 辱使絶婚	43 位列五虎
44 取襄囲樊	45 水渰七軍	46 命医去毒	47 大戦徐晃
48 退守麦城	49 烏衣兆夢	50 正気帰天	51 井磚示異
52 降夢州守	53 平将軍像	54 興将軍像	55 周将軍像

これらの図はそれぞれ半葉に描かれ、各図に対して、短いもので半葉、長いものでは二葉からなる説明の文字がつく（図⑲）。描かれている内容は史実に基づくものもある一方で、F『関帝事蹟徴信編』巻三十「書略」が指摘するように、『三国志演義』や「祖墓碑記」に基づくものも多い。

二、「孔子聖蹟図」の系譜と変遷

「孔子聖蹟図」は、孔子の生涯を図によって示し、それに対応する説明文や詩（図賛）を附したものである。「孔子聖蹟図」についての研究も深まっているとはいいがたいが、それでも「関帝聖蹟図」についての研究に比べれば蓄積がある。[8] ここでは、先行研究をたよりに「孔子聖蹟図」の系譜と変遷について簡単にまとめておく。

孔子を図に描いたものは後漢からあったが、連続する複数の図によって孔子の生涯を示した「孔子聖蹟図」は、元・王振鵬の『聖蹟図』が現存する中では最も古い。そして、明代になると多様な「孔子聖蹟図」が世に出る。明代以降、近代以前の「孔子聖蹟図」には大きく三つの形態がある。

一つは木刻本である。明代の木刻本のうち最も古いものは、張楷の正統九年（一四四四）序刻本『聖蹟図』である。張楷は孔子の生涯を描いた二十九幅の図に対し、『史記』孔子世家や『論語』『孟子』に依拠して説明文と四言の詩を加えている。その後、この張楷本に基づいて何珣（字は廷瑞）が新しい「孔子聖蹟図」を作った。それが弘治十年（一四九七）の跋を持つ『聖蹟図』である。何珣は新たに九幅の図を加えて全三十八幅とした。しかし、新たに加えた九幅には説明文があるのみで詩はない。そして、この何珣本は正徳元年（一五〇六）の跋を持つ鄧文質『聖蹟図』に、鄧文質本は嘉靖二十七年（一五四八）の朱胤栘『聖蹟図』に継承されていく。万暦年間以後は、図を百幅以上にまで増加させた新しい木刻本が登場するが、それには後述する何出光の石刻本の影響力が大きく関わっていると見られる。その後はこの系統の木刻本を中心に多様な「孔子聖蹟図」が作られていった。

二つめの形態は彩色絹本である。山東省曲阜市の孔府に保存される『聖蹟之図』がそれである。主に『史記』孔子世家に依拠しており、図は三十六幅、説明文と詩が附されるが、図題はない。この彩色絹本は何珣の木刻本に由来する。また、現存するものは完本ではない。

三つめは石刻本である。張楷には石刻本『聖蹟図』もあったようだが、現存しない。石刻本として最もよく言及されるのは明の万暦二十年（一五九二）の何出光による『聖蹟之図』である。何出光は闕里（孔子の旧宅付近）に散在していた木刻の「孔子聖蹟図」を石刻に改めることを提案し、孔廟内に「聖蹟殿」を建立して、そこにまとめて保存した。その際、図の数は百十二幅に増えている。この『聖蹟之図』は今も山東省曲阜市にある孔廟の聖蹟殿内にあり、「聖蹟之図」という題字や、張応登の「聖図殿記」なども含めて全部で百二十石ある。この石刻本の図には四字の図題が加えられている。また、説明文はあるが、詩はない。ただし、この石刻本はすでに磨滅が激しい。石刻本を彩色絹本と比較すると、そこに淵源関係が認められるという。両者が共に闕里にあった木刻本を底本としている、あるいは彩色絹本が石刻本の底本である可能性もあるという。孔廟に刻されたため、この石刻本の影響力は大きかったらしい。これ以後に現れた木刻本のうち、この石刻本に基づいたものが複数現存している。後述の孔祥林校訂『孔子聖蹟図』（山東美術出版社、一九八八年）に影印されるものもその類である。一方、何出光の石刻本に由来しない石刻本もある。清の康熙二十一年（一六八二）に刻された『聖蹟図』などである。

以上、先行研究をたよりに「孔子聖蹟図」の系譜と変遷について見てきた。一口に「孔子聖蹟図」といっても多種多様であり、形態や図の数、形式などに違いがあることが分かる。

三、「関帝聖蹟図」はどの「孔子聖蹟図」を模倣したのか

「関帝聖蹟図」も「孔子聖蹟図」と同様に、その生涯を複数の場面に分けて描いた図を主とし、そこに説明文を加える形式をとっている（編者による詩はない）。さらに、「関帝聖蹟図」が清の康熙年間に描かれたのに対し、「孔子聖蹟図」は明代においてすでに多様なものが世に出ていた以上、李世偉氏が述べるように、「関帝聖蹟図」が「孔子聖蹟図」を模倣していると考えるのが自然である。

しかし、「関帝聖蹟図」に先行する「孔子聖蹟図」が多種多様であるにもかかわらず、李氏は「関帝聖蹟図」がどの「孔子聖蹟図」を模倣したものであるかについて追究しない。李氏の論考には木刻本の「孔子聖蹟図」の図が一幅のみ例として示されるが、出典が明示されない。その図には「西狩獲麟」という図題があり、図の余白に、魯の哀公十四年（前四八一）に魯の西で麒麟が捕獲されたことに感じて孔子が『春秋』を編纂したという説明文がある。詩はない。実はこの図は、李氏が文中で「孔子聖蹟図」について述べる際に参照した孔祥林校訂『孔子聖蹟図』に収録されるものである。この『孔子聖蹟図』は民国二十三年（一九三四）に北平民社が影印した「孔子聖蹟図」を再刊したものであり、北平民社影印本は何出光の石刻本に由来する木刻本である。四字の図題があることからもそれが分かる（図⑳）。

ところが、李氏が例示する「孔子聖蹟図」と「関帝聖蹟図」との間には決定的な相違がある。「関帝聖蹟図」の場合、図は半葉に描かれ、説明文は図とは別に半葉から二葉の長さで附されるからである。決して図の余白に説明文が加えられることはない。

【図⑳】孔祥林校訂『孔子聖蹟図』所載第九十九図「西狩獲麟」

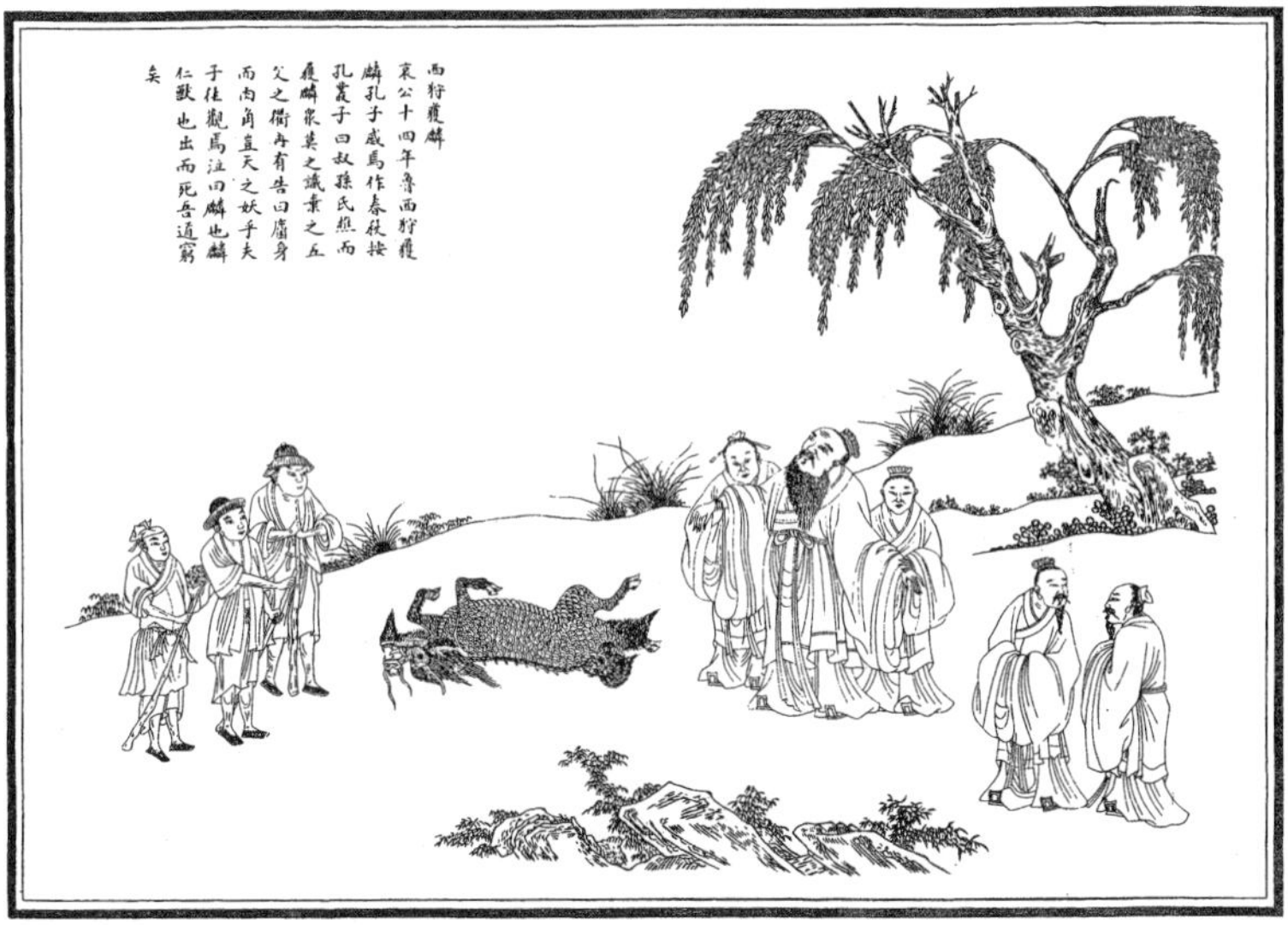

孔祥林校訂『孔子聖蹟図』山東美術出版社、1988年、99頁

【図㉑】呉嘉謨『孔聖家語図』所収「孔子聖蹟図」第二図「禱嗣尼丘」

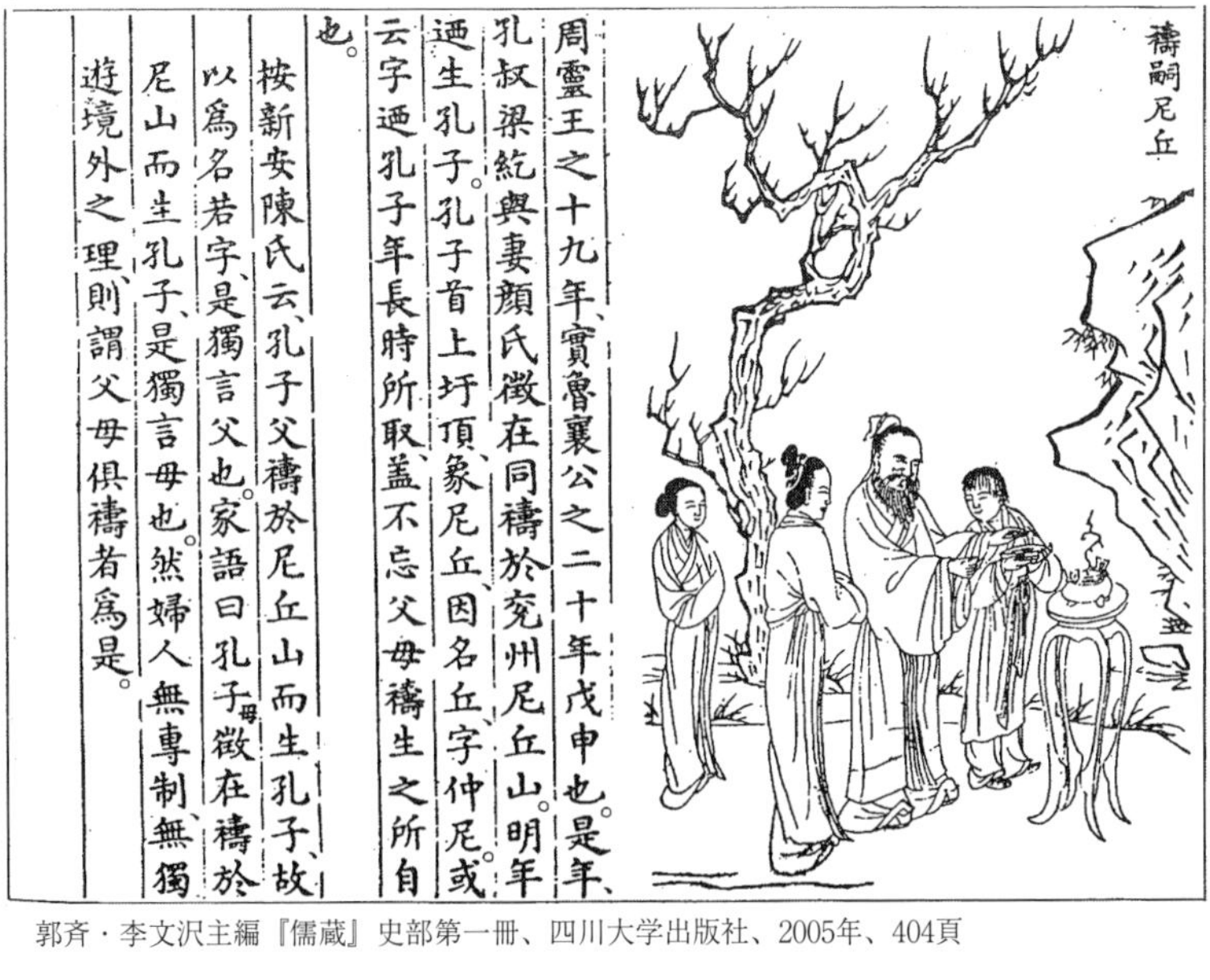

周靈王之十九年、實魯襄公之二十年戊申也。是年、孔叔梁紇與妻顏氏徵在同禱於兗州尼丘山。明年迺生孔子。孔子首上圩頂、象尼丘因名丘字仲尼。或云字迺孔子年長時所取、蓋不忘父母禱生之所自也。

按新安陳氏云、孔子父禱於尼丘山而生孔子、故以爲名若字、是獨言父也。家語曰孔子母徵在禱於尼山而生孔子、是獨言母也。然婦人無專制無獨遊境外之理、則謂父母俱禱者爲是。

郭斉・李文沢主編『儒蔵』史部第一冊、四川大学出版社、2005年、404頁

では、かかる書物形態は「関帝聖蹟図」の独創なのか。答えは否である。なぜなら、先に引いたF『関帝事蹟徴信編』巻三十「書略」の孫百齢『関夫子聖蹟図』の項には、『関夫子聖蹟図』は「呉氏『孔子家語図』のたぐいに倣ったものであろう（蓋倣呉氏『孔子家語圖』例也）」と述べられているからである。ここに見える「呉氏『孔子家語図』」とは何か。

実は上述した各種「孔子聖蹟図」以外にも、『孔子家語』の版本の中に「孔子聖蹟図」を含むものがあるのである。明末には『孔子家語』系統の「孔子聖蹟図」が数種類刊行されていたという。その嚆矢は呉嘉謨の万暦十七年（一五八九）序刊『孔聖家語図』十一巻であり、巻一に「孔子聖蹟図」を収める。これがF『関帝事蹟徴信編』のいう「呉氏『孔子家語図』」である。呉嘉謨『孔聖家語図』所収の「孔子聖蹟図」（以下、呉嘉謨本）は、何出光の石刻本と同様に、闕里に伝えられていた「孔子聖蹟図」に由来するらしい。図は全部で四十幅。それぞれの図には四字の図題と説明文、そして呉嘉謨の按語が加えられる。この按語の中には張楷の詩も引用されるので、呉嘉謨本が張楷の木刻本系統の「孔子聖蹟図」を参照していたことが分かる。ただし、張楷本や何珣本には含まれない図も見えることから、闕里に伝わっていた「孔子聖蹟図」が一種類ではなかったこともうかがえる。[9]

この呉嘉謨本の書物形態は「関帝聖蹟図」と一致する。すなわち、図は半葉に描かれ、説明文は図に続く半葉に附される。また、各図に四字の図題がついている点も共通する（図㉑）。形式面の特色に鑑みて、「関帝聖蹟図」は「孔子聖蹟図」の中でも呉嘉謨本を模倣したとみていい。そのことはF『関帝事蹟徴信編』がすでに指摘していた。李氏もF『関帝事蹟徴信編』にまで目を通していれば、そこまで特定できたはずである。それでは、内容面はどうだろうか。「関帝聖蹟図」は内容面においてはどのように呉嘉謨本を模倣しているのだろうか。

四、「関帝聖蹟図」と呉嘉謨本「孔子聖蹟図」の内容の比較

「関帝聖蹟図」と呉嘉謨本「孔子聖蹟図」とは、それぞれ関帝と孔子という異なる人物の生涯を描いているのだから、内容が全く違っていて当然である。にもかかわらず、両者には内容面においても影響関係が認められる。

呉嘉謨本を含む「孔子聖蹟図」には触れないながらも、先行研究の中にはすでに「関帝聖蹟図」と孔子の物語との関係について言及するものがある。大塚秀高氏は、烏龍が現れて道遠公（関帝の父）の住まいをめぐると関帝が生まれたと語る第五図「見龍生聖」と、関帝のひげとなっていた烏龍が夢の中で関帝に別れを告げて死を暗示する第四十九図「烏衣兆夢」とが、孔子物語においてそれぞれ孔子の生と死につながる「麟吐玉書」と「獲麟」とに対応することを述べ、「関羽物語」が孔子の物語をもとに構想されたと指摘する。[10] 確かに、「見龍生聖」の説明文には、「二匹の龍が住まいをめぐり、五老（木・火・土・金・水の五星の精）が庭に降り立って、孔子が生まれたのと同じである（猶之二龍繞室、五老降庭、生孔子也）」と見え、「烏衣兆夢」の説明文には「（孔子が）麒麟を見て泣いたこととほぼ同じである（殆與泣麟同一轍云）」とあるので、「関帝聖蹟図」の制作者も自覚的に孔子の物語になぞらえていたといえる。特に「見龍生聖」は、『三国志演義』はもちろん、王朱旦「祖墓碑記」にも見えないからである。

ここでは、「関帝聖蹟図」と呉嘉謨本「孔子聖蹟図」の図や説明文をさらに詳しく検討することで、「関帝聖蹟図」が内容面においてどのように呉嘉謨本を模倣しているのかを探っていきたい。[11]

まず、両者とも冒頭にそれぞれの「聖人」の肖像を掲げる。「関帝聖蹟図」の第一図は「聖帝遺像」と題され、関帝の全身像が描かれている。呉嘉謨本の第一図は「先師遺像」と題され、孔子の全身像が描かれる。第一図に孔子の

肖像を置くのは「孔子聖蹟図」全般に共通することであるが、従来の「孔子聖蹟図」では孔子一人だけではなく、弟子の顔回も共に描かれている。例えば、鄭振鐸が編んだ『中国古代版画叢刊』（一）に影印される何珣本系統の『聖蹟図』では、孔子に顔回が随行する「先聖小像」と呼ばれる図が置かれている。(12) もし「関帝聖蹟図」が何珣本系統の『聖蹟図』を模倣したならば、第一図に描かれるのは関平と周倉を左右に配した関帝であってもおかしくないはずである。よって、「関帝聖蹟図」で関帝一人の全身像しか描いていないのは、やはり孔子一人の全身像しか描かない呉嘉謨本を模倣したことを如実に物語っているといえまいか。(13)

「関帝聖蹟図」では「聖帝遺像」に続く二幅の図において関帝の祖父の石磐公関審と父の道遠公関毅の事蹟が語られ、第四図「葬地発祥」で祖父の墓の立地のよさが福をもたらしたことを強調してから、第五図「見龍生聖」で関帝が誕生する。その際に先述の如く烏龍が出現したとする。呉嘉謨本では「先師遺像」に続く第二図「禱嗣尼丘」（図㉑）で孔子の両親が継嗣を求めて尼丘山に祈願したことを語り、それに続く三幅で孔子誕生の際の様々な瑞祥を伝える。すなわち、孔子誕生の前には麒麟が母顔氏に玉書をもたらし、孔子誕生の時には二匹の龍が現れ、また五老が庭に降り、さらに天上から楽の音が聞こえたという諸々の瑞祥である。いずれも関帝や孔子を登場させる前にその親（ならびに祖父）の人となりや誕生にまつわる瑞祥を語っている点が共通する。

呉嘉謨本以外の「孔子聖蹟図」でも基本的に同じ流れであるが、注意すべきは呉嘉謨本において尼丘山に祈願するのが父と母であるという点である。他の「孔子聖蹟図」では母の顔氏のみが祈り、父の叔梁紇は登場しない。また、呉嘉謨本の第四図「誕聖降祥」では、叔梁紇が鄹邑大夫であったことから孔子が鄹邑の官舎で生まれたことをわざわざことわる。つまり、呉嘉謨本は他の「孔子聖蹟図」に比べて父の存在を強調しているのである。関帝の祖父と父の名は史書にも記されず不明であったのが、康熙十七年（一六七八）になって突然「発見」された「井磚」によって明らかとなり、そのことを王朱旦が「祖墓碑記」に著した。「関帝聖蹟図」がこの「祖墓碑記」の記述も採り入れていることは、先に見たようにＦ『関帝事蹟徴信編』に指摘されるところである。関帝の祖父と父について語る「祖墓碑記」を採り入れようとした「関帝聖蹟図」の制作者にとって、数ある「孔子聖蹟図」の中でも父の存在を強調する呉嘉謨本こそ最もモデルとするにふさわしかったのであろう。

「関帝聖蹟図」の第六図「詣郡陳言」には、「（後漢の光和）戊午の年（一七八）に子の関平が生まれた（及戊午生子平）」とある。「関帝聖蹟図」では関帝は延熹三年（一六〇）に生まれたことになっているから、十九歳で子をなしたことになる。「祖墓碑記」にも同様に書かれているので、これも「祖墓碑記」に基づいていることが分かる。しかし、史書において関平の生年は明らかにされない。建安二十四年（二一九）に関羽と共に斬られたことが記載されるだけである[14]。明の成化年間に刊行された説唱詞話『花関索伝』では、劉備・関羽・張飛の三人が義兄弟の誓いを交わした後、関羽と張飛が後顧の憂いを断つために互いの家族を殺すことにするが、関羽の家に来た張飛に対して関平が命乞いをする場面がある[15]。やはり『花関索伝』においてもこの段階で関平は生まれているのである。では、「関帝聖蹟図」は単に先行するこの説唱詞話の設定を採用したにすぎないということなのだろうか。そこで呉嘉謨本を見ると、第九図「賜鯉名児」に、「孔子は二十一歳で子をなした（孔子二十一歳生子）」とある。「関帝聖蹟図」、そしてそのもとになった「祖墓碑記」が、史書には見えず、かえって説唱詞話のような俗文学に見える設定を採用したのは、孔子が二十歳前後で子をなしたことに合わせようとしたためではないか[16]。

「関帝聖蹟図」の第七図「廻途遇相」において、関帝は常人ではない人相見から「あなた様は乾坤の正気を授かっておられますから、後に長きにわたって祭祀を受けることとなりましょう（君禀乾坤正氣、後當血色萬年）」と後世に神として崇拝されることを預言される。このエピソードも「祖墓碑記」に見える。一方、呉嘉謨本の第三図「麟吐玉書」では、麒麟が孔子の母にもたらした玉書に、「水の精の子が衰えた周を継いで素王となる（水精子繼衰周而爲素王）」と記されていたと語られる。[17] 孔子が後に「素王」として崇められることは、最初から預言されていたというのである。このことは他の「孔子聖蹟図」にも見えるが、いずれにせよ「廻途遇相」のエピソードもこれを意識して作られたか、あるいはかかる物語がすでにあって王朱旦によって意識的に採用されたものであろう。

「関帝聖蹟図」の第八図「惘冤除豪」は、宦官に媚びへつらい職務をないがしろにして民を虐げる呂熊という郡の有力者を関帝が誅殺したことを描く。関帝はこれがもとで逃亡生活に入り、涿郡まで流れて劉備・張飛と出会うことになる。関帝の強い正義感を語るエピソードである。正史『三国志』やその注には見えない。『三国志平話』や『三国志演義』でも関羽が民を虐げる地方官を殺して逃げたことが語られるが、固有名詞は出てこない。このエピソードも「祖墓碑記」に見える。[18] 一方、呉嘉謨本の第十九図「誅乱両観」は、孔子の「殺人」として有名な少正卯の処刑を描く。少正卯の罪は政治を乱したことにあり、やはり孔子が毅然として正義を行なうさまを強調する。孔子とは異なり関帝は本来武将であるから、乱世に乗り出してからは多くの敵将を討ち取ることになるが、それでも関帝の正義感を強調するため、そして聖人孔子になぞらえるために呂熊誅殺のエピソードが必要だったのだろう。この「惘冤除豪」もやはり王朱旦が意図的に採用したのだと考える。

そして「関帝聖蹟図」の第四十九図「烏衣兆夢」である。説明文の末尾に「烏衣事出墓碑記」とあるように、このエピソードも「祖墓碑記」に見える。先に見た大塚秀高氏の論の如く、第五図「見龍生聖」とこの図とは対になっており、それぞれが呉嘉謨本における第三図「麟吐玉書」と第三十七図「西郊泣麟」とに対応する。このことも「関帝聖蹟図」が呉嘉謨本、ひいては「孔子聖蹟図」の構成を模倣していることを象徴的に示しているといえる。特に「見龍生聖」は「祖墓碑記」に見えないのだからなおさらである。『三国志演義』と共に下敷きにした「祖墓碑記」に見えないエピソードを挿入してまで「関帝聖蹟図」は「孔子聖蹟図」の構成を模倣しようとしたのである。

しかも、「烏衣兆夢」が「孔子聖蹟図」を模倣している点はそれだけにとどまらない。呉嘉謨本の第三十八図「夢奠両楹」は、七十四歳になった孔子が、自分が祭られている夢を見て死期が迫っていることをさとり、そのことを弟子の子貢に語った七日後に世を去ったという内容である。やはり夢が死の予兆となった点が「烏衣兆夢」と共通する。「関帝聖蹟図」が関帝を徹底的に孔子になぞらえようとしたことが見て取れる。

以上、「関帝聖蹟図」がどのように呉嘉謨本「孔子聖蹟図」を模倣しているのかを見てきた。前述の如く、関帝と孔子という別々の人物の生涯を描いているのだから、その内容は自然と異なる。しかし、両者を比較してみると、やはり「関帝聖蹟図」が意識的に呉嘉謨本を模倣していることが見て取れる。それは、関帝の生涯の序盤、特に誕生前から世に出るに至るまでのエピソードと、終盤の死にまつわるエピソードに集中的に現れていた。序盤において両「聖蹟図」は親や祖父の事蹟を描き、特に父の存在を強調している。「聖人」の誕生に際しては瑞祥が現れ、二十歳前後で子をなし、世に出る前から後世に崇拝されることを預言される。正義感を強調するために悪人を誅殺するエピソードも織り込まれた（呉嘉謨本では中盤にあたるが）。終盤においては死の予兆となる夢を見る点が両者に共通する。そして誕生の際の瑞祥と死の予兆とは対になっていた。「関帝聖蹟図」は関帝の主要な事蹟を描くことが目的なのだから、そこに手を加えることは控えなければならない。よって、主要な事蹟に影響を及ぼさない序盤と終盤において集中的に呉嘉謨本を模倣したことが分かる。また、第一図に肖像を置くこと、そしてその構図に至るまで呉嘉謨本に従っている。かかる操作の目的はいうまでもなく関帝を孔子と同等の地位に引き上げるためである。李世偉氏がいうところの関帝の「儒家化」「聖人化」である。

五、王朱旦「漢前将軍壮繆侯関聖帝君祖墓碑記」と「孔子聖蹟図」

呉嘉謨本「孔子聖蹟図」と比較した際にも触れたように、「関帝聖蹟図」の図の中には王朱旦「祖墓碑記」に基づいているものがあった。先に取り上げなかったものも含め、「祖墓碑記」に基づく図を具体的に挙げれば次の通りになる。

2隠居訓子　3廬墓終喪　4葬地発祥　6詣郡陳言　7廻途遇相　8憫冤除豪　9避難至涿
49烏衣兆夢　51井磚示異　52降夢州守　53平将軍像　54興将軍像

このうち、第二図から第四十九図まではすでに触れた。すなわち、祖父と父の事蹟、誕生に際して現れた瑞祥、十九歳で子をなしたこと、後世に崇拝されるという預言、悪人の誅殺といった誕生前から世に出るまでのエピソードと、夢によって示された死の予兆である。第五十一図「井磚示異」と第五十二図「降夢州守」は、王朱旦が文中で述べる「祖墓碑記」を撰した理由となった出来事を図にして説明文を加えたもの。第五十三図「平将軍像」と第五十四図「興将軍像」は、関帝の息子の関平と関興の肖像であり、その説明文に王朱旦の文章が流用されている。

「祖墓碑記」は、関帝の故郷である解州の知州であった王朱旦が康熙十七年（一六七八）に著したものであり、その名の通り関帝の「祖墓」（祖父の墓）のために書かれた碑記である。王朱旦が文中で述べるところによれば、この碑記が書かれたのは二つの不思議な出来事によるという。一つは、「井磚」の「発見」である。康熙十七年、于昌という土地の者が昼寝中の夢で受けた関帝のお告げにより、関帝の父の旧居の井戸から大きなレンガを発見した。それは関帝の父がその父、すなわち関帝の祖父を祭った形代であり、そこには今まで不明であった関帝の祖父と父の名が記されていたという[20]。この一件を図に描いたのが第五十一図「井磚示異」である。もう一つは、王朱旦自身の奇異な体験である。王朱旦が出仕する前の順治十四年（一六五七）、夢の中で関帝から酒を賜り、その生涯をまとめるよう命じられたという。また、同時に関帝は侍臣の周倉に対して酔った王朱旦を守るように命じた。次の日、客と飲んで酔った王朱旦は落馬して巨石にぶつかったが無事だったという。その後、解州知州となった王朱旦は、自分の体験と「井磚」の発見とに感じるところがあり、この「祖墓碑記」を著したらしい[21]。しかし、これが書かれた直後から、内容の荒唐無稽を非難する論説は多く、「井磚」は贋作である疑いが強い[22]。

さて、ここで注目しておきたいのは、先に呉嘉謨本の模倣が見られると指摘した「関帝聖蹟図」の図のうち、「祖墓碑記」に由来するものが多い点である。となれば、「祖墓碑記」の段階ですでに「孔子聖蹟図」が意識されていたと考えられよう。王朱旦が文中において関帝を孔子と並称している点からもそのことが推測できる[23]。しかも、内容について同時代の識者から非難を受けていたことに鑑みれば、「祖墓碑記」に見えるもののそれ以前の資料には見えない関帝の祖父と父や関帝自身の事蹟は、王朱旦がでっち上げたものと見てよかろう。その目的は自分たちが捏造した関帝の祖父と父の名を既成事実として定着させると共に、関帝を孔子と同等の「聖人」とするためである（李世偉氏のいう「儒家化」「聖人化」）。よって、関帝やその祖父と父の事蹟を作り上げるにあたって、孔子の事蹟を参考にし、それに合わせようとするのは当然であろう。王朱旦は「孔子聖蹟図」を参照しながら、自ら事蹟を作り上げたり、自らの意図と合致した既成のエピソードを採用したりしたのである。王朱旦が参照した「孔子聖蹟図」が呉嘉謨本とは限らないが、関帝の祖父と父の事蹟を強調していることから、やはり孔子の父の存在を強調する呉嘉謨本である可能性が高い。

おわりに

本節では、李世偉氏の論文「創新聖者：《関聖帝君聖蹟図誌》与関帝崇拝」を足がかりにして、「関帝聖蹟図」と「孔子聖蹟図」の関係について見てきた。李氏は「関帝聖蹟図」が「孔子聖蹟図」を模倣したものであると指摘しているが、多数ある「孔子聖蹟図」のうち、具体的にどの「孔子聖蹟図」を模倣したのかまでは論究していない。本節では、F『関帝事蹟徴信編』巻三十「書略」に「関帝聖蹟図」が呉嘉謨『孔聖家語図』に倣ったものであると記されていること、「関帝聖蹟図」と呉嘉謨本の形式が一致することから、呉嘉謨本こそ「関帝聖蹟図」が模倣した「孔子聖蹟図」であることを特定した。そこで、両者の内容を比較し、「関帝聖蹟図」が内容面において呉嘉謨本をどのように模倣しているのかを明らかにした。さらに、「関帝聖蹟図」の中でも王朱旦「漢前将軍壮繆侯関聖帝君祖墓碑記」に基づいている部分に、特に呉嘉謨本をはじめとした「孔子聖蹟図」の影響が顕著なことから、「祖墓碑記」の段階ですでに「孔子聖蹟図」が強く意識されていたであろうことを指摘した。しかもそれはやはり呉嘉謨本である可能性が高い。かように「孔子聖蹟図」が意識されたのは、李氏が指摘するように関帝の「儒家化」「聖人化」が図られたためである。本節に述べたところによって李氏の論考が補強されたと共に、「関帝聖蹟図」と「孔子聖蹟図」の関係、そして「関帝聖蹟図」の淵源の一つである王朱旦「祖墓碑記」と「孔子聖蹟図」の関係についてより詳しく考察することができた。「関帝聖蹟図」、そして「祖墓碑記」が呉嘉謨本を参照した、あるいはその可能性が高いのは、呉嘉謨本が数ある「孔子聖蹟図」の中でも孔子の父の存在を強調しているからである。捏造した関帝の祖父と父の名やその事蹟を定着させようとする者たちにとって、呉嘉謨本こそ模倣するにうってつけだったのである。

尚、冒頭で紹介したように、李氏は同論文において、B『関聖帝君聖蹟図誌全集』には「歴史化」という特質があるという指摘もしている。この指摘についても検討を要するので、節を改めて論じる。

注

(1)「関帝聖蹟図」について触れられている主な論考としては、以下のものがある。大塚秀高「関羽の物語について」(『埼玉大学紀要』三〇、一九九四年)、洪淑苓『関公民間造型之研究――以関公伝説為重心的考察』(国立台湾大学出版委員会、一九九五年)、劉海燕『従民間到経典――関羽形象与関羽崇拝的生成演変史論』(上海三聯書店、二〇〇四年)一三五～一三八頁、完顔紹元「転折時期的南派精品　漫説《関帝聖迹図》」(『美術之友』二〇〇六年第五期)。これらは「関帝聖蹟図」を収めるB『関聖帝君聖蹟図誌全集』についても論及しているが、このほかにB『関聖帝君聖蹟図誌全集』について論じているものには、顔清洋『関公全伝』(台湾学生書局、二〇〇二年)五二八頁、小久保元「関羽聖蹟図の基礎研究」(『中国語中国文化』第五号、二〇〇八年)などがある。

(2) 李世偉「創新聖者：《関聖帝君聖蹟図誌》与関帝崇拝」(王見川・蘇慶華・劉文星編『近代的関帝信仰与経典：兼談其在新、馬的発展』博揚文化事業有限公司、二〇一〇年)。李氏はこのほかに、B『関聖帝君聖蹟図誌全集』が媽祖の聖蹟図である『天后聖母聖蹟図誌』を生んだことや、関帝の家系を明確にしようとしていることも指摘する。

(3) 顧問輯『義勇武安王集』(嘉靖四十三年〔一五六四〕)を銭謙益が修訂・増補したもの(序論のⅢ―1。以下同じ)。稿本は中国国家図書館に蔵されており、『北京図書館古籍珍本叢刊』第一四冊(書目文献出版社、一九九〇年)に影印されている。大塚秀高編「関羽関係文献目録兼所蔵目録」(『中国における「物語」文学の盛衰とそのモチーフについて――俗文学、とりわけ俗曲と宝巻を中心に――』、平成七年度科学研究費補助金〔一般研究〈C〉〕研究成果報告書、一九九六年)によれば、刊本が北京師範大学図書館に蔵されているという。

（4）焦竑訂A『漢前将軍関公祠志』（万暦三十一年〔一六〇三〕）と辛全『関帝集』（崇禎六年〔一六三三〕。Ⅱ—16）。F『関帝事蹟徴信編』巻三十「書略」に拠る。

（5）國朝桃源盧湛撰。湛、字濬深、廩監生。其書以錢集爲主、參以焦辛諸家、爲考十六、分部五。擇雖夫精、捜採頗富、獨歷卷全圖發祥二考、純用『演義』、及王氏「祖墓碑」、又避改神諱太甚、不免爲時賢所譏。

（6）不詳。王朱旦『続関帝祠志』（Ⅲ—6）のことか。

（7）國朝寧波孫百齡撰。百齡、字錫菴、歳貢生。是圖作於庚午。……自言得『解梁廟志』、有塔下「井磚記」、歷紀聖祖父遺蹟。因徧爲捜討、不足據者、屏而不錄。方欲刊布、適遊淮陰、遇盧子濬深等、益共考訂成之。今盧集所有圖説是也。然實取『演義』、及王朱旦墓碑爲之、竟不知其無據不錄者、爲何等也。

（8）「孔子聖蹟図」に関する主な論考としては以下のものがある。佐藤一好「『聖蹟図』研究ノート」（『日本・アジア言語文化コース彙報』三、一九九〇年）、佐藤一好「『聖蹟図』の歴史」（加地伸行『聖蹟図にみる孔子流浪の生涯と教え　孔子画伝』集英社、一九九一年）、佐藤一好「張楷の生涯と詩作と『聖蹟図』」（『学大国文』三四、一九九一年）、沈津「《聖迹図》版本初探」（『孔子研究』二〇〇三年第一期）、王裕昌「《孔子聖迹図》賞析」（『図書与情報』二〇〇四年第六期）、孔祥勝・上官茂峰「《聖迹之図》考析」（『栄宝齋』二〇〇六年第三期）、竹村則行「元・兪和『孔子聖蹟図』賛を踏襲した明・張楷『孔子聖蹟図』賛について」（『文学研究』第一〇七輯、二〇一〇年）、周恵斌「《孔子聖迹図》版本概述」（『東方収蔵』二〇一一年第八期）、竹村則行「明清文学史から見た清・顧沅『聖蹟図』賛詩」（『日本中国学会報』六三、二〇一一年）、同「『聖蹟全図』（康熙二十五年序刊本）を踏襲した清末・顧沅の『聖蹟図』」（『文学研究』第一一一輯、二〇一四年）。

（9）『孔子家語』系統の「孔子聖蹟図」、および呉嘉謨『孔聖家語図』については、注（8）所掲佐藤一好「『聖蹟図』研究ノート」、同「『聖蹟図』の歴史」に拠る。

（10）注（1）所掲大塚氏論文。

（11）呉嘉謨本は郭斉・李文沢主編『儒蔵』史部第一冊（四川大学出版社、二〇〇五年）に影印される万暦十七年（一五八九）序刊本を用いた。

(12)　鄭振鐸編『中国古代版画叢刊』(一)(上海古籍出版社、一九八八年)三七四頁。
(13)　従来の「関帝文献」に収められる関帝の肖像は関帝一人を描いたものであるから、「関帝聖蹟図」もそれを踏襲したと考えることも可能である。ただ、「関帝文献」の嚆矢とされる『関王事蹟』を編纂した元の胡琦は、諸本の伝える関帝の肖像画には「坐像」「立像」「騎馬提刀像」があると述べている。いくつかのバリエーションがある中で、「関帝聖蹟図」が全身像(立像)を選んだのは、やはり呉嘉謨本に倣ったと考えてよかろう。
(14)　正史『三国志』関羽伝に、「(建安)二十四年、……(孫)権遣将逆撃羽、斬羽及子平于臨沮」とある。
(15)　井上泰山・大木康・金文京・氷上正・古屋昭弘『花関索伝の研究』(汲古書院、一九八九年)に影印される『新編全相説唱足本花関索出身伝　前集』に拠る。
(16)　『孔子家語』がすでに孔子は二十歳前後で子をなしたとしているので、必ずしも呉嘉謨本をはじめとする「孔子聖蹟図」の影響ではないかもしれない。
(17)　晋・王嘉『拾遺記』巻三「周霊王」には「夫子係殷湯、水徳而素王」とあり、孔子を殷の湯王の子孫と位置づけ、水徳にして素王であるとしている(『漢魏叢書』本に拠る)。
(18)　これに類するエピソードは、固有名詞にいろいろなバリエーションがあるものの、清・褚人獲『堅瓠集』(康熙二十九年〔一六九〇〕序)に見える「関西故事」や、京劇(「斬熊虎」)、また中国各地で収集・整理されている民間伝説にも見られる。王朱旦「祖墓碑記」は固有名詞が「関帝聖蹟図」と一致する。
(19)　大塚氏によれば、「祖墓碑記」に見えないとはいえ、「見龍生聖」は「関帝聖蹟図」による全くの創作ではなく、「関羽自身を龍の化身」とする物語に由来しているという。注(1)所掲大塚氏論文参照。
(20)　「祖墓碑記」に、「於康熙十七年戊午、常平士于昌、肄業墻廟、即道遠公之舊居也。昌醇篤、書夢、帝呼授易碑二大字、督視殿西物、急白郡。窞而就焉。有濬井者、得巨磚、字頗斷裂。昌急合讀、即帝考奉祀厥考之主、中紀生死甲子、併兩世字諱大略」とある(B『関聖帝君聖蹟図誌全集』巻一「発祥考」に拠る。以下同じ)。
(21)　「祖墓碑記」に、「旦於丁酉秋、旅宿涿、夢帝揖迎、畀巨觥曰、『煩椽筆敘生平。』又顧周將軍曰、『已極醉。須疾扶、勿致傷。』次日遇客邀飲、醉墜馬、觸巨石、無恙。……今忽守此、合諸於所陳、則關帝前諭、殆欲表其先塋歟。……謹蒐軼蹟、書勒豐碑」とある。

(22) このあたりの事情については、注(1)所掲大塚氏論文に詳しい考証がある。

(23) 例えば、「岱魯産素王、作『春秋』、紹二典。又五百餘年、條陰毓關帝、世述『春秋』、扶正統」「素王實稟春秋兩時之正氣、以周曆考、而帝亦賦春秋兩時之正氣」などと見える。

第二節　「関帝聖蹟図」の構成要素について

はじめに

前節で述べたように、李世偉氏は論文「創新聖者：《関聖帝君聖蹟図誌》与関帝崇拝」において、「関帝聖蹟図」は「孔子聖蹟図」の模倣であり、B『関聖帝君聖蹟図誌全集』は清初における関帝の「儒家化」「聖人化」を推し進める役割を果たしたと論じていた。また、B『関聖帝君聖蹟図誌全集』には「歴史化」という特質もあると指摘していた(1)。前節では、関帝の「儒家化」「聖人化」に関して、「関帝聖蹟図」と「孔子聖蹟図」の関係について検討したので、本節では引き続きB『関聖帝君聖蹟図誌全集』に「歴史化」という特質があるという指摘について検討したい。李氏はこの点について以下のように論じる。

関公に対する崇拝と信仰があまねく広まることができた理由は、政府と士大夫による記録性のテキスト以外に、伝説・故事・戯曲・画像等の俗文学芸術が、民間においてきわめて広く伝播したからである。もちろんこういった類のテキストは、関公の生涯の事績に基づいているとはいえ、いずれもすでに多くの想像による内容が加えられており、そこにはたくさんの神話のプロット、あるいは地域的色彩が結びつけられている。この多くの変異性のあるテキストはもちろん非歴史的なものであるが、関公信仰の伝播の鍵である。ところが、『図誌』の体裁および内容を通観すると、例えば「録史」「譜系」「墳廟」「爵謚」「遺蹟」など、その「歴史化」された関公形象を確立していないものはない。……さらに大量に収録された歴代の文人の賛・題記・詩文や、朝廷の追尊が加えられたことなどは、いっそう『図誌』に「真実」と「信用」をもたらした。(2)

実は、李氏は「関帝聖蹟図」とB『関聖帝君聖蹟図誌全集』のいずれを指す場合にも、おおむね「『関聖帝君聖蹟図誌』」あるいは「『図誌』」という言い方をしている。そのため、論旨そのものがぼやけてしまっているのだが、ここではB『関聖帝君聖蹟図誌全集』、特に李氏がテキストとして採用している『武聖関壮繆遺蹟図誌』を指しているとみられる。(3) いずれにせよ、俗文学芸術と対比して、「『図誌』」が「歴史化」されていると説く。

本書の第一章では、七種の「関帝文献」の「本伝」篇や「翰墨」篇について検討することを通してそれぞれの文献の性格について探ったが、その結果、一口に「関帝文献」といっても、関帝信仰に対して冷静な態度で編纂された史実に比較的忠実なもの（グループⅠ）と、関帝に対する熱烈な信仰心をもって編纂され、関帝に関する言説であればできる限り取り込んだもの（グループⅡ）とに二極分化していることを指摘した。B『関聖帝君聖蹟図誌全集』の場合は後者に属するから、李氏の説とは矛盾する。

そこで本節では、前節に引き続いて「関帝聖蹟図」を対象とし、その構成要素について検討することを通して、李氏の論の当否を確認してみたい。なぜなら、「関帝聖蹟図」はB『関聖帝君聖蹟図誌全集』の「圧巻」（前節一所引F『関帝事蹟徴信編』巻三十「書略」）とされているから、「圧巻」たる「関帝聖蹟図」の特徴を明らかにすれば、自ずとB『関聖帝君聖蹟図誌全集』全体の傾向もうかがえると思われるからである。

李氏が指摘し、前節でも取り上げたように、「関帝聖蹟図」には「孔子聖蹟図」の模倣という要素があるが、本節ではそれ以外の要素も取り上げて総合的に分析する。「孔子聖蹟図」の模倣以外の要素とは、王朱旦「漢前将軍壮繆侯関聖帝君祖墓碑記」に由来する要素、『三国志演義』に由来する要素、そして史書に由来する要素である。

一、「孔子聖蹟図」を模倣した要素

「関帝聖蹟図」は「孔子聖蹟図」を模倣したものであるから、「関帝聖蹟図」には「孔子聖蹟図」に由来する要素も当然含まれる。「関帝聖蹟図」と「孔子聖蹟図」の関係については前節で論じたので、ここでは本節に関わる「関帝聖蹟図」における「孔子聖蹟図」に由来する要素についてのみ述べておく。尚、「関帝聖蹟図」が実際に模倣した「孔子聖蹟図」が呉嘉謨『孔聖家語図』所収のもの（以下、呉嘉謨本）であることも前節で明らかにしたので、ここで扱うのは呉嘉謨本に由来する要素ということになる。また、ここで取り上げるのはあくまでも内容面における要素についてである。[4]

「関帝聖蹟図」のうち、呉嘉謨本に由来する要素が見られるといえるものは以下の九図である。

1聖帝遺像　2隠居訓子　3廬墓終喪　4葬地発祥　5見龍生聖　6詣郡陳言　7廻途遇相

8惆冤除豪　49烏衣兆夢

「関帝聖蹟図」と呉嘉謨本とは、それぞれ関帝と孔子という異なる人物の生涯を描いているのだから、内容は当然全く異なる。よって、図や文字が「関帝聖蹟図」と呉嘉謨本とで一致を見ることはない。しかし、大まかにいって、関帝の生涯の序盤、特に誕生前から世に出るに至るまでのエピソードと、終盤の死にまつわるエピソードが呉嘉謨本と似通っている。詳しくは前節で述べたので、繰り返さないが、これらの図の内容はいずれも正史『三国志』関羽伝をはじめとする史書には見えない。実は、右に掲げた九図のうち八図は、その説明文が王朱旦「漢前将軍壮繆侯関聖帝君祖墓碑記」（以下、「祖墓碑記」）に由来する。そこで次に「関帝聖蹟図」における王朱旦「祖墓碑記」に由来する要素について見ていく。

二、王朱旦「漢前将軍壮繆侯関聖帝君祖墓碑記」に由来する要素

「関帝聖蹟図」の中には王朱旦「祖墓碑記」に基づくものもある。そのことはＦ『関帝事蹟徴信編』巻三十「書略」も指摘していた。「祖墓碑記」が如何なるものであるかについても前節で述べたので繰り返さない。「祖墓碑記」に基づく図の説明文を具体的に挙げてみよう。

「関帝聖蹟図」第二図「隠居訓子」

聖帝祖諱審、字問之、號石磐、生於漢和帝永元二年庚寅、居解梁常平村寶池里五甲。公冲穆好道、研究『易傳』『春秋』。見漢政蠱・戚畹・長秋、互竊枋柄、火德灰寒、外枯中竭。絶意進取、去所居之五里許、得芬場一片淨土、誅茅絃誦、以『春秋』『易』訓子。數十年、謝塵市軌迹。至桓帝永壽三年丁酉卒。壽六十八。壟於條山之麓。

「祖墓碑記」

帝祖石磐公、諱審、字問之、以漢和帝永元二年庚寅生、居解梁常平村寶池里五甲。公冲穆好道、研究『易傳』

『春秋』。見漢政蠹・戚畹・長秋、互竊枋柄、隤戎索、火徳灰寒、外枯中竭。絶意進取、去所居之五里許、得芬場一片浄土、誅茅紘誦、以『春秋』『易』訓子。數十年、絶塵市軌迹。至桓帝永壽三年丁酉、終正寝。壽六十八。

多少の異同はあるものの、「関帝聖蹟図」が「祖墓碑記」の文字をほぼそのまま用いていることが見て取れよう。

また、第五図「見龍生聖」の説明文には、

（後）漢の桓帝の延熹三年庚子（一一六〇）六月二十四日、烏龍が（常平）村に現れて、道遠公の住まいをめぐり、そして関聖帝君が生まれた。[5]

とある。「祖墓碑記」には烏龍が現れて道遠公（関帝の父）の住まいをめぐると関帝が生まれたとする話こそ見えないものの、関帝の誕生日を「六月廿四日」とする点が共通する。[6]

このように「祖墓碑記」に由来する「関帝聖蹟図」の図を列挙すれば次の通りになる。

2隠居訓子	3廬墓終喪	4葬地発祥	5見龍生聖	6詣郡陳言	7廻途遇相	8憫寃除豪
9避難至涿	49烏衣兆夢	51井磚示異	52降夢州守	53平将軍像	54興将軍像	

このうち、第二図から第八図、そして第四十九図については、すでに取り上げたように「孔子聖蹟図」に由来する要素が見られる図でもある。王朱旦は関帝を孔子と同等の「聖人」として位置づけるために、関帝の事蹟を孔子の事

蹟になぞらえようとしたと考えられるが、「関帝聖蹟図」がかかる性格を持つ「祖墓碑記」を取り込んでいることは、「関帝聖蹟図」を制作した孫百齢も同様の考えを持っていたということだろう。先にも指摘したが、第二図から第八図、第四十九図の内容はもちろん史書には見えない。

第五十一図「井磚示異」と第五十二図「降夢州守」は、王朱旦が「祖墓碑記」を撰した理由となった出来事を図にして説明文を加えたもの（前節参照）。第五十三図「平将軍像」は関帝の息子の関平の肖像である。その説明文で述べられる関帝が胡氏を妻として娶ったこと、関帝が十九歳の時、すなわち後漢の霊帝の光和元年（一七八）五月十三日に関平が生まれたことは、「祖墓碑記」に見える内容である。(7) 第五十四図「興将軍像」は、やはり関帝の息子である関興の肖像であり、その説明文は全て「祖墓碑記」からの流用である。

三、『三国志演義』に由来する要素

F『関帝事蹟徴信編』巻三十「書略」では、「関帝聖蹟図」が『三国志演義』と「祖墓碑記」に基づいていることが指摘されていた。「祖墓碑記」に由来する要素についてはすでに見たので、ここでは『三国志演義』に由来する要素について見ていきたい。

第十一図「涿州全勝」では、義兄弟の契りを結んだ劉備・関帝・張飛の三人が黄巾賊討伐に乗り出すさまが語られる。

按ずるに三人は手勢を集めて挙兵すると、（涿）郡太守の劉焉を訪れて謁見した。たまたま賊党の程遠志が五万の将兵を率いて涿州を侵した。太守は校尉の鄒靖に先主（劉備）を率いて先鋒とし、帝（関羽）・侯（張飛）と共に防衛に赴くよう命じた。大興山のふもとで（黄巾賊と）遭遇し、大いに討ち破った。涿軍は完勝した。太守は喜び、そこで先主を手厚くもてなした。(8)

直接の引用ではなく、要約ではあるものの、右の内容は、『三国志演義』第一回(9)とほぼ一致する。劉備が劉焉のもとに出向くこと、架空の人物である程遠志の登場、大興山のふもとで戦うこと、いずれも史書には見えず、『三国志演義』に見える内容である。このように内容が『三国志演義』とほぼ一致する図を全て挙げれば、以下の十七図である。図題の後のカッコ内にある数字は『三国志演義』の回数を表す。

11涿州全勝（1）　12青州解囲（1）　14迅斬華雄（5）　15同撃呂布（5）　18救釈張遼（20）
19許田憤奸（20）　21三約明志（24・25）　23贈馬拝嘉（25）　28五関斬将（27）　29中路収倉（27・28）
30斬蔡表心（28）　31古城重会（28）　35華容釈曹（49・50）　36狥郡得将（53）　42辱使絶婚（73）
44取襄囲樊（73）　55周将軍像(10)（28・74・77）

このほかに、内容が部分的に『三国志演義』と一致する図もある。第一図「聖帝遺像」では関帝の容貌が語られるが、「鬚長二尺八寸、面如熏棗、唇若丹硃、鳳目蠶眉」という特徴は、表現こそ違えども『三国志演義』第一回にも見える。(11)第十三図「大破張角」は順序が部分的に入れ替わっているものの、語られる内容は『三国志演義』第一回と同じである。第二十図「徐州誅冑」では関帝が車冑を殺す点が『三国志演義』第二十一回と一致する。第二十五図

「白馬斬良」において宋憲らが顔良に斬られたとあるが、これは史書ではなく『三国志演義』第二十五回に見える。第四十図「単刀赴粛」には、史書からの引用も見られるが、全体的な流れは『三国志演義』第六十六回の内容に沿っている。第四十五図「水渰七軍」に見える関帝が罾口川で于禁らを水攻めにしたことは『三国志演義』第七十四回と一致する。第四十六図「命医去毒」で、関帝の左腕の手術を執刀したのが華陀であるとするのは『三国志演義』第七十五回と一致する。

また、第十図「桃園義聚」で描かれる「桃園結義」、第二十六図「南陂戮醜」にある関帝が文醜を斬るエピソード、第二十七図「緘書告辞」に見える別れを告げようとする関帝に曹操が会おうとしなかったこと、第三十三図「同顧草廬」の「火焼新野」、第三十四図「沔江救敗」に見える趙雲が阿斗を抱いて戦ったこと、第四十三図「位列五虎」にある関帝が五虎将に封じられたことは、『三国志平話』や雑劇など他の作品にも見えるが、『三国志演義』にも見えるエピソードである。

これら全てを先述の十七図に加えれば、合わせて三十図が『三国志演義』に由来していることになる。「関帝聖蹟図」が『三国志演義』に基づいているとするF『関帝事蹟徵信編』巻三十「書略」の指摘はやはり正しかった。「関帝聖蹟図」全五十五図の実に半数以上に『三国志演義』との関係が見出せるのである。

四、史書に由来する要素

ここまで「関帝聖蹟図」における「祖墓碑記」と『三国志演義』に由来する要素について見てきた。「関帝聖蹟図」にこれらの要素が見出せることはF『関帝事蹟徵信編』巻三十「書略」の指摘通りだったわけだが、とはいえ、「関帝聖蹟図」には史書に由来する要素も多く見出せる。本節では、それらの要素について検討したい。

まず、「関帝聖蹟図」の第四十六図「命医去毒」の説明文を見てみよう。

帝之攻樊也、嘗爲流矢所中、貫其左臂。后瘡雖愈、毎陰雨、骨常痛。醫華陀曰、「矢鏃之毒入於骨。當破臂刮骨去其毒。然後此患乃除。」帝即令醫劈之。時帝適留客飲酒相對、臂血流[12]、盈於盤器、左右者皆驚懼而帝割炙引酒、笑言自若。醫曰、「殆天神也。」

これとほぼ同じ記載が正史『三国志』関羽伝に見える。

羽嘗爲流矢所中、貫其左臂。後創雖愈、毎至陰雨、骨常疼痛。醫曰、「矢鏃有毒、毒入于骨、當破臂作創、刮骨去毒。然後此患乃除耳。」羽便伸臂令醫劈之。時羽適請諸將飲食相對、臂血流離、盈於盤器。而羽割炙引酒、言笑自若。

「関帝聖蹟図」において関帝に施術した医者を華陀としていることが『三国志演義』の影響であることはすでに述べた。また、その医者の「殆天神也」というセリフも、やはり似たセリフが『三国志演義』第七十五回に見える。しかし、それ以外の文字がほとんど『三国志』関羽伝に一致することは一見して分かろう。関羽の諱の「羽」を「関帝聖蹟図」が「帝」としているのは、関羽が崇拝の対象である「関帝」となったからであることは言うまでもない。

正史『三国志』の裴松之注に基づく説明文もある。第三十四図「沔江救敗」において、曹操軍から逃れて夏口にたどり着いた劉備に対し、関帝は言う。

帝曰、「往日許田使聴　言、可無今日。」先主曰、「若天道扶正、安知不爲福耶。」

この両者のセリフは、次の『三国志』関羽伝の裴松之注が引く『蜀記』に基づくことは明らかである。

羽怒曰、「往日獵中、若從羽言、可無今日之困。」備曰、「是時亦爲國家惜之耳。若天道輔正、安知此不爲福邪。」

「関帝聖蹟図」の方にある空格には、関帝の諱の「羽」が入るべきであることが裴松之注引『蜀記』から分かる。
また、次のような例もある。第二十図「徐州誅冑」の説明文において、関帝が車冑を誅し、劉備が徐州を平定したとある後には以下のように続く。

先主令聖帝守下邳、行太守事、身還沛。郡縣多應之、衆數萬人。遣使與袁紹連兵共討操。操使長史劉岱擊之、不克。

この記載の出処を『三国志』に求めると、一人の列伝だけには止まらなくなる。「先主令聖帝守下邳、行太守事、身還沛」は、関羽伝の「先主……使羽守下邳城、行太守事、而身還小沛」に、「郡縣多應之、衆數萬人。遣使與袁紹連兵共討操。操使長史劉岱擊之、不克」は、先主伝の「郡縣多叛曹公爲先主、衆數萬人。遣孫乾與袁紹連和。曹公遣劉岱・王忠撃之、不克」にそれぞれ由来する。しかし、「関帝聖蹟図」の説明文を執筆するために、『三国志』の各列伝を一々見比べて文字が取捨選択されたとは考えにくい。

そこで考えられるのは、編年体である『資治通鑑』を利用することである。実際のところ、『資治通鑑』巻六十三には、

（劉）備……留關羽守下邳、行太守事、身還小沛。東海賊昌豨及郡縣多叛操爲備。備衆數萬人。遣使與袁紹連兵。操遣司空長史沛國劉岱・中郎將扶風王忠撃之、不克。[13]

とあって、「関帝聖蹟図」第二十図「徐州誅冑」の説明文に見える内容が一続きになっている。しかし、第二十図「徐州誅冑」の説明文に比べると、文字が若干多いのが気になる。

『資治通鑑』には多くのダイジェスト版が存在する。その中でも最もポピュラーなのは朱熹による『資治通鑑綱目』である。そこで、『資治通鑑綱目』[14]を繙いてみると、巻十三の建安四年（一九九）の「綱」（提要）である「劉備起兵徐州討曹操。操遣兵撃之」の「目」（詳説）に、

（劉）備……留關羽守下邳、身還小沛。郡縣多叛操爲備。備衆數萬人。遣使與袁紹連和。操遣長史劉岱撃之、不克。

とあって、「行太守事」の一句が見えないものの、第二十図「徐州誅冑」の説明文にかなり近い。実際、第二十図の

説明文はこの後、「故『綱目』書曰、『劉備起兵徐州討曹操』（だから『資治通鑑綱目』に、「劉備は徐州で挙兵し曹操を討とうとした」と書かれているのである）」と続けている。「関帝聖蹟図」は、正史『三国志』や裴松之注も見ていると思われるが、それよりも『通鑑』系のテキストにより依存しているように見受けられる。

ところで、第二十二図で語られる「秉燭達旦」は、関帝の節義を強調するエピソードとして知られる。関帝がやむなく曹操に降服した時、曹操はわざと関帝と劉備の二夫人を一室に泊まらせたが、関帝は灯火を手にして夜明けまで侍立していたという内容である。このエピソードは正史『三国志』や裴松之注には見えず、史実ではない。

『三国志演義』では毛宗崗本にこのエピソードが見えるが、毛宗崗本以前の『三国志演義』の本文には見られないということがすでに指摘されている。[15] もちろん、「関帝聖蹟図」が制作された当時、毛宗崗本はすでに世に出ていたから、「関帝聖蹟図」が毛宗崗本を参照した可能性もゼロではない。しかし、毛宗崗本の本格的な普及が道光・咸豊年間以降であったという指摘[16]を踏まえれば、「関帝聖蹟図」の「秉燭達旦」は『三国志演義』以外に由来すると考えた方がよい。

ここで浮上してくるのは、やはり『通鑑』系の史書である。第二十二図「秉燭達旦」の説明文には、「史臣論曰、『明燭達旦、乃聖帝之大節也』（史官は、「夜明けまで灯火をともしていたことこそが、関聖帝君の大節なのである」と論じている）」とある。ここに見える史官の言葉は、潘栄「通鑑総論」に見える「明燭以達旦、乃雲長之大節」に違いない。潘栄は元代の民間の『通鑑』学者であり、その著作「通鑑総論」は明代に刊行された『資治通鑑綱目』の冒頭によく附載されていたという。[17] よって、第二十二図も、一見、『三国志演義』に由来するように見えるが、実際のところは「通鑑総論」を載せていた明代の『通鑑』系テキストに基づくものであろう。

さらに、金文京氏はこの「秉燭達旦」という、史実に基づかないエピソードを本文に入れてしまった『通鑑』系テキストとして、明の万暦三十八年（一六一〇）に福建の出版業者である余象斗が刊行した袁黄『鼎鍥趙田了凡袁先生編纂古本歴史大方綱鑑補』（以下、『綱鑑補』）という文献を挙げている。[18]『綱鑑補』は、『資治通鑑綱目』の形式を真似て編纂された通史「綱鑑」の一種である。『資治通鑑綱目』は周の威烈王の二十三年（前四〇三）から後周の顕徳六年（九五九）までしか記載されないが、『綱鑑補』は太古の三皇から元の至正二十八年（一三六八）まで記載される。

そこで、『綱鑑補』を繙くと、巻十二の建安五年（二〇〇）の「目」に次のようにある。[19]

（曹）操……使羽與二夫人共室。羽避嫌、秉燭立待至天明。

第二十二図「秉燭達旦」の説明文には、

（曹）操……使與二夫人共室。聖帝秉燭立待天明。

とあり、「関帝聖蹟図」が『綱鑑補』の文字を節略して用いていることが分かる。他の図の説明文にも同様の例がないか調べてみると、第二十二図「秉燭達旦」を含め、以下の二十三図に『綱鑑補』に由来する文字が見出された。

10桃園義聚	13大破張角	16平原典兵	17勧領州牧	18救釈張遼	19許田憤奸	20徐州誅冑
21三約明志	22秉燭達旦	24受恩許報	25白馬斬良	26南陂戮醜	27緘書告辞	32共屯新野
33同顧草廬	34沔江救敗	37専督荊州	39力争三郡	40単刀赴粛	41分地和呉	45水渰七軍

47大戦徐晃　　48退守麦城

これらの図における『綱鑑補』に由来する文字は、正史『三国志』や『資治通鑑綱目』とも共通する場合が多い。しかし、『三国志』や『資治通鑑綱目』に比べて『綱鑑補』とより一致する場合が目立つ。中でも特筆すべきは、全体的な内容は『三国志演義』に由来する第二十一図「三約明志」（図⑲）において、関羽が張遼に対して曹操に降服するにあたっての三つの条件を提示する時のセリフが、『綱鑑補』とほぼ一致する点である。

「関帝聖蹟図」第二十一図「三約明志」
聖帝謂之曰、「吾有三約。如其不允、吾必不降。吾與皇叔誓扶漢室、今降漢不降曹、一也。二嫂在彼給養以皇叔俸、上下人等不得到門、二也。知吾主去向、不分千里、便當辭去、三也。」

『綱鑑補』巻十二　建安五年「目」注
雲長謂張遼曰、「吾有三約。與皇叔誓扶漢室、降漢不降曹、一也。二嫂在彼給養、上下人等不得到門、二也。知吾主去向、不分千里、便當辭去、三也。如其不允、吾必不降。」

両者は順序が入れ替わっている箇所もあるが、基本的に文字が共通している。『綱鑑補』は「秉燭達旦」のみならず、史書には見えない関羽の降服の条件までをも史実として扱っているのである。[20]また、『綱鑑補』も冒頭に潘栄「通鑑総論」[21]を附載しているから、「関帝聖蹟図」が『綱鑑補』のような非史実をも取り込んだ『通鑑』系テキストを大いに利用していたことは間違いない。

もちろん、先述したように正史『三国志』やその裴松之注のように、『綱鑑補』以外の史書に基づく説明文もある。『綱鑑補』以外の史書に依拠した文字が見出せる図を列挙すれば、次の通りになる。

6詣郡陳言	10桃園義聚	13大破張角	14迅斬華雄	16平原典兵	17勧領州牧	18救釈張遼
20徐州誅冑	21三約明志	23贈馬拝嘉	25白馬斬良	27緘書告辞	34沔江救敗	37専督荊州
38省書示賓	39力争三郡	40単刀赴粛	41分地和呉	42辱使絶婚	43位列五虎	45水渰七軍
46命医去毒	47大戦徐晃	50正気帰天				

これらに先に挙げた『綱鑑補』に基づく図をあわせれば、史書に由来する説明文を持つ図は、計三十一図になる。

おわりに

以上、本節では「関帝聖蹟図」を構成する諸要素について見てきた。「関帝聖蹟図」には「孔子聖蹟図」を模倣した要素のほか、F『関帝事蹟徴信編』巻三十「書略」が指摘するように、王朱旦「漢前将軍壮繆侯関聖帝君祖墓碑記」と『三国志演義』に由来する要素が見られた。その一方で、史書に由来する要素もあった。

ここでこれらの諸要素が認められる図が、それぞれ何図ずつあるのかをまとめておく。

(1)「孔子聖蹟図」を模倣した要素　九図

(2)王朱旦「祖墓碑記」に由来する要素　十三図

(3)　『三国志演義』に由来する要素　　三十図
(4)　史書に由来する要素　　三十一図

「関帝聖蹟図」は全五十五図であるから、右には重複するものも含まれる。重複を除くと、(1)〜(3)に該当する図は計四十三図となる。実に四分の三を超える図に史書に由来しない要素が見えるのである。

李世偉氏はB『関聖帝君聖蹟図誌全集』に「歴史化」という特質があると説いた。確かに、B『関聖帝君聖蹟図誌全集』の「圧巻」たる「関帝聖蹟図」にも史書に基づく要素がある。しかも、かかる要素を持つ図も全体の過半数を超えている。しかし、(1)〜(3)に該当する図の方が圧倒的に多い以上、「関帝聖蹟図」が俗文学芸術と対比して「歴史化」されていると結論づけることには無理があろう。

また、史書に基づく要素についてだけ見ても注意すべき点がある。「関帝聖蹟図」が基づいた史書には、『資治通鑑』系のテキストが含まれた。その中には「秉燭達旦」のエピソードや、関羽が曹操に降服するにあたっての三つの条件など、史実に基づかない内容まで混入しているテキストもあった。よって、「関帝聖蹟図」が利用した史書の一部は、それ自体が「歴史化」とは逆の方向性を持っていたということになる。ただし、関帝信仰に対して冷静な態度で編纂された史実に比較的忠実な「関帝文献」の「本伝」篇の中にも、史実を超えた内容を含む史書に基づいた記載があった。おそらく、それらの編纂者はかかる内容が史書に記載されていたがために、それらを史実としてとらえていたと思われる（第一章第二節）。「関帝聖蹟図」についても同じことがいえるかもしれない。

とはいえ、「関帝聖蹟図」がやはり史書に由来しない要素を多く含むことは動かない。B『関聖帝君聖蹟図誌全集』の「本伝」篇は、関帝に対する熱烈な信仰心をもって編纂され、関帝に関する言説であればできる限り取り込んでいた（第一章第一節）。このことは「翰墨」篇の存在や関羽／関帝の手紙の収録状況とも軌を一にしていた（第一章第三節）。「関帝聖蹟図」も同様の方向性を有しているといえよう。李氏が述べるような「歴史化」というベクトルは持っていないのである。李氏はB『関聖帝君聖蹟図誌全集』全篇に「歴史化」という特質があると指摘していた。しかし、「本伝」篇と「翰墨」篇、そして「圧巻」とされる「関帝聖蹟図」についてそれが妥当といえない以上、その所説については無理があるといわざるを得ない。

注

（1）前節注（2）参照。

（2）關公的崇拜與信仰之所以能廣泛傳佈、除了官方與士大夫的記錄文本外、傳説・故事・戲曲・畫像等俗文學藝術、在民間流傳極廣、當然這一類的文本、雖有關公生平事蹟之本、但皆已添加諸多想像式的内容、其間結合許多神話情節或地域性色彩、這諸多變異性的文本自然是非歷史性的、卻是關公信仰傳佈的關鍵。然總觀《圖誌》體例及内容、諸如錄史・譜系・墳廟・爵謚・遺蹟等、無不是在確立其「歷史化」的關公形象。……若再加上大量收錄的歷代文人贊・題記・詩文、加上官方的封謚、益發使得《圖誌》呈現出「真實」與「可信」。

（3）李氏がB『関聖帝君聖蹟図誌全集』のテキストとして用いている『武聖関壮繆遺蹟図誌』は、王玉樹が再編集した嘉慶十二年（一八〇七）の序を持つ『武聖関壮繆遺蹟図誌全集』の民国十年（一九二一）排印本のようであり、盧湛による康熙三十二年（一六九三）の序を持つ初刊本ではない。そのため、初刊本とは巻数や篇名が異なる。小久保元「関羽聖蹟図の基礎研究」（『中国語中国文化』第五号、二〇〇八年）では、王玉樹本が、王朱旦「漢前将軍壮繆侯関聖帝君祖墓碑記」を妄信しているる初刊本に比べて、「かなり冷静」な態度で編集されていると指摘される。李氏がB『関聖帝君聖蹟図誌全集』には「歴史化」という特質があるという結論に至ったのには、使用したテキストにも問題があったといえるだろう。

（4）書物形態の上でも「関帝聖蹟図」は呉嘉謨本を模倣している。詳しくは前節参照。

（5）漢桓帝延熹三年庚子六月廿四日、有烏龍見於村、旋繞於道遠公之居、遂生聖帝。

（6）「祖墓碑記」には、「明年庚子六月廿四日、生聖帝」とある。尚、大塚秀高「関羽の物語について」（『埼玉大学紀要』三〇、一九九四年）は、于昌による「井磚」の「発見」が、六月二十四日を関帝の誕生日として宣伝するためのキャンペーンであった可能性を指摘する。

（7）第五十三図「平将軍像」で関帝の妻を胡氏とすること、関平は関帝が十九歳の時に生まれたとすることは、「祖墓碑記」の内容を引き写したためであると見て間違いないが、そもそも「祖墓碑記」にはなぜそう述べられているのか。例えば、説唱詞話『花関索伝』においても関羽の妻を胡氏とし、「桃園結義」の段階ですでに関平が生まれている。「祖墓碑記」が直接『花関索伝』（やそれに類似する作品）に拠ったとは限らないが、同様の設定を持つ俗文学や民間伝説の影響を強く受けていると考えられる。

（8）按三人義聚後、往見郡太守劉焉。適報賊黨程遠志率五萬衆將冦涿州。太守令校尉鄒靖引先主爲先鋒、與帝・侯仝往禦。遇於大興山下、大破之。涿軍全勝。太守喜、因厚待先主。

（9）便宜的に毛宗崗本の回数を示した。現存する毛宗崗本で刊行年がはっきりしている最古のものは、康熙十八年（一六七九）の序を持つ酔耕堂刊本『四大奇書第一種』である（小川環樹氏は、「『三国演義』の毛声山批評本と李笠翁本」〔『神田博士還暦記念書誌学論集』平凡社、一九五七年。のち小川環樹『中国小説史の研究』岩波書店、一九六八年〕において、毛宗崗本の完成を康熙五年〔一六六六〕よりも前だろうと推定する）。よって、「関帝聖蹟図」が制作された時には、すでに毛宗崗本は世に出ていた。しかし、本格的な普及はまだであり、それ以前の古い版本も流通していた（上田望「毛綸、毛宗崗批評『四大奇書三国志演義』と清代の出版文化」〔『東方学』第百一輯、二〇〇一年〕、および中川諭「上海図書館蔵『三国英雄志伝』二種について」〔『新大国語』第三十号、二〇〇五年〕、同「継志堂刊『三国英雄志伝』について」〔『中国―社会と文化』第二十号、二〇〇五年〕参照）。「関帝聖蹟図」は『三国志演義』の文章をそのまま引用しているわけではないため、どの版本に拠ったのかを特定することは難しい。表記の面から見ても、異なる系統の版本の表記法が見出せる。例えば、第十一図の図題や文中に「涿州」とあることから、二十巻系の版本を見ていた可能性が考えられるが（二十四巻系の版本である嘉靖壬午本や李卓吾評本、毛宗崗本は「涿郡」に作る）、その一方で第四十五図において于禁を水攻めにする場面を「罾口川」とするのは二十四巻系の版本と一致する（二十巻系の版本では「滑口川」「罩口川」等に作る）。『三国志演義』の版本については、中川諭『『三国志演義』版本の研究』（汲古書院、一九九八年）を参照されたい。

(10) 東京大学東洋文化研究所所蔵の康煕三十二年（一六九三）序刊本では第五十五図「周将軍像」の半葉が欠落していて説明文がないため、嘉慶二年重刊本（『関帝聖迹図』〔上海書店出版社、二〇〇六年〕に影印）に拠った。

(11) 管見の限り、毛宗崗本以前の版本では関羽のひげの長さを一尺八寸としている。毛宗崗本では二尺とする。

(12) 康煕三十二年序刊本では空格となっているが、嘉慶二年重刊本ではここに「離」字が入っている。

(13) 司馬光編著、胡三省音注、〝標点資治通鑑小組〞校点『資治通鑑』全二十冊（中華書局、一九五六年）に拠る。ただし、句読点等の記号は一部改めてある。

(14) 朱傑人・厳佐之・劉永翔主編『朱子全書』全二十七冊（上海古籍出版社・安徽教育出版社、二〇〇二年）所収の厳文儒・顧宏義校点『資治通鑑綱目』を使用した。ただし、句読点等の記号は一部改めてある。

(15) 上田望「明代における三国故事の通俗文芸について――『風月錦嚢』所収『精選続編賽全家錦三国志大全』を手掛かりとして――」（『東方学』第八十四輯、一九九二年）、金文京『三国志演義の世界』（東方選書、東方書店、一九九三年）一二三〜一二四頁（増補版〔二〇一〇年〕では一二六〜一二七頁）。

(16) 注（9）所掲上田氏論文と中川氏論文。

(17) 注（15）所掲金氏著書一二七〜一二八・一三二頁（増補版一三〇・一三四頁）。

(18) 注（15）所掲金氏著書一三二〜一三三頁（増補版一三四〜一三五頁）。

(19) 国立公文書館内閣文庫所蔵本に拠った。

(20) 注（9）において、「関帝聖蹟図」が『三国志演義』の二十巻系の版本を見ていた可能性もあることを指摘したが、その中には福建で出版されたものが多い。『綱鑑補』を刊行した余象斗も二種類の二十巻本『三国志演義』を出版している（いわゆる余象斗本と志伝評林本）。「関帝聖蹟図」と福建で出版された書物、特に余象斗の出版物、またはその流れを汲むものとの間には強いつながりがあるのかもしれない。

(21) 『綱鑑補』は「資治合編綱鑑総論」とする。

第三節 「関帝聖蹟図」と『三国志演義』

はじめに

前節で見てきたように、「関帝聖蹟図」は、『三国志演義』から多くの影響を受けている。また、このことはF『関帝事蹟徵信編』巻三十「書略」がつとに指摘していることも述べた。しかし、その一方で、「関帝聖蹟図」が『三国志演義』の設定や描写を敢えて採用していない部分があることも事実である。本節では、「関帝聖蹟図」が『三国志演義』から採用したことと採用しなかったことのそれぞれについて検討し、なぜ採用したのか、またなぜ採用しなかったのかを考察する。それらを通して、「関帝聖蹟図」と『三国志演義』の関係について見えてくるものがあるだろう。

一、『三国志演義』における関羽

まず、以後の行論をしやすくするため、『三国志演義』において関羽がどのように描かれているのかを、特に正史『三国志』には見えないエピソードを中心に整理しておく。尚、各エピソードの後にあるカッコ内の数字は『三国志演義』毛宗崗本における回数を表す(1)。

1　関羽は身長九尺三寸、ひげの長さは一尺八寸、顔は重棗のごとくで、唇は紅を塗ったよう。目じりのつり上がった細い眼に、蚕を横たえたような眉。(1)

2　関羽、故郷で横暴な豪族を斬っておたずね者となる。(1)

3　劉備・関羽・張飛、桃園にて義兄弟の契りを結ぶ。(1)

4　挙兵した三兄弟は、劉焉に謁見し、程遠志率いる黄巾賊を大興山のふもとで破る。(1)

5　黄巾に囲まれた青州を救いに赴き、奇兵を用いて黄巾を破り、囲みを解く。(1)

6　張角と闘う盧植の援軍として参じ、さらに皇甫嵩のもとへ赴いたが、戻ってみると盧植が逮捕されていた。関羽の提案で故郷へ戻る途中、黄巾に追撃されていた董卓軍を救う。(1)

7　関羽、董卓の将・華雄を斬る。(5)

8　劉備・関羽・張飛、虎牢関にて呂布と戦う。(5)

9　任地の平原に戻った劉備は、袁紹と戦う公孫瓚に関羽・張飛と共に加勢。趙雲と出会い、離れがたくも別れる。(7)

10　陶謙が死去し、関羽の勧めもあって劉備が徐州を領する。(12)

11　呂布に敗れ、関羽は劉備や張飛と一時的に別れ別れになるが、ほどなくして再会する。(19)

12　関羽、曹操に処刑されそうになった張遼を救う。(19・20)

13　関羽、狩猟の場で献帝をないがしろにする曹操を殺そうとするも、劉備に制止される。(20)

14　関羽、徐州刺史の車冑を殺し、劉備が曹操から徐州を奪う。(21)

15　関羽、張遼の説得により、三条件を出して曹操に降服。(24・25)

16　関羽、劉備の二夫人の部屋の外で燭を手に夜明けまで立ち続ける。(25)
17　曹操、金銀・美女・錦袍を贈るも関羽は心を動かさず。赤兎馬を贈られた時のみ喜ぶ。(25)
18　関羽、宋憲らを斬った顔良を斬る。称える曹操に対して関羽が張飛の方が強いと言うと、曹操は配下に張飛の名を覚えさせる。(25)
19　張遼、関羽に漢寿亭侯の印をもたらす。関羽、文醜を斬る。(26)
20　劉備が袁紹の軍中にあると知り、関羽は辞去を申し出ようとするが、曹操は会わない。関羽、劉備の二夫人と共に曹操のもとを去る。(26)
21　関羽、千里独行、五関に六将を斬る。(27)
22　関羽、周倉を得る。(28)
23　関羽、蔡陽を斬り、張飛の誤解を解く。(28)
24　関羽、関平を養子にする。(28)
25　劉備主従、古城にて再会を喜ぶ。(28)
26　関羽、単福（徐庶）の指示に従い、曹仁を破るのに貢献。(35)
27　劉備、劉封を養子に迎える。関羽、すでに阿斗（劉禅）が生まれていたことから反対の意を示す。(36)
28　関羽、劉備の三顧の礼に同行。(37・38)
29　関羽、博望坡の戦いで諸葛亮の指示通りに戦って勝利を収め、諸葛亮の実力を認める。(39)
30　劉備、諸葛亮の計により新野を焼き、曹仁軍を撃退。関羽も手柄をあげる。(40)
31　劉備、江陵に向かう際、関羽に江夏の劉琦のもとへ援軍を求めに行かせる。趙雲、阿斗を救って奮戦する。

（41）
32　関羽、曹操軍に追われる劉備を救援。（42）
33　劉備と同盟を結んだ呉の孫権の将・周瑜、劉備を殺そうと自陣に呼び出すも、関羽が同行していて手を下せず。（45）
34　関羽、華容道にて赤壁から敗走してきた曹操を見逃す。（49・50）
35　劉備、諸葛亮の計により周瑜に先んじて荊州をおさえる。関羽は襄陽を取る。（51）
36　劉備、江南諸郡を攻略。関羽、長沙を攻め、義によって黄忠をゆるす。（53）
37　関羽、江東から帰還する劉備を諸葛亮の指示に従って救援。（55）
38　関羽、諸葛亮の指示により、西川を取ると見せかけて荊州を奪おうとした周瑜を攻める。（56）
39　関羽、諸葛亮の入蜀に伴って荊州を託されるが、関羽が「死」を口にしたことを諸葛亮は悦ばない。（63）
40　孫権が劉備に荊州返還を要求。劉備は三郡返還を承諾するも関羽は承知せず。（66）
41　関羽、魯粛と単刀もて会談。周倉が活躍。（66）
42　劉備、漢中王となり、関羽を張飛らと共に五虎将とする。（73）
43　孫権、関羽との縁組を求めるも、関羽、呉を侮辱して拒絶。（73）
44　関羽、襄陽を取り、樊城を包囲。（73）
45　関羽、于禁の七軍を罾口川で水攻めにする。（74）
46　関羽、周倉が捉えた龐徳を斬る。（74）
47　関羽、曹仁の射た毒矢を右腕に受け、華陀の手術を受ける。（74・75）

48　関羽、麦城にたてこもり、劉封に援軍を求めるが、劉封は拒否。(76)
49　関羽、麦城から逃走するも、呉の伏兵に馬を倒されて捕らわれ、死す。(77)
50　周倉、関羽に殉じて自刎。(77)
51　関羽の霊、玉泉山に現れ、僧・普静に諭される。(77)
52　関羽の霊、呂蒙をたたり殺す。(77)
53　関羽の首、曹操の前でひげを動かす。(77)
54　劉備の夢に関羽が現れ、うらみをはらしてくれと訴える。(77)
55　曹操、関羽の霊に悩まされる。(78)
56　関羽の霊、息子・関興が呉将・潘璋を討つのを助ける。(83)
57　関羽と張飛、病床の劉備の夢に現れる。(85)
58　関羽の霊、諸葛亮の北伐に従軍中の関興を助ける。(94)

二、「関帝聖蹟図」が『三国志演義』から採用したこと

一で列挙した『三国志演義』に見える関羽にまつわるエピソードのうち、ここでは「関帝聖蹟図」に採用されたものについて検討する。表②は、「関帝聖蹟図」に対する影響が少しでも認められるエピソードについて、それぞれ影響を与えた図を示したものである。表中の「番号」欄は一で列挙したエピソードに附した番号を、「図題」欄はその番号のエピソードに対応する「関帝聖蹟図」の図題をそれぞれ表す。また、部分的な採用にとどまるなど、「関帝聖

【表②】『三国志演義』のエピソードと「関帝聖蹟図」との対照表

番号	図題	備考
1	1聖帝遺像	ほぼ同内容で採用しているが、表現が違う。
2	8憫冤除豪 9避難至涿	おたずね者になる過程を詳しく記す。『三国志演義』よりも王朱旦「漢前将軍壮繆侯関聖帝君祖墓碑記」に基づくと考えてよい。
3	10桃園義聚	
4	11涿州全勝	
5	12青州解囲	
6	13大破張角	エピソードの順番が異なる。
7	14迅斬華雄	
8	15同撃呂布	
10	17勧領州牧	関羽が劉備に徐州牧となることを勧める点のみ*1。他は袁黄『鼎鍥趙田了凡袁先生編纂古本歴史大方綱鑑補』（以下、『綱鑑補』）に拠る。
12	18救釈張遼	
13	19許田憤奸	
14	20徐州誅冑	関羽が車冑を殺す点。特に「玄徳仁人也」という陳珪のセリフは李卓吾評本と一致。
15	21三約明志	ただし、三条件の文字は『綱鑑補』とほぼ一致する。
16	22秉燭達旦	一部、『綱鑑補』に拠る*2。
17	23贈馬拝嘉	
18	25白馬斬良	顔良が宋憲らを斬ったとする点、曹操が張飛の名を覚えさせる点。他は『綱鑑補』等の史書に拠る。
19	26南陂戮醜	「寿亭侯」から「漢寿亭侯」となるエピソードを直接は言わない。
20	27緘書告辞	曹操が関羽に会わない点、二夫人と共に去る点。
21	28五関斬将	
22	29中路収倉 55周将軍像	関羽が顔良・文醜を殺したために劉備が殺されそうになったという孫乾の言葉は劉栄吾本に見える。

23	30斬蔡表心	
25	31古城重会	ただし、関平は関帝の実子とする（詳しくは後述）。
28	33同顧草廬	関羽が同行する点のみ。
29	33同顧草廬*3	ただし、関羽の活躍は記されない。
31	34沔江救敗	関羽が劉琦に援軍を求めに行く点、趙雲が阿斗を救って奮戦する点。
32	34沔江救敗	
34	35華容釈曹	
36	36狥郡得将	
40	39力争三郡	劉備が三郡返還を承諾するも関羽は承知しない点。
41	40単刀赴粛	史書の引用もあるが、全体の流れは『三国志演義』に拠る。
42	43位列五虎	関羽が五虎将に封じられる点。
43	42辱使絶婚	
44	44取襄囲樊	
45	45水渰七軍	罾口川*4で于禁率いる七軍を水攻めにする点。
46	55周将軍像	周倉が龐徳を捉える点。
47	46命医去毒	執刀医を華陀とする点。華陀が関羽を「天神」と称えることは李卓吾評本・毛宗崗本に見える。
49	50正気帰天	呉の伏兵に乗馬を倒される点。
50	55周将軍像	

＊1　「関帝聖蹟図」では、徐州牧の陶謙が死去してから関帝が劉備に徐州領有を勧めている。『三国志演義』では毛宗崗本にのみ陶謙の死後にも関羽が勧める場面があるものの、他の版本ではいずれも陶謙が死去する前に勧めるだけである。

＊2　エピソード番号15・16は史実に基づかないが、『綱鑑補』では史実として扱い、本文に入れている。前節参照。

＊3　第三十三図「同顧草廬」の説明文には、「及火燒新野、敗曹兵、斬夏侯蘭、計皆出於武侯。聖帝等更嘆服之」とある。「火燒新野」とあるが、文脈から考えるに、「火燒博望」とすべきであろう。

＊4　関羽が于禁率いる七軍を水攻めにした場所を「罾口川」とするのは、李卓吾評本・毛宗崗本など二十巻系の版本。二十巻系の版本では「滑口川」や「罩口川」等に作る。史書にこれらの地名は見えない。

蹟図」における採用の状況についてコメントの必要がある場合には「備考」欄に記した。

表中に挙げた『三国志演義』の内容を採用した図は計三十六幅に上る。[2]「関帝聖蹟図」は全部で五十五幅よりなるから、実に約三分の二の図が『三国志演義』に見える内容を採用していることになる。何度も述べているように、「関帝聖蹟図」が『三国志演義』に依拠していることは、すでにF『関帝事蹟徴信編』巻三十「書略」が指摘している。よって、この結果は当然ともいえる。しかし、後で見るように、「関帝聖蹟図」が『三国志演義』の関羽にまつわる内容を全て採用しているわけではない以上、その採用状況の傾向や特徴について検討しておく必要はあろう。

「関帝聖蹟図」は、『三国志演義』における関羽の活躍をおおむね網羅している。しかし、図の分量には偏りが見られるといっていい。『三国志演義』の関羽の活躍のうち、図の数が比較的多いのは、黄巾討伐、曹操への降服から劉備との再会に至るまで、そして樊城攻めから死に至るまでである。これらのエピソードのために図を比較的多く用いているのは、これらが『三国志演義』における関羽にとっての重要なエピソードであるからということは間違いないが、それだけではあるまい。以下にそれぞれについて見ていこう。

（一）　黄巾討伐

エピソード番号4～6が黄巾討伐にあたる。「関帝聖蹟図」では第十一図「涿州全勝」・第十二図「青州解囲」・第十三図「大破張角」の三幅にわたって描かれ、いずれも『三国志演義』に依拠する。三幅というのは必ずしも多いといえないのではないかという反論もあるかもしれない。しかし、例えば第二十八図「五関斬将」では、関帝が五関に六将を斬るエピソードを、関帝が一人の将を斬る図一幅のみで代表している。五関それぞれを一幅として、五幅に分けて描いてもよいのにである。そう考えれば、黄巾討伐に三幅を用いたことには、それなりの理由がありそうである。

黄巾討伐は劉備・関羽・張飛の三人にとっては初陣であるが、その様子は史書には詳しく記されない。よって、『三国志演義』における三人の活躍は虚構に属する。渡邉義浩氏は『三国志演義』における関羽の武には虚構が多いと述べているが[3]、ここから見えてくるのは、「関帝聖蹟図」が史書に見えない関帝の活躍を描くために『三国志演義』を利用していそうだということである。初陣における関帝の颯爽たる活躍と武勇は強く印象づけたかったのだろう。それゆえ、三幅も用いたと考えられる。

また、もう一つの可能性もある。明清期は白蓮教などの宗教結社が大なり小なり不穏な動きを見せていた時代である[4]。「関帝聖蹟図」が解州知州の王朱旦による「漢前将軍壮繆侯関聖帝君祖墓碑記」（以下、「祖墓碑記」）にかなり依拠していることも考え合わせれば、わざわざ三幅にわたって関帝の宗教反乱討伐の様子を描いていることには、「官」による宗教結社側に対する牽制の意味合いもあったのかもしれない。

（二）　曹操への降服から劉備との再会に至るまで

エピソード番号15～25がこれにあたり、「関帝聖蹟図」でも『三国志演義』の流れに沿って十一幅の図（第五十五図「周将軍像」の関連記述も含む）を配している[5]。全五十五幅の実に五分の一がこれらのエピソードのためにあてられているのである。そもそもこの一連のエピソードは、『三国志演義』の中でも特に関羽の「忠」と「義」を強く際立たせている部分である。よって、関帝を崇拝する者たちによって制作された「関帝聖蹟図」がこれらのエピソードのために多くの図を配するのも当然といえよう。

しかし、その一方で、最終的に劉備のもとに戻ったとはいえ、一時的にでも曹操に降っていたことは、関羽の生涯における汚点であることは否定できない。よって、『三国志演義』では、先行する通俗文学作品を受け継ぎながら、関羽の降服がやむにやまれぬものであることや、関羽が片時も劉備のことを忘れていないことを強調した描き方をする。かかる描き方は、関羽が曹操に降服したという動かせない事実をかばおうとするものであろう。

第一章第三節において、「翰墨」篇等に見られる関羽／関帝が認めたとされる手紙について検討した。それらの手紙はいずれも後人が関羽／関帝に仮託して書いたものであるが、関羽／関帝が曹操に降服している時期、あるいは「千里独行」の時に認めたように書かれているものが多い。いずれも漢室や劉備に対する忠誠心が強調されており、関羽／関帝になり代わって曹操への降服について弁解することで、関羽／関帝の汚点を拭い去ろうという意図が見える。

「関帝聖蹟図」の制作者の意図も同じであろう。全体の五分の一もの量を割き、『三国志演義』に沿うことで、曹操に対する「義」、劉備のもとに駆けつける「忠」、帰還を阻もうとする障害を乗り越える「勇」と「武」をひたすら強調する。これにより曹操に降服した不名誉はかすんでいくのである。

（三）　樊城攻めから死に至るまで

エピソード番号44～50がこれにあたる。「関帝聖蹟図」ではこれらのエピソードに対応する図の説明文が全て『三国志演義』に由来しているわけではなく、五幅の図（第五十五図「周将軍像」の関連記述も含む）が『三国志演義』を採用したものとなっている。この間のエピソードを描いたものは他に三幅あり、それらの説明文は史書や王朱旦「祖墓碑記」に依拠しているが、全体の流れはやはり『三国志演義』に沿っていると見ていい。

関羽はこの最後の戦いによって自らの命だけでなく、劉備から預かった荊州も失う。その原因の一つは関羽の傲慢さにある。史書によれば、関羽は孫権との縁組を拒絶するのにその使者を侮辱しているし、兵糧が不足すると孫権側の米を勝手に奪っている（『三国志』関羽伝・呂蒙伝）。歴史上の関羽は著しく呉を軽視していたといっていい。『三国志演義』においてもエピソード番号43にあるように、孫権との縁組を拒絶したエピソードは見える。中国では関羽の傲慢さがもたらした荊州失陥のことを「大意失荊州」（粗忽ゆえに荊州を失う）といい[6]、やはり関羽の生涯における汚点とされる。

『三国志演義』はこの間の関羽を描くにあたって、やはり関羽の「武」や「勇」、さらに「智」を強調する。例えば、史実では長雨のためにたまたま漢水の水が溢れたことで関羽は于禁に勝利したのだが、『三国志演義』では関羽自身が能動的に于禁を水攻めにしている（エピソード番号45）。また、毒矢を受けた関羽が骨に入った毒を除去するための手術を受ける場面では、執刀医を神医と称される華陀とし、さらにその華陀に関羽を「天神」と称賛させることによって、神医をもうならせる神としての関羽を際立たせている（エピソード番号47）。かかる描き方は、いくらかでも関羽の汚点を目立たなくさせようとする工夫であろう。

「関帝聖蹟図」が『三国志演義』の内容を採用している五幅も、やはり関帝の「武」「勇」「智」を描くエピソードである。同じ目的を持つからこそ、『三国志演義』に描かれるエピソードを採用したのであろう。さらに「関帝聖蹟図」は、第四十七図「大戦徐晃」において「（関帝は）はじめ呂蒙らが敵を共にするという義に背き、すでに関帝の背後を襲ったことを知らなかった[7]」と記し、第四十八図「退守麦城」において「天が劉氏に福を下さず、関帝に陸遜と呂蒙の詭計に気づかせず、糜芳と傅士仁の両賊を斬らせず、大功を挙げてようやく喜ぼうという時に突然亡くならせるとは。夜に麦城へ敗走する羽目に陥ったことは、極めて嘆かわしいことであり、とても悲しむべきことである[8]」と慨嘆して、孫呉の不義こそが関帝を死に追いやったのだと決めつけると共に、それを防がなかった天までをも恨んでいる。この二幅は『三国志演義』の内容を直接採用しているわけではないが、そこには『三国志演義』以上に関帝の汚点をもみ消そうとする強い意志が感じられる。[9]

（四） その他

上述の場面以外でも、関羽の「武」「義」「勇」を際立たせている『三国志演義』の内容は、「関帝聖蹟図」に大いに採用されている。「武」を描くエピソード番号7・8はそれぞれ第十四図「迅斬華雄」と第十五図「同撃呂布」に、「義」を描くエピソード番号13・34・36はそれぞれ第十九図「許田憤奸」・第三十五図「華容釈曹」・第三十六図「狥郡得将」に、「勇」を描くエピソード番号41は第四十図「単刀赴粛」に採用されている。どれも『三国志演義』の関羽のエピソードとしてはずせないものばかりであり、「関帝聖蹟図」の制作者にとって、『三国志演義』の関羽像は信仰の対象としての関帝像と一致するものであったと考えられる。言い換えれば、『三国志演義』の関羽像がすでに関羽像のスタンダードになっていたということであり、当時の『三国志演義』の普及ぶりがうかがえる。

三、「関帝聖蹟図」が『三国志演義』から採用しなかったこと

しかし、その一方で、『三国志演義』の関羽にまつわるエピソードのうち、いくつかは「関帝聖蹟図」に採用されなかった。ここではそれらについて検討し、なぜ採用されなかったのかを考察する。すでに見たように、「関帝聖蹟図」は『三国志演義』の関羽像に強い影響を受けている。それだからこそ、「関帝聖蹟図」が採用しなかったエピソードにむしろ「関帝聖蹟図」の本質に関わるカギが隠されているかもしれない。

【図㉒】「関帝聖蹟図」第十六図「平原典兵」

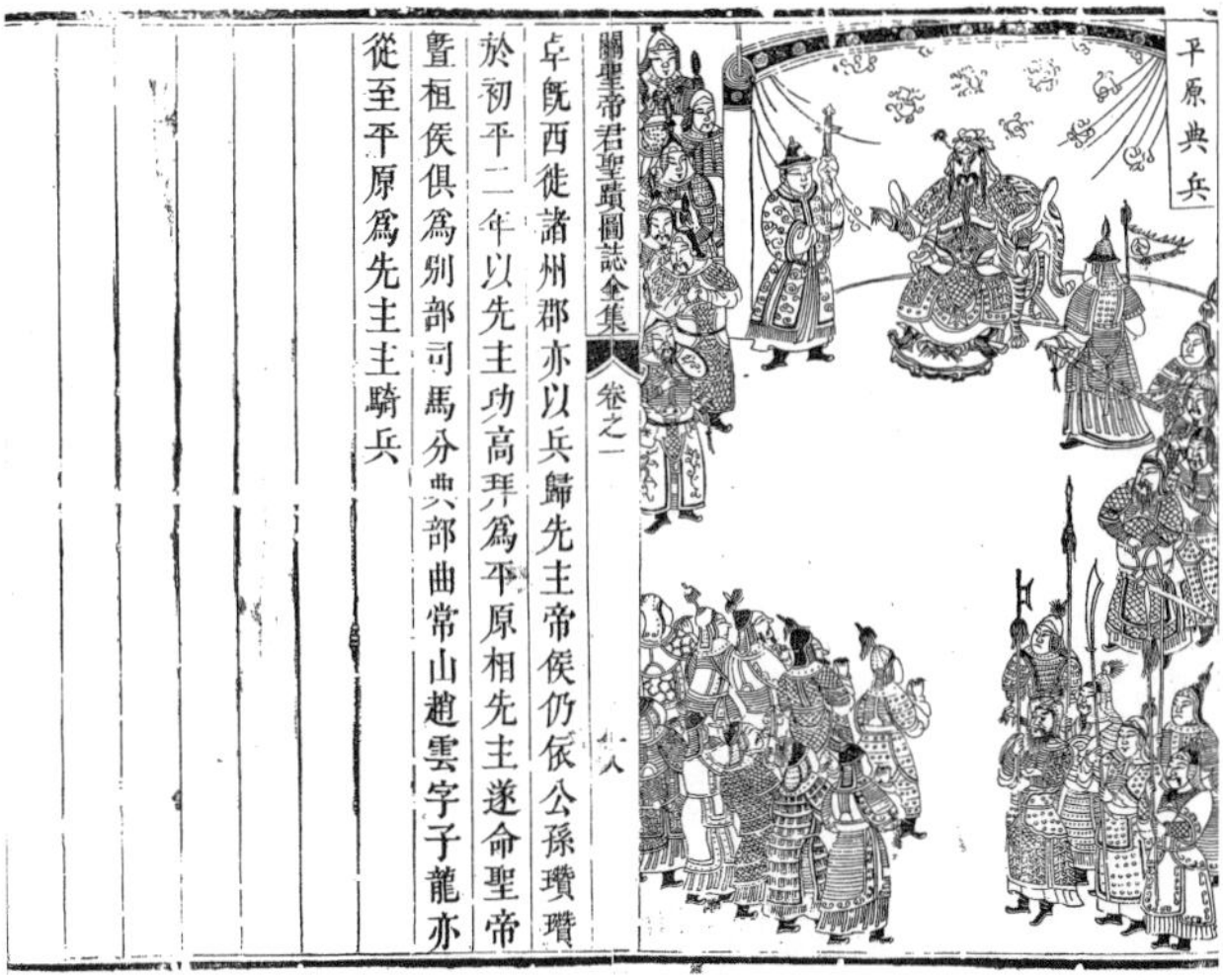

盧湛『関聖帝君聖蹟図誌全集』、康熙三十二年（1693）序刊本（東京大学東洋文化研究所所蔵）

（一）史書の利用

エピソード番号9において、趙雲と出会った劉備は、彼と離れがたく思うも、結局は趙雲を主の公孫瓚のもとに帰らせている。『三国志演義』において趙雲が劉備に仕えるのはまだ先のことである。しかし、第十六図「平原典兵」は『三国志演義』と異なり、趙雲がこの場面で劉備に仕えることになっている（図㉒）。それは第十六図「平原典兵」の説明文が史書に拠っているからである。ここでは「関帝聖蹟図」が『三国志演義』ではなく史書を選択して採用している。

「関帝聖蹟図」の説明文の中には史書の記述に拠った部分も多い。全体的には『三国志演義』に沿った内容になっていても、その文字は史書からの引用であったりする。利用されている史書は、正史『三国志』、および裴松之注や、『資治通鑑』系の史書である。特に朱熹『資治通鑑綱目』の形式を真似た「綱鑑」の一種である袁黄『鼎鍥趙田了凡袁先生編纂古本歴史大方綱鑑補』が「関帝聖蹟図」に果たした役割は大きいと見られる（前節参照）。

【図㉓】「関帝聖蹟図」第六図「詣郡陳言」

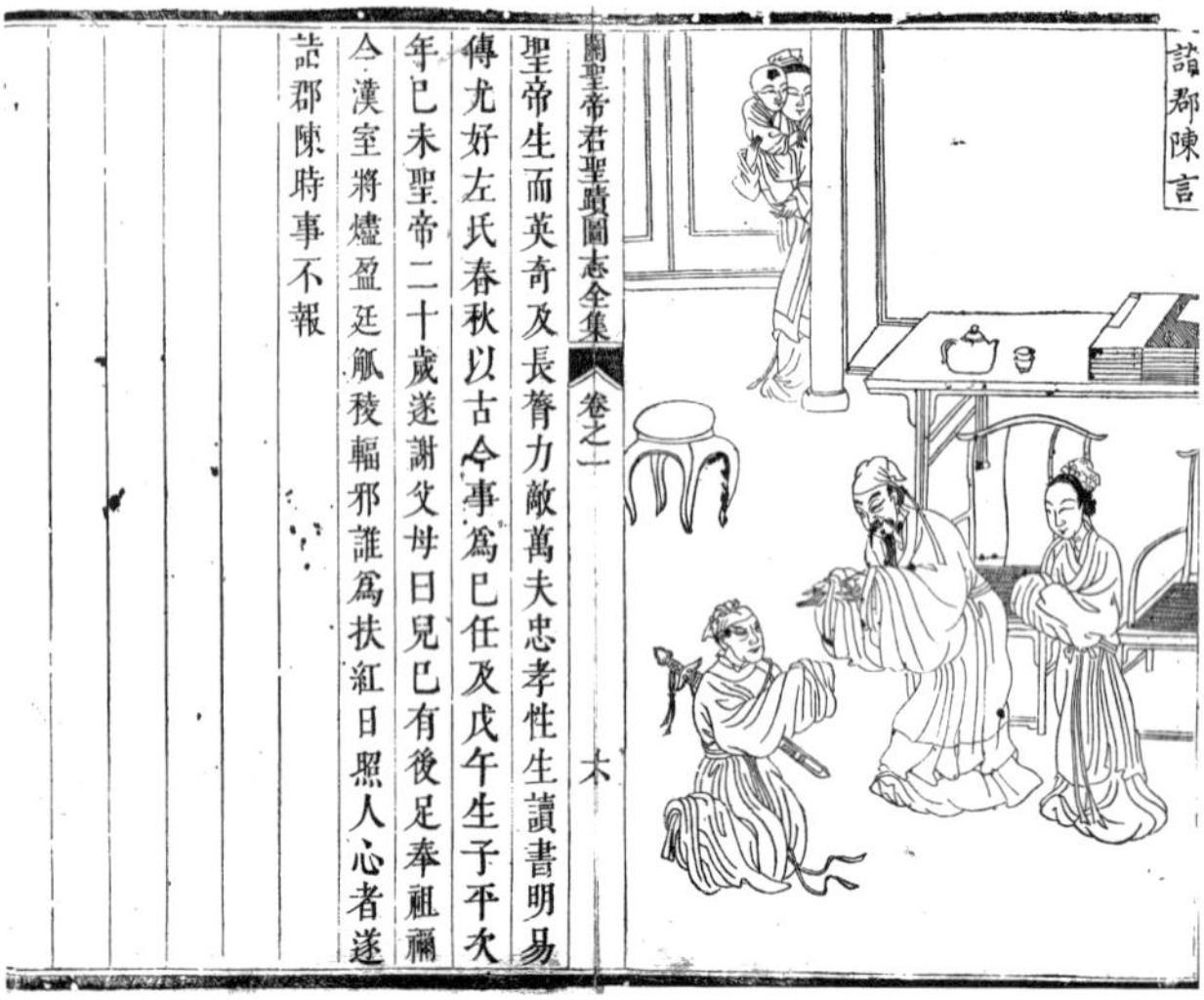

盧湛『関聖帝君聖蹟図誌全集』、康熙三十二年（1693）序刊本（東京大学東洋文化研究所所蔵）

「関帝聖蹟図」に史書を利用した説明文も多いのは、両者が共に文言で書かれているからであろう。一応白話小説に分類される『三国志演義』の文章を文言に直して用いるよりは、文言で書かれている史書を直接引用した方が手っ取り早いことは言を俟たない。

（二）関平を関帝の養子としない

エピソード番号24にあるように、『三国志演義』では関平は関羽の養子である。しかし、関平を関羽の養子とするのは『三国志演義』の独創と見られ、先行する他の通俗文学作品においては史実と同様に関平を関羽の実子とすることは知られている。[10]「関帝聖蹟図」でも第六図「詣郡陳言」に、「（後漢の光和）戊午の年（一七八）に子の関平が生まれた（及戊午生子平）」と見え、関平を関帝の実子とする（図㉓）。『三国志演義』の設定を採用していないのである。「関帝聖蹟図」では関帝は延熹三年（一六〇）に生まれたことになっているから、[11]十九歳で子をなしたことになる。この時、関帝はまだ故郷を出ていない。そして、第三十一図ことである。

「古城重会」に「止宿したところで関平と出会った（止宿處遇關平）」とあり、父子は再会する。建安五年（二〇〇）の

「関帝聖蹟図」はなぜ関平を関帝の養子としないのか。史実に従った、あるいは他の通俗文学作品に従った可能性も考えられるが、おそらく「祖墓碑記」が関平を関帝の実子としているからであろう[12]。F『関帝事蹟徴信編』巻三十「書略」は、「関帝聖蹟図」が『三国志演義』と共に「祖墓碑記」に多く依拠していることを指摘していた。よって、関平については「祖墓碑記」の設定の方を採用したということなのだろう[13]。

（三）　軍師の指示による作戦への参加はほぼ省略

エピソード番号26・30・35・37・38は、いずれも関羽が劉備の軍師となった徐庶や諸葛亮の指示を受けて作戦実行の一翼を担ったエピソードである。これらは全て「関帝聖蹟図」には採用されていない。その理由はおそらく、それらのエピソードが関羽を中心としたものではないからであろう。関羽はあくまでも軍師の指示を受けた一武将に過ぎず、張飛や趙雲らとその扱いに差はない。

（四）　劉封との確執

エピソード番号27において、関羽はすでに阿斗（劉禅）がいることを理由に、劉備が劉封を養子にとることに反対した。それが因縁となり、エピソード番号48において、麦城で孤立した関羽が劉封に援軍を要請した際に、劉封は拒絶している。『三国志演義』では、関羽を死に追いやる「悪人」の一人として劉封を位置づけているわけである。

一方、「関帝聖蹟図」ではかかる劉封との確執は述べられない。第五十図「正気帰天」には、「関帝は麦城に包囲さ

【図㉔】「関帝聖蹟図」第五十図「正気帰天」

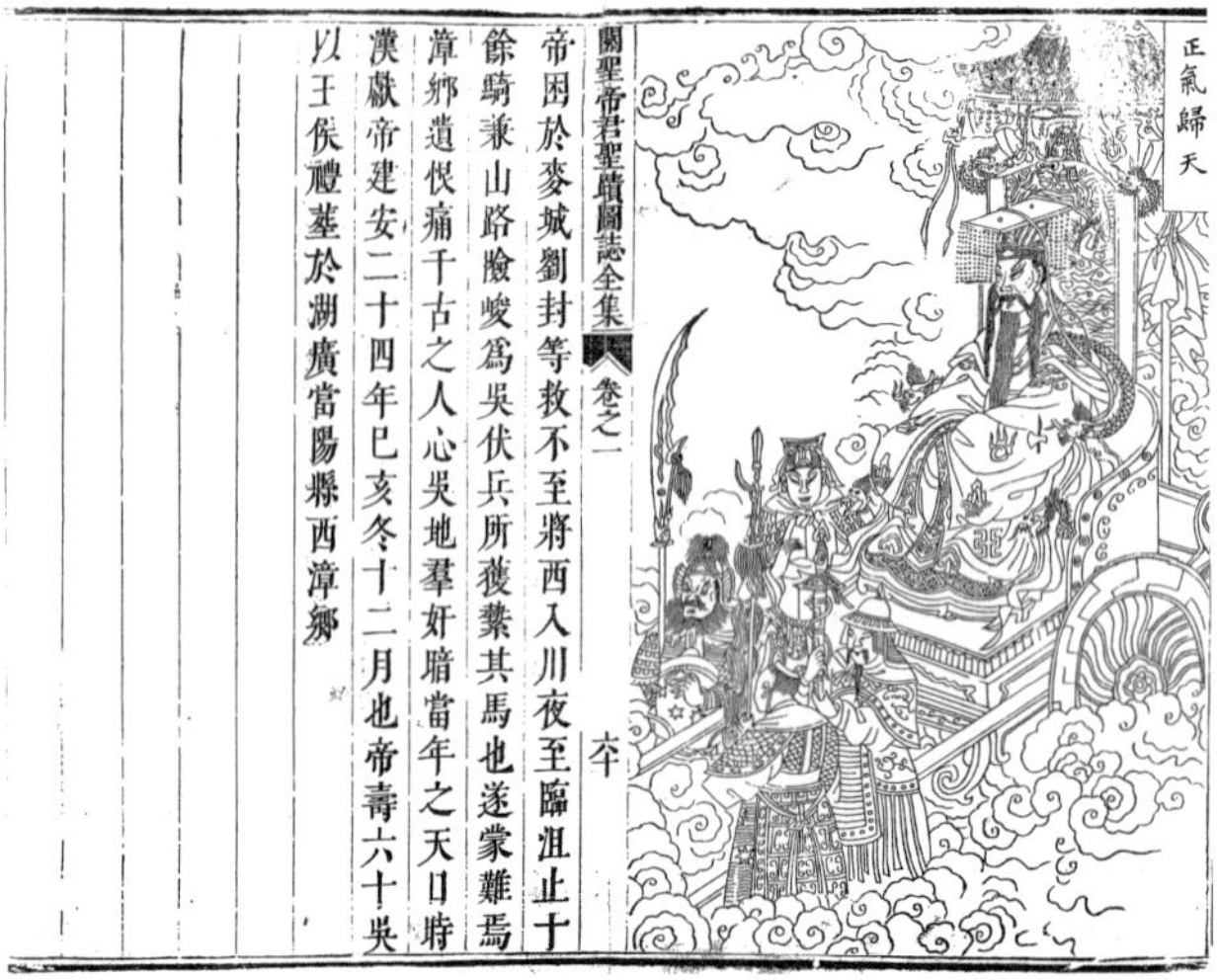

盧湛『関聖帝君聖蹟図誌全集』、康熙三十二年（1693）序刊本（東京大学東洋文化研究所所蔵）

れ、劉封らの救いの手は来ないので、西に向かって西川に入ろうとした[14]」とあって、劉封の名は見えるものの、劉封が関羽に対する恨みから援軍を出さなかったとは書かれていない（図㉔）。「関帝聖蹟図」では、関羽と劉封の間に確執があったとは一切語らないのである。

史書には関羽と劉封の間に確執があったことは見えない。そもそも劉備は阿斗が生まれる前に劉封を養子に迎えており[15]、関羽が反対する理由もないのである。関羽と劉封の確執が描かれないことも、「関帝聖蹟図」が『三国志演義』ではなく史書を選択して採用した一例と見ることもできるが、史書でも劉封は関羽の援軍要請を断っているから[16]、「関帝聖蹟図」が関帝敗死の一因を劉封にかぶせることも可能だったはずである。それにもかかわらずそうしていないのは、『三国志演義』における両者の確執の発端が関羽にあるからではないだろうか。「関帝聖蹟図」は史書を採用したのではなく、関帝の落ち度を隠すために、『三国志演義』に見える関羽と劉封の確執を採らなかったと考えるのが妥当であろう。裏を返せば、そこまで意識するほどにこの当時における『三国志演義』の影響は大きかったというわけである。

（五）死後の顕聖

エピソード番号51～58はいずれも関羽が霊威を現すエピソードである。「関帝聖蹟図」では、第五十図「正気帰天」で関帝の死が描かれた後（図は関帝が昇天する様を描く）、第五十一・五十二図では清代まで時代が飛ぶ。よって、これらのエピソードは見えない。

『三国志演義』において関羽の顕聖が描かれるのは、自らを死に追いやった呂蒙や曹操らに対する復讐を果たさせるためである。また、普静や劉備の前で無念を訴える様子からも、関羽の恨みというものが強調される。そのような関羽の霊の性格はまさに「怨霊」「祟り神」であろう。歴史的に見ても、関羽はまず祟り神として神格化される（序章の「一、関帝信仰史」参照）。

しかし、「関帝聖蹟図」が制作された頃には、関羽はすでに「関帝」と呼ばれる神であり、その性格を大きく変えている。この頃になると、後世の各時代において霊験を現した関帝のエピソードも多く伝えられており[17]、自らの恨みを晴らそうとする怨霊としての関羽は、すでに人々のイメージからは遠く隔たったものとなっていたはずだ。『三国志演義』は後漢～三国時代だけを描くから、その制約の中で関羽が霊威を現すとすれば、復讐を果たすことが目的となるのはやむを得ない。しかし、「関帝聖蹟図」においてはそのように描く必要はなかったということだろう。

（六）その他

エピソード番号11は、劉備・関羽・張飛の三兄弟が呂布との戦いのさなかに離散してしまうエピソードである。三人はほどなくして再会するが、このエピソードはおそらくその後の徐州での敗戦による離散から古城での再会までのエピソードの暗示として置かれているのであろう。このエピソードが「関帝聖蹟図」に採用されていない理由は二つ考えられる。一つは、徐州での離散から古城での再会までを重点的に描くために、似たようなエピソードを省略したということ。もう一つは、エピソード11は劉備が猟師の劉安から妻の肉を夕餉に提供される話がメインであり、関羽にとっての重要なエピソードではないから省略したということである。

エピソード番号33は関羽が劉備を守るエピソードであり、関羽の「勇」を雄弁に物語るにもかかわらず、「関帝聖蹟図」には採られていない。このエピソードが採用されなかった理由も、おそらく上記のエピソード11の場合と同じであろう。十分な護衛を連れずに敵地に乗り込むのは、エピソード41（「関帝聖蹟図」第四十図「単刀赴粛」）と同様であり、似たようなエピソードであるため省略されたものと推測される。『三国志演義』毛宗崗本の第四十五回回評ではエピソード33と41を並べて対比しているが[18]、ここからも両エピソードが類似すると捉えられていたことが分かる。

エピソード番号39において、関羽は荊州を託される時に「死」を口にする。諸葛亮はこれを悦ばず、関羽に荊州を委ねることを躊躇するのだが、このエピソードも「関帝聖蹟図」には採られていない。これもやはり関帝にとってマイナスとなるエピソードであるからだろう。

おわりに

本節では、「関帝聖蹟図」が『三国志演義』から採用したことと採用しなかったことについてそれぞれ検討することによって、両者の関係について見てきた。結論からいえば、「関帝聖蹟図」の制作者は、自らが信仰の対象とする関帝のよりよいイメージを普及させる目的の中で『三国志演義』を利用しているといえる。『三国志演義』を採用した図においては、関羽の「忠」「義」「武」「勇」といった点が強調されていた。また、逆に関帝の生涯における汚点を払拭するために『三国志演義』を採用している場合もあった。いずれにしても、制作者がイメージする信仰の対象としての関帝の姿と合致していたからこそ、「関帝聖蹟図」は『三国志演義』のこれらのエピソードを採用したのである。

もちろん、『三国志演義』も関帝信仰の影響を受けて成立していることはいうまでもない[19]。関帝信仰が『三国志演義』の関羽像を形作り、『三国志演義』の関羽像もまた関帝信仰にフィードバックしていくことによって、関帝信仰の熱はより高まっていった。「関帝聖蹟図」もその流れの中にある。

一方、「関帝聖蹟図」は無批判に『三国志演義』の内容を何でも採用していたわけではない。史書の利用は文体の問題だから措くとして、それ以外はやはり関帝のイメージと関係があった。

F『関帝事蹟徴信編』巻三十「書略」は、「関帝聖蹟図」が『三国志演義』に多く依拠していることを指摘する。しかし、本節で述べたように、「関帝聖蹟図」の制作者は、『三国志演義』に対して、決して受動的ではない。当時の関羽像のスタンダードになっていた『三国志演義』の関羽像に多大な影響を受けつつも、そのエピソードの採用についてはあくまでも主体的に選択していたのである。

注

(1)　本節は「関帝聖蹟図」と『三国志演義』の関係について考察することを目的としている。したがって、『三国志演義』における関羽にまつわるエピソードを見ていく場合、「関帝聖蹟図」に直接影響を与えたと思しい『三国志演義』の版本を使用することが望ましい。しかし、「関帝聖蹟図」の説明文は文言で記されており、一応白話小説に分類される『三国志演義』とは文体が異なる。そのため、「関帝聖蹟図」が用いた『三国志演義』の版本を特定することは難しい。「関帝聖蹟図」が制作された康熙二十九年（一六九〇）当時、毛宗崗本はすでに世に出ていた。しかしながら、その本格的な普及はまだであり、それ以前の古い版本も流通していた。中川諭氏は、毛宗崗本が普及する以前に特に流行していた版本として、氏が「英雄志伝グループ」と呼ぶ二十巻簡本系を挙げる。同時に、康熙年間以降、李卓吾評本の刊行も続いていたことを指摘する（中川諭「上海図書館蔵『三国英雄志伝』二種について」〔『新大国語』第三十号、二〇〇五年〕など）。また、筆者は前節の注においで、「関帝聖蹟図」と明代の福建の出版業者・余象斗の出版物とのつながりの可能性を指摘した。以上を踏まえ、本節では余象斗本・志伝評林本（以上、余象斗の刊行。両者は残本のため、欠けている部分については先行する葉逢春本を補助的に使用）・劉栄吾本（「英雄志伝グループ」）・李卓吾評本・毛宗崗本の各版本を使用し、「関帝聖蹟図」に最も近い表現や筋立てを採った。出処については便宜的に毛宗崗本の回数を用いた。『三国志演義』の版本については、中川諭『「三国志演義」版本の研究』（汲古書院、一九九八年）等を参照されたい。

（2）前節では「関帝聖蹟図」の中で『三国志演義』に由来する要素を持つ図を計三十幅とした。それは各図に最も影響を与えたと考えられる資料をその図の由来として論を進めたためである。したがって、『三国志演義』と重なる内容でも『三国志演義』以外に拠ったと考えられる図については、『三国志演義』に由来する要素を持つ図として数えなかった。本節では『三国志演義』の影響を受けた可能性が少しでもあれば、積極的に表中に記したため、前節とは図の数に違いが生じているのである。

（3）渡邉義浩『関羽　神になった「三国志」の英雄』（筑摩選書、筑摩書房、二〇一一年）七四頁。

（4）元朝を塞外に追いやった一三五一年の紅巾の乱、一七九六年の嘉慶白蓮教反乱の間、明末清初には中国各地の山間部において宗教結社が活動していた。十六世紀以降は宗教結社の隆盛時代であった。山田賢『中国の秘密結社』（講談社選書メチエ、講談社、一九九八年）第一章参照。

（5）第二十四図「受恩許報」の文字は『綱鑑補』に由来するため、この十一幅の中に含めていないが、前後の図とのつながりでいえば、『三国志演義』の流れに沿っている。

（6）沈伯俊・譚良嘯編著『三国演義大辞典』（中華書局、二〇〇七年）七二六頁。

（7）初不知呂蒙等昧同讐之義、已襲帝之後。

（8）孰知天不祚劉、使帝不料遜・蒙之詭計、不斬糜芳・傅士仁之兩賊、以致大功方懋而忽隕。夜走麥城、殊可嘆也、深可痛也。

（9）「関帝文献」に収録される関羽／関帝が認めたとされる手紙の中にも荊州失陥をかばう内容のものがある。第一章第三節参照。

（10）井上泰山・大木康・金文京・氷上正・古屋昭弘『花関索伝の研究』（汲古書院、一九八九年）五七頁、竹内真彦「関平が養子であることは何を意味するか」（『狩野直禎先生傘寿記念　三国志論集』三国志学会、二〇〇八年）などを参照されたい。尚、『三国志演義』よりも後に成立した作品には、弾詞『三国志玉璽伝』のように関平を関羽の養子とするものもある。

（11）「関帝聖蹟図」第五図「見龍生聖」に、「漢桓帝延熹三年庚子六月廿四日、有烏龍見於村、旋繞於道遠公之居、遂生聖帝」とある。

（12）稍長娶胡氏、於靈帝光和元年戊午、五月十三日、生子平。（B『関聖帝君聖蹟図誌全集』巻一「発祥考」による。「発祥考」は「祖墓碑記」そのものからなる）

（13）なぜ「関帝聖蹟図」は「祖墓碑記」の設定を採ったのか。以下は憶測に過ぎないが、仮説を記しておく。正史『三国志』関羽伝の裴松之注引『蜀記』には、「龐徳子會、隨鍾・鄧伐蜀、蜀破、盡滅關氏家」とある（龐徳は関羽に殺された）。史書に従えば、関羽の子孫は残っていないことになる。しかし、「関帝文献」の中には関氏の系図を収めるものがあり、それによれば、関羽／関帝の家系はその後も続いている（例えば、B『関聖帝君聖蹟図誌全集』にも巻二「譜系考」に「世系図」を載せる。それによれば、関羽／関帝の孫である関統・関彝の後に、北魏の関朗〔孝文帝の頃の人で出仕せず〕と唐の関播〔宰相を務める〕の名がある。また、『関帝文献匯編』は清の嘉慶二年〔一七九七〕に第五十八代の子孫という関文榜が撰した『関氏家譜』を収録する）。関羽／関帝の子孫を称する人々にとって、「関氏の家」が滅ぼされたとする史書の記載ははなはだ都合が悪いのではないか。関羽／関帝の血を引く者が残されていなければ、自分たちの正統性も失われる。しかし、

「祖墓碑記」が記すように関平が関帝の実子であり、しかも、関帝が故郷を出る前の一七八年に出生していたとすれば、どうであろうか。関帝と再会した年にはすでに二十三歳となっており、立派な成人である。関帝が十九歳の時に関平が生まれたとしていることに鑑みれば、二十三歳の関平がすでに子をなしていてもおかしくはない。ここに史書には記されなかった関羽／関帝直系の子孫が存在する余地が生じる。「関帝聖蹟図」第六図「詣郡陳言」、そしてそれが基づいた「祖墓碑記」において、関帝は自らの志を果たしに行くべく父母に別れを告げる際、「兒已有後、足奉祖禰」と述べている。跡取りがいるから家を出ることができるという論理である。よって、後に故郷を出た関平も同じ論理に則ったと類推してよかろう。「兒已有後、足奉祖禰」というセリフにこそ、自分たちは確かに正統であるという関羽／関帝の子孫たちの主張が込められているといえまいか。以上の仮説の当否については、今後の課題としたい。

(14) 帝困於麥城、劉封等救不至、將西入川。

(15) 先主至荊州、以未有繼嗣、養封爲子。（正史『三国志』劉封伝）

(16) 自關羽圍樊城・襄陽、連呼封・（孟）達、令發兵自助。封・達辭以山郡初附、未可動搖、不承羽命。（正史『三国志』劉封伝）

(17) 例えば、B『関聖帝君聖蹟図誌全集』巻三「霊感考」は、宋代以降における関帝が現したとする霊験を多く記す。

(18) 「玄德有檀溪躍馬一事在前、可謂險矣。而此處江口勞軍之事則愈險。雲長有單刀赴會之事在後、可謂奇矣。而此處江口相從之事則更奇」とある（羅貫中著、毛宗崗評改、沈伯俊整理『三国演義』〔中州古籍出版社、一九九二年〕に拠る）。

(19) 金文京『三国志演義の世界』（東方選書、東方書店、一九九三年）一四九～一五五頁（増補版〔二〇一〇年〕では一五四～一六〇頁）、尾崎保子「関帝信仰と『三国志通俗演義』の関連性について」（『学苑』六六八、一九九五年）、顔清洋『関公全伝』（台湾学生書局、二〇〇二年）三四四～三四八頁などを参照されたい。

第四章　「関帝文献」編纂・出版の目的について

第一節　「関帝文献」の構成から見る編纂の目的

はじめに

ここまでそれぞれの「関帝文献」を構成する内容（篇）のうち、特に文献間に共通する内容に注目して論じてきた。ただし、これだけでは「関帝文献」が如何なるものであるかを明らかにするには不十分であり、やはり「関帝文献」の編纂や出版の目的についても考察しておく必要がある。これまでこれらの点についても多少は触れてきたが、本章ではこの問題を中心に据えて論じていきたい。

一般に序や跋が編纂・出版の目的を語っていることはいうまでもないが[1]、本章では違った角度からそれを探ってみたい。具体的には、各「関帝文献」の構成、および出資者も含めた出版に関わった人物の像に着目する。まず本節では、各文献の構成の違いから見える文献ごとの特色や傾向、通時的な構成の変遷等を探り、それらの分析や考察を通して、「関帝文献」編纂の目的の一端をあぶり出してみたい。

本書で対象とする「関帝文献」の目録（目次）は序章の末尾に掲げた。そこで、本節ではまずそれら目録から文献間に共通する内容（篇）をピックアップし、「関帝文献」の核となる要素を浮き彫りにする。次いで、これら核となる要素に後発の文献がどのような内容を加えていったのかを見ていき、その構成の変遷を跡付けると共に、各文献の特色や傾向を探っていく。最後に「関帝文献」の構成から見る編纂の目的について述べる。

一、「関帝文献」の核となる要素

それでは、本書で扱う七種の「関帝文献」の構成内容の分析に入ろう。ここでは、全種ないし比較的多くの「関帝文献」に共通する内容をピックアップし、「関帝文献」の核となる要素を確認する。

まず、七種全てに見えるのが、「本伝志」「本伝考」「本伝」「帝君本伝」「伝」と題された関羽／関帝の伝記（以下、「本伝」篇）、関羽／関帝や関帝廟にまつわる歴代の文人たちの詩文が収録され、「芸文志」「芸文考」「芸文」と題されることもある篇（以下、「芸文」篇）、後世の文人たちによる関羽／関帝論で、「論評」「博議」「考弁」「評論」「論彙」と題されることもある篇（文献によっては「芸文」篇の一部となっている。以下、「考弁」篇）、そして「褒典志」「封爵考」「封爵謚号考」「封号」「爵謚」「追封」などと題された関羽／関帝およびその家族に加えられた封号について記した篇（以下、「封爵」篇）である。

また、七種のうち六種に見えるのが、関羽／関帝が竹を描き、その葉の重なりの中に自らの志を詠んだ詩を隠したという「風竹詩」と「雨竹詩」[2]（多くは後述の「翰墨」篇に収められる。「風竹詩」のみの場合もある。以下、「風雨竹詩」）、「遺像」「神像」「聖帝遺像」「帝像」と題された関帝の肖像（以下、「肖像」[3]）、「祠墓志」「墳廟考」「壟祠」「墳廟図並考」などと題された関羽／関帝の祠廟や墳墓の図と説明（以下、「墳廟」篇）、「世系」「関氏世系」「聖帝世系考」「世系図並考」などと題された関氏の家系（以下、「世系」篇）、「印図」「遺印考」「遺印」「帝侯遺印図」「遺印図並考」などと題された「司馬印」「寿亭侯印」などの印影等を収録した篇（以下、「遺印」篇）、「霊感考」「霊応考」「霊異」「霊験事蹟」などと題された関帝の顕霊伝説（以下、「霊異」篇）である。

七種中五種に見えるのが、「関侯年譜」「年表」「紀事本末」などと題された関羽／関帝の事蹟の年表（以下、「年譜」篇）、「遺迹考」「故蹟」「古蹟」「名蹟」と題された関羽／関帝にまつわる古跡の紹介（以下、「遺迹」篇）、「祭文考」「祭文」などと題された関帝の祭祀に用いられた祭文を収録した篇（A『漢前将軍関公祠志』では「芸文」篇に含まれる。以下、「祭文」篇）である。

以上を整理すると、

(1)　七種全てに見える内容……「本伝」篇・「芸文」篇・「考弁」篇・「封爵」篇

(2)　六種に見える内容……「風雨竹詩」・「肖像」・「墳廟」篇・「世系」篇・「遺印」篇・「霊異」篇

(3)　五種に見える内容……「年譜」篇・「遺迹」篇・「祭文」篇

となる。

「関帝文献」の嚆矢は元・胡琦の『関王事蹟』である。この文献の目録も序章で示したが、改めて掲げておく。

關王事迹《ママ》目録

巻第一　實錄上

巻第二　實錄下　論説

巻第三　神像圖　世系圖

年譜圖　司馬印圖

亭侯印圖　大王塚圖

顯烈廟圖　追封爵號圖

巻第四　靈異　　制命
巻第五　碑記　　題詠

「実録」は本節でいうところの「本伝」篇、「論説」は「考弁」篇、「神像図」は「肖像」、「世系図」は「世系」篇、「年譜図」は「年譜」篇、「司馬印図」「亭侯印図」は「遺印」篇、「大王塚図」「顕烈廟図」は「墳廟」篇、「追封爵号図」「制命」は「封爵」篇、「霊異」は「霊異」篇、「碑記」「題詠」は「芸文」篇にそれぞれ相当する。上記の(1)〜(3)に掲げた内容のほとんどが最初の「関帝文献」にすでに備わっていたことが分かる。つまり、これらの内容が「関帝文献」の構成の基本であり、以後の「関帝文献」はこの基本構成に他の要素がつけ加えられていくことで成立したものであることが確認できる。

これらの基本構成、すなわち「関帝文献」の核となる要素に含まれるのは、生前の関羽と神格化された関帝にまつわる様々な資料である。「本伝」篇・「年譜」篇・「世系」篇によって関羽／関帝の生前の事蹟とその先祖から子孫までの家系を知ることができ、「考弁」篇によってその理解が助けられる。「肖像」でその姿を拝し、「風雨竹詩」でその言葉を聞く。「遺印」篇に掲載する伝世の遺物や「遺迹」篇に挙げられたゆかりの古跡により関羽の生きた時代とつながり、「霊異」篇から歴代の数々の関帝顕聖を知る。そして「封爵」篇・「墳廟」篇・「祭文」篇によって関帝への信仰は深まり、「芸文」篇に収められる歴代の文人が関帝を称賛する詩文によってそれは強化されていく。このように関羽／関帝本人とその周辺の情報を多角的に博捜集成し、関帝という神や関帝信仰というものを時間的・空間的に把握できるように構成された「関帝文献」は、まさに関羽／関帝の百科全書といっていい。

実は孔子にもかかる構成を持つ文献があり、「関帝文献」に先行する。(4) つまり、同じような構成を持つ「関帝文献」

を編纂することには、関帝を孔子になぞらえる意図があったことは明白である。関帝の儒家化、これが「関帝文献」編纂の当初の目的であろう(5)。

以上がその核となる要素から浮き彫りになる「関帝文献」の本質である。

二、「関帝文献」の構成の変遷と各文献の特色

序章に掲げた七種の「関帝文献」の目録から分かるように、時代が下るにつれて、「関帝文献」には先に見た核となる要素に様々な内容がつけ加えられていくようになる。明の万暦三十一年（一六〇三）刊行のA『漢前将軍関公祠志』がほぼ核となる要素のみで構成されるのに対して、清代に刊行されたB〜Gの文献にはいずれもそれ以外の要素が見える。本節では「関帝文献」の構成を通時的に眺めることを通して、構成上の変遷を跡付けると共に、各文献の特色についても探っていく。

まず、康熙三十二年（一六九三）初刊のB『関聖帝君聖蹟図誌全集』に現れる主な内容が、関羽／関帝が認めたとされる手紙や書跡等（もちろん後人の偽作）を収める「翰墨考」（同様の篇は以後の文献にも見られるため「翰墨」篇と総称する）、「全図考」に収められる「関帝聖蹟図」、「発祥考」に収められる「関帝聖蹟図」が基づいた清・王朱旦「漢前将軍壮繆侯関聖帝君祖墓碑記」（以下、「祖墓碑記」）、劉備・張飛等関羽にまつわる蜀の人物の伝記（「列伝附」）、そして「聖経考」「経註附」に収められた関帝に仮託した善書『忠義経』とその注釈、「聖籤考」に収められた関帝のおみくじである。「関帝聖蹟図」と「祖墓碑記」については第三章に詳しく述べた。

康熙四十年（一七〇一）初刊のC『関聖陵廟紀略』は文献Bと同様に「翰墨」篇を持つ。それ以外は基本的に「関

帝文献」の核となる要素によって構成されているといってよい。

雍正十一年（一七三三）刊のD『聖蹟図誌』も「翰墨」篇を持つ。「聖帝翰墨」と題されている篇は「風雨竹詩」のみを収めるが、「聖帝遺訓」「聖帝文辞」の両篇に関羽／関帝の書跡（「篆書」）と手紙がそれぞれ収録され、これら全てが「翰墨」篇に相当する。また、文献Dには文献Bに見えた「関帝聖蹟図」が「序図説」として、「祖墓碑記」が「帝祖墓記」として受け継がれている。

乾隆二十一年（一七五六）刊のE『関帝志』には「翰墨」篇や「関帝聖蹟図」「祖墓碑記」等は見えない。代わりに核となる要素につけ加えられているのは、「世系」篇に附され「子孫伝」と題された関平等の子や関統等の孫、および関朗等子孫とされる人物の略伝と、「部将伝」と題された周倉等配下の部将の略伝、そして関羽／関帝の祠廟や陵墓の一覧である「廟制」や関帝祭祀の制度について記した「祀典」である。

洪淑苓氏にはE『関帝志』について全面的に検討を加えた専論があり、文人の価値観が鮮明に反映されていることを指摘する。それは、「本伝」篇が史書の記載によって構成されており小説や伝説の内容を含まない点、伝説を収める「遺迹」篇や「霊異」篇の全書に占める割合が比較的少ない点、「考弁」篇や「芸文」篇といった文人による議論や詩文を多く収める点に現れているという。よって、E『関帝志』には民衆道教の善書とは異なり、聖人や英雄としての関帝像が濃厚であると指摘する。(6) 巻二全てが「考弁」篇に占められていることに象徴されるように、確かにE『関帝志』は関羽や関帝信仰に対する考証に重きを置き、史的記載に努めていることがその構成から見て取れる。他の文献では「翰墨」篇に収められる関羽／関帝の手紙も、「翰墨」篇を置かない文献Eでは「考弁」篇において考証の対象となっている。

この文献Eの姿勢をさらに強化しているのが乾隆四十年（一七七五）初刊のF『関帝事蹟徵信編』である。文献E

と同様に「翰墨」篇は設けられず、関羽／関帝の手紙は関羽／関帝に関する逸聞を集めた「軼聞」篇に掲載される。「軼聞」篇には関羽／関帝の手紙について偽作と断じる按語もあり、文献Fにおいて関羽／関帝の手紙は考証の対象として引用されていることが分かる。また、「関帝文献」の核となる要素になっていた「遺印」篇もなく、「司馬印」「寿亭侯印」については関羽／関帝に関する様々な記事を集めた「雑綴」篇において考証対象となっている。「関帝文献」の基本となる形式を崩してでも客観性を出そうとする姿勢が見える。巻三十の「書略」も特筆に値する。「書略」は文献F以前に世に出た「関帝文献」の一覧であり、各文献の特徴や編纂者、文献同士の継承関係などについて仔細に考証している。「関帝文献」研究には欠かせない資料である。「嗣蔭」と題された子・孫・子孫の略伝、「将吏」と題された配下等の略伝、「墓寝」「祠廟」と題された関羽／関帝の祠廟や陵墓等の一覧、そして「祀典」が設けられているのは文献Eと同じである。

さらに、文献C・Eと同様に「関帝聖蹟図」を収録しない。巻三十「書略」ではB『関聖帝君聖蹟図誌全集』について述べる中で、

優れているとして巻頭に置かれた「全図考」（「関帝聖蹟図」）と「発祥考」（「祖墓碑記」）だけは、いずれも『三国志演義』、および王朱旦「祖墓碑記」を用いており、さらに神の諱を避けて改めることがはなはだしいため、時の賢人からそしられることを免れなかった。(7)

と記す。「関帝聖蹟図」の評判が悪かったことが見て取れる。「関帝聖蹟図」が依拠した「祖墓碑記」は贋作の疑いの濃い巨瓶に基づくから、(8)「関帝聖蹟図」を収録することは文献Fのスタンスに反するだろう。(9)ただし、「祖墓碑記」に

ついては考証の対象として「考弁」篇に引用されている。

咸豊八年（一八五八）初刊のG『関帝全書』は逆に「関帝聖蹟図」（「聖蹟図誌」）や「祖墓碑記」を収録する。「翰墨」篇も見える。劉備・張飛等関羽にまつわる蜀の人物、関羽の子や配下の伝記も収めるが、文献Bにも見えた関帝のおみくじ（「夢授籖」「降筆籖」「覚世懺」「酬恩法懺」）も収録する。そして善書に至っては、文献Bに見えた「忠義経」のみならず、「桃園明聖経註釈」「忠孝節義真経」「覚世真経註証」「功過格」「戒士子文註証」なども収録され、その分量は文献G全四十巻のうち三十三巻を占めるほどである。本書で扱う他の「関帝文献」に比べて道教的色彩が濃いといわざるを得ない。

以上に見てきたように、「関帝文献」には時代が下るほどに新しい内容（篇）が増えている。しかし、後発の文献が先行する文献の内容を無条件に踏襲しているわけではないことも明らかであろう。例えば、B『関聖帝君聖蹟図誌全集』に初めて収録された「関帝聖蹟図」の後発の文献における有無は、各文献の性格を浮き上がらせる。「関帝聖蹟図」を収録した文献のうち、D『聖蹟図誌』には後人が偽作した関羽／関帝の手紙等を収める「翰墨」篇もあり、G『関帝全書』にいたっては道教善書まで幅広く収める。まさに関帝に関する資料をできる限り取り込もうとしているかのようである。一方、「関帝聖蹟図」を取り込まなかったE『関帝志』とF『関帝事蹟徴信編』は考証を重視する立場に立つ。そこには関羽／関帝に関して根拠のある史的記載に努める姿勢が見える。

第一章第一節では、各「関帝文献」の「本伝」篇の分析を通じて、「関帝文献」の「本伝」篇が二つのグループに大別できることを指摘した。その二つのグループとは、関帝信仰に対して冷静な態度で編纂された史実に比較的忠実なものと、関帝に対する熱烈な信仰心をもって編纂され、関帝に関する言説をできる限り取り込んだものとであった。そして前者を〔グループⅠ〕、後者を〔グループⅡ〕とした。〔グループⅠ〕に属するのは文献Ａ・Ｃ・Ｅ・Ｆであり、

〔グループⅡ〕に属するのは文献B・D・Gであった。また、第一章第三節では、「関帝文献」における関羽／関帝の手紙の収録状況、および「翰墨」篇の有無からも同じ傾向が見出せることを指摘し、両グループの特徴は「本伝」篇以外にも反映されていることを述べた。

本節における「関帝文献」の構成に対する検討の結果も、この分類が、「関帝文献」全体にも当てはまることを示していよう。素姓の怪しい巨瓢を淵源に持つ「関帝聖蹟図」や偽作された関帝の手紙等を収める「翰墨」篇、各種の道教善書等を収める文献B・D・Gは、関帝に関するあらゆる言説・資料を取り込んでいるといえるし、史的根拠のある記載や考証に重きを置く文献E・Fは歴史学に近い立場にあるから史実に寄り添っているといえよう。

文献Cは「翰墨」篇を持つので、構成上は〔グループⅡ〕に入るように見える。ただ、文献Cの編纂事情に鑑みれば、必ずしもそうとはいえない。文献Cの編纂者である王禹書の自序によれば、当陽の関帝廟（今の関陵）には沿革等を記した書物がないことから荊州知府の魏勷が彼に編纂を命じたという。当陽関帝廟に関する初めての「関帝文献」を編纂するにあたり、王禹書には参考とするための先行する文献が必要だったはずである。それがたまたま「翰墨」篇を持つ「関帝文献」だった可能性は高い。少なくとも文献Bが積極的に「関帝聖蹟図」を取り込もうとしたような態度とは異なる。[10] よって、文献Cを構成の面から〔グループⅡ〕に入れることは留保せざるを得ない。また、文献Aもほぼ「関帝文献」の核となる要素のみで構成されるので、構成の上からはどちらのグループに分類すべきかを断じることはできない。[11]

おわりに

最後に本節で述べてきたことを踏まえた上で、「関帝文献」の構成とその変遷から見えてくる「関帝文献」編纂の目的について考える。

まず、ほぼ「関帝文献」の核となる要素のみによって構成される文献Aは、関帝を孔子になぞらえるという「関帝文献」の当初の編纂目的を踏襲しているといっていいだろう。元代以来の関帝儒家化の流れを継承し、関帝の地位を高めるのが目的である。「翰墨」篇以外はほぼ同内容の文献Cも同様といっていいだろう。

核となる構成から浮き彫りになるのは、関羽／関帝の百科全書という「関帝文献」の本質であった。この百科全書という本質を研究的視点で発展させたのが、文献E・Fの如く史的記載に努める文献である。巷に広まる関羽／関帝のイメージや関帝信仰史について考証することを通して、史実に寄り添った関羽／関帝の姿を伝え、関帝信仰史を総括することがこれらの文献の編纂目的と考えられる。

一方、百科全書として道教善書も含めた多種多様な関帝に関する言説・資料を取り込んだのが文献B・D・Gである。それらの言説・資料を通して編纂者たちが考える、あるべき関帝像を示すのがこれらの文献の編纂目的であっただろう。特に文献Gに道教善書やおみくじが大量に収録される点からは、関帝を道教神に引き戻す意図がうかがえる。「関帝文献」は当初から儒神としての関帝像を打ち出しているが、周知の通り、関帝は道教の神として一般に認識されることが多い(12)。文献Gはその序文からして「文昌帝君奉玉旨降筆序」となっていて、他の「関帝文献」に比べて道教的色彩が濃いが、これはあるべき関帝像を道教神とする立場からの揺り戻しであったのだろう。

注

(1) 本書で対象とする「関帝文献」の序文等に見える編纂者たちのスタンスについては、第一章第一節を参照されたい。

(2) 「風竹詩」と「雨竹詩」の全文は以下の通り。

風竹詩（A『漢前将軍関公祠志』に拠る）

不謝東君意　丹青獨立名　莫嫌孤葉淡　終久不凋零

雨竹詩（B『関聖帝君聖蹟図誌全集』に拠る）

大業修不然　鼎足勢如許　英雄涙難禁　點點枝頭雨

(3) B『関聖帝君聖蹟図誌全集』では後述の「関帝聖蹟図」の第一図となっている（第二章第一節等参照）。

(4) 南宋・孔伝『東家雑記』や金・孔元措『孔氏祖庭広記』は、孔子の略伝・世系・封号、祠廟やその碑文、ゆかりの古跡等について記している。

(5) 『関王事蹟』編纂の意図が関帝の儒家化にあることは蔡東洲・文廷海『関羽崇拝研究』（巴蜀書社、二〇〇一年）七〇頁においてつとに指摘されている。ただし、『関王事蹟』の載せる関帝の肖像は、雲の上の神として描かれていて孔子になぞらえられてはいない。第二章第一節参照。

(6) 洪淑苓「文人視野下的関公信仰――以清代張鎮《関帝志》為例」（『漢学研究集刊』第五期、二〇〇七年）。

(7) 獨歷卷全圖發祥二考、純用『演義』、及王氏「祖墓碑」、又避改神諱太甚、不免爲時賢所譏。

(8) このあたりの事情については、大塚秀高「関羽の物語について」（『埼玉大学紀要』三〇、一九九四年）に詳しい考証がある。

(9) もっとも、F『関帝事蹟徵信編』にはそもそも図が一つもない。よって、関帝の肖像や関羽／関帝の陵廟の図もない。「関帝聖蹟図」や「遺印」篇が見えないのもあるいは図を用いない事情もしくは方針と関係していよう。

(10) F『関帝事蹟徵信編』巻三十「書略」によれば、B『関聖帝君聖蹟図誌全集』の編纂者である盧湛は、淮陰で「関帝聖蹟図」を制作した孫百齢と出会い、一緒にこれを校訂して文献Bに収める形で公刊した。

(11)　文献AとCをどちらのグループに含めるか断じ切れないのは、あくまでもその構成のみを見た場合のことであって、「本伝」篇等の中身から考えれば、やはり〔グループI〕に含めるのが妥当である。

(12)　例えば、胡孚琛主編『中華道教大辞典』（中国社会科学出版社、一九九五年）には「関帝」（一四九九頁）・「関帝覚世真経」（二九一頁）・「関帝霊籤」（一五五二頁）などの項目が立てられており、野口鐵郎・田中文雄編『道教の神々と祭り』（あじあブックス、大修館書店、二〇〇四年）には二階堂善弘「関帝　英雄、万能の神となる」を収める（六二～七二頁）。

第二節　「関帝文献」出版に携わった人々から見る出版の目的

はじめに

ここまで「関帝文献」を様々な角度から分析・検討してきたが、それでは、かかる「関帝文献」の出版にはどのような人々が関わっているのだろうか。前節でも述べたように、一般に序や跋が出版の目的を語っていることはいうまでもないが、編纂者のみならず、出資者も含めた出版に関わった人物の像を総合的にとらえることによっても「関帝文献」の性格や出版の目的が見えてこよう。本節ではこの問題について考えたい。

「関帝文献」の中には、巻頭または巻末に出版資金を提供したスポンサーの一覧を載せるものがある。本書で対象としている「関帝文献」では、B『関聖帝君聖蹟図誌全集』とF『関帝事蹟徴信編』の二文献に重刊にあたって資金を拠出した者の一覧が掲載されるが、特に後者の一覧に名前のある人物や屋号についてはその素性を比較的明らかにしやすい。そこで、文献Fの出版関係者の出身地や業種を分析することで、どのような人々がこの文献の重刊に携わっていたのか、その傾向や特徴を探りたい。それによって、「関帝文献」の出版目的の一端を探ることができよう。また、従来の「関帝文献」の出版事情とも比較することで、F『関帝事蹟徴信編』重刊本の特徴を浮き彫りにしていきたい。

一、侯邦典という人物

本書で用いているF『関帝事蹟徴信編』は光緒八年（一八八二）序重刊本（以下、F光緒八年序刊本）である。F光緒八年序刊本は武清県（今の天津市武清区）の人である侯邦典が出版したものである。この侯邦典については『光緒順天府志』[1]に伝が見えるので、これに基づいてその生涯を見ておく。

『光緒順天府志』巻一百二「人物志十三」に記すところによれば、侯邦典は字を慎五という。臨楡県（今の河北省秦皇島市東北）の訓導（県学教諭の輔佐）の官に就いたが、在任八か月で辞職して故郷に戻った。咸豊三年（一八五三）に太平天国軍が迫った時には、侯邦典は財産を集めて武清県の防御に当たり、アロー戦争の終盤、咸豊十年（一八六〇）にもイギリス軍や土匪から武清県を守った。また、同治六年（一八六七）に馬賊が乱をなした際にも、村の防衛に努めたという。同治八年（一八六九）には村の子弟のために義塾を設立している。

ただ、侯邦典は翌同治九年に卒したとも記されている。これはどういうことであろうか。もしそれが事実なら、彼がF光緒八年序刊本を出版することはありえない。

F光緒八年序刊本には侯邦典自ら著した序文があり、その中でF光緒八年序刊本出版の顚末が記される。曰く、

（光緒）七年辛巳（一八八一）の秋、某は都に出て、友人のところで、この書物（F『関帝事蹟徴信編』）を読む機会を得て、ひそかに嘆息したものであった。……今あまねくその版木を探し求めたけれども、手に入れられなかった。そこで同志を集めて重刻し、関帝の事蹟を広めようと思う。……これも日頃の大願である。版木はすでに出

来上がったので、謹んで序文を記す。その顚末は以上の如くである。時に光緒八年歳次壬午四月朔、武清侯邦典謹序。(2)

また、同じくF光緒八年序刊本に序を寄せている張瑞芳は次のように述べる。

慎五侯公は、日頃から善を楽しみ、老いてそれはいよいよ深いものになった。彼はつねづね一意専心に行ないを制している。とりわけ関聖帝君を称賛して学ぶことに勤しんでいる。たまたまこの書物（F『関帝事蹟徴信編』）を読み、深く感じ入って敬慕の念を起こした。そこで資金を集めて出版し、その伝記を広めようとした。そもそも関聖帝君の英霊はほろびないことによって、本来尼山の至聖（孔子）が永遠であることと全く一致する。そしてこの文献だけが散逸（した資料）を網羅し、前聞を考証しており、後世の学者にこの書物を読ませ、その時代を論じさせるのは、その忠義の良心を奮い起こさせるからである。そうであるからこの書物が民衆を啓発指導することは、まことに四書五経と並び伝えるに堪える。そして侯公は光緒三年丁丑（一八七七）にすでに武英殿版の四書を翻刻している。今般この書物についてもまた休まず努めて全力で重刊の事業を担った。日頃から（関帝を）思慕する真心も、おおよそ見ることができるのである。そしてその功績はいったいどうして埋没させるべきであろうか。(3)

「慎五侯公」とあるから、ここに見える「侯公」が『光緒順天府志』に記される侯邦典と同一人物であることは確かである。両者の序文には、侯邦典がどのようにしてF『関帝事蹟徴信編』と出会ったのか、どうしてそれを重刊しようと思い至ったのかについて具体的に述べられている。また、後者は侯邦典がF光緒八年序刊本の前に武英殿版の四書も翻刻していることを伝える。よって、『光緒順天府志』にある侯邦典が同治九年に没したとする記載は誤りであろう。

以上から分かるように、侯邦典という人物は政情不安の清末期にあって、故郷に外からの危機が迫れば自ら進んで防衛に当たり、平時には子弟の教育に努めた。郷土武清県のために尽くす地元の名士であったようだ。武英殿版の四書を翻刻したのも自らの義塾で使うためだったのであろう。そして、関帝に対しても篤い信仰心を持ち、関帝に学んで自らの行ないを律していた。出版経験のある侯邦典が、自ら敬慕する関帝の事蹟を広めるための書物を、おそらくは地域の人々ために重刊しようと企図するのは、ごく自然な成り行きであったのだろう。

二、F『関帝事蹟徴信編』光緒八年序重刊本の出資者

F光緒八年序刊本の冒頭には「捐資姓氏」という出資者の一覧が掲載される。この「捐資姓氏」に見える出資者を分析することで、どのような人々がこの文献の重刊に携わっていたのか、その傾向や特徴を探りたい。まず、行論のための資料として、F光緒八年序刊本の「捐資姓氏」から出資者名を以下に列挙する。

義善堂振之氏劉文鐸　崇善堂朗臣氏劉焜　義和永記　栄興公記　育生堂沈宅　百善堂王宅　孫椿記
徐銘新　益聚号　三義広記　永徳公記　三義徳記　少田氏陳俊　王芝園　永聚号　恒元号
文光楼　長興吉　趙子欽　万発成　万成玉　羅興泰　同義永　松竹斎　恒盛号　詹煥文

信遠号　恒泰陞　三槐堂王南苑槐房　豫泰全武清県城内　全盛長采育鎮　慶和湧戸部街　誠義堂下九百
戸[4]　益成公前門外粮店　同和堆房通州東関　源盛成前門外粮店　徳順永采育鎮　全順堂李武清県東馬房村
益泰全河西務　同成局通州東関　天寿堂前門外粮店　孝義堂東安門外大甜水井　孫庚利采育鎮　趙宅晾果
廠　天聚緞店　黄徳重阿拉善旗　永泰緞店後門外　俊古斎前門外　崑宝斎崇文門外　輔徳堂三河張各荘
衡源号三河張各荘　京都徳和永　孫椿記　徳順号　天裕成　義和永　永昇祥　永大正　晋洪泰
義興公緞店　済生堂　鄭漢章椿樹胡同思徳堂　高世恩吏部　葉乃栄草廠　周文東茶食胡同　傅汝霖草廠
三条胡同　陳鏞三里河　文茂信局李鉄拐斜街　恒泰号大蔣家衚衕皮局　聚盛合寓会成店　全泰盛寓会成店
天徳木廠東単牌楼路西　徳茂号　喬中和武清県西楊村[5]　趙純河西務大龍荘　徳隆号南蔡村　徳星当　鄧
慶雲山西太原府文水県　徳声当武清県城内　陳卿雲南陳荘　魏発基山西汾州府汾陽県[6]　趙玉徳　馬歩清
徳恒当北旺鎮　趙鎔豊潤県魏家荘　石鐸良邑果各荘　石元同上　石亨同上　張振徳同上　崔国璽張家屯
王増大柴草塢　崔栄張家屯　黄応斗山東省　石景春良邑果各屯　王肇恩良邑大馬荘[7]　黄文琳山東省　何
培元衡邑焦汪村　羅文琳良邑石山村　百忍堂通州白廟

このほかに「無名氏」「隠名氏」が計七人見える。また、「孫椿記」が二度出てくるが、編集ミスによる重複なのか、同名の別の店なのかは不明。以下に二つの観点からこれらの出資者に分析を加えていく。

三、出資者の地域的傾向

まず目につくのは、侯邦典と同じ武清県の出資者である。「武清県」と明記される豫泰全・全順堂李・喬中和・徳声当はもちろん、下九百戸・河西務・南蔡村・南陳荘・北旺鎮も武清県下の地名であるから、これらの地名が記される誠義堂・益泰全・趙純・徳隆号・陳卿雲・徳恒当も武清県の出資者である。

そして京師、すなわち北京からの出資者も多い。東安門・晾果廠・崇文門・椿樹胡同・草廠・(東)茶食胡同(8)・三里河・李鉄拐斜街・大蔣家衚衕はいずれも『光緒順天府志』巻十三「京師志十三」、または巻十四「京師志十四」に見える地名である。よって、孝義堂・趙宅・崑宝斎・鄭漢章・葉乃栄・周文・傅汝霖・陳鏞・文茂信局・恒泰号は北京からの出資者であることが分かる。また、「前門」「後門」はそれぞれ正陽門と地安門の別名である。よって、「前門外」と注記される益成公・源盛成・天寿堂・俊古斎、そして「後門外」と注記される永泰緞店も北京の出資者である。

武清県や北京の周辺からの出資者も目立つ。大興県からは南苑の三槐堂王、および采育鎮の全盛長・徳順永・孫庚利、通州からは同和堆房・同成局、三河県からは輔徳堂・衡源号、昌平州からは張家屯の崔国璽・崔栄が出資している。また、「良邑」は北京の西南にある良郷県のことである。良郷県の果各荘から石鐸・石元・石亭・張振徳・石景春、大柴草塢から王增、大馬荘から王肇恩、石山村（不詳）から羅文琳が出資している。

この中で注目すべきは、通州や武清県の河西務・下九百戸・東馬房村・南蔡村・南陳荘・西楊村といった、北京から武清県を経て天津府に至る北運河沿いの地名が多く含まれる点である。やや離れているものの、大興県の采育鎮もこれに加えてよいだろう。この北運河の流域にはもともと水運を通して地域的なネットワークが形成されていたことが想定される。また、この北運河流域は、アロー戦争の時に英仏連合軍が北京に侵攻した際の進軍ルートでもある[9]。地域の防衛を通じて流域一帯に連帯感が生まれていたことも考えられ[10]、特にイギリス軍から故郷を守った侯邦典の名声はこの地域に広まっていたであろう。侯邦典がF『関帝事蹟徴信編』重刊のための資金を募った時、その声に応じた者がこの地域から多く出たことはうなずける。

そのほかでは山西省の出資者が注目に値する。山西省といえば、関帝信仰の普及に大きく与ったとされる山西商人が想起される[11]。特に魏発基の出身地である汾州府は山西商人を多く輩出した土地である。そもそも運河の大きな役割は都に物資を運ぶことであり、都に運ばれる塩や穀物は山西商人の扱う主要商品であった。北運河沿いの人々と山西商人の間に水運を通して関係が構築されていたことは十分考えられる。

四、出資者の業種

出資者は個人名で掲載されている場合もあれば、屋号で掲載されている場合もある。出資者の中にはその屋号や附された注から、その業種や営業地が分かるものがあり、ここではそれらを頼りにどのような業種がF光緒八年序刊本に出資しているのか、その傾向や背景を探っていきたい。

まず注目したいのは「粮店」と注記される出資者で、益成公・源盛成・天寿堂がこれに当たる。「粮店」とは穀類をはじめとした食料品を扱う店であるが、天寿堂については舞台を持つ大きな料理屋だったらしい[12]。北京市芸術研究所・上海芸術研究所編著『中国京劇史』上巻には、清末から民国初めにかけて北京には各種の劇場が四十か所以上あったとして、天寿堂の名も挙げられている。[13]「前門外」にあったと記されるから、「捐資姓氏」に見える天寿堂と同一であろう。

この頃の北京の食糧業界は多くが山西人によって経営されており、[14]源盛成は山西省臨汾・襄陵出身の油・塩・食糧を扱う商人が北京で設立したギルドに加盟していたことが、このギルドの会館である臨襄会館の「重修臨襄会館碑」（同治十二年〔一八七三〕六月建立）、および「臨襄会館施銀碑」（光緒十四年〔一八八八〕九月建立）から分かる。「臨襄会館施銀碑」にはF光緒八年序刊本に出資した恒盛号・信遠号の名も見え、彼らもこのギルドの加盟者であった。臨襄会館には関帝が祀られているから、[15]彼ら山西出身の商人たちがF光緒八年序刊本に出資したのもうなずける。

山西商人の営業種目としては、よく知られる塩商や上記の穀物商のほか、絹織物商・運輸商・木材商・棉布商・典当商（質屋）が挙げられる。[16]よって、「捐資姓氏」に見える出資者のうち、絹織物商である天聚緞店・永泰緞店・義興公緞店は山西商人の店である可能性があり、屋号から典当商と見られる徳星当・徳声当・徳恒当も同様であろう。木材商の天徳木廠もその可能性が高い。[17]

羅興泰は山西省絳州発祥のダイヤモンド工具店である。[18]F光緒八年序刊本が刊行された時期にはまだ山西にあったが、その後、光緒二十年（一八九四）に北京に進出する。絳州は今の山西省運城市新絳県であり、関羽／関帝の故郷に近い。都で商品を売るために山西商人との関係も深かったと考えられ、これらのつながりからF光緒八年序刊本に出資することになったのであろう。

また、北京琉璃廠の出版関係者が関わっていることも注目に値する。[19]文光楼は同治・光緒年間に琉璃廠で声望のあった書肆であり、章回小説の『小五義』を出版したことでも知られる。もともとは江西の周氏によって経営されていたが、光緒二年（一八七六）に良郷県の石鎮の手に経営が移った。さらにその数年後、石鎮の従弟の石鐸に引き継がれている。この石鐸は「捐資姓氏」に個人としても「良邑果各荘」の石鐸として名を連ねている。さらに、同じ「良邑果各荘」の人とされる石姓の石元・石亭・石景春も同宗であろう。石景春は後に文光楼の経営を移譲される石景華の兄弟か従兄弟かもしれない。また、やはり「捐資姓氏」に見える何培元は文光楼の石鎮の弟子であり、光緒二十二年（一八九六）に自らの書肆である会文斎を開いている。彼はF光緒八年序刊本に校閲者としても参加している。文光楼を経営した石氏とその縁者がF光緒八年序刊本の出版に大きく与っていることが分かる。

三槐堂も琉璃廠の書肆である。もともとは江西人が咸豊年間に開業したのだが、数年後に王永年が引き継いだ。「南苑槐房」と注されるが、これは王氏の出身地かもしれない。

松竹斎は康熙十一年（一六七二）に創業した書画用の紙を扱う、いわゆる「南紙店」である。乾隆年間には比較的影響力を持つようになっていたという。現在でも書画や文房四宝などを扱う老舗として有名な栄宝斎の前身である。文光楼や三槐堂と同じく琉璃廠に店があった縁でF光緒八年序刊本の出版に関わることになったと思われる。

侯邦典がF光緒八年序刊本の出版にあたって、琉璃廠から資金を集められたのは、彼が以前に武英殿版の四書を翻刻していたことと大きく関係していよう。出版に携わる彼が、やはり出版に関わる琉璃廠とコネクションを築いていたとしても不思議ではない。

その他の業種についていえば、慶和湧は武清県楊村の醸造所である。明末清初の創業で康熙・乾隆年間に最も繁盛したという。[20]「戸部街」と注記されているのは、天津府城内の戸部街に店を構えていたということか。[21]慶和湧が出資したのは地元の名士である侯邦典の影響力によるものであろう。

恒泰号は「大蔣家衚衕皮局」と注記されているから、正陽門外の大蔣家衚衕にあった皮革商と見られるが、北京の玉器商ギルドが光緒二十年（一八九四）十一月にその会館である長春会館に建てた「重修玉行長春会館之碑記」の碑陰にその名が見えている。[22] そこに名がある以上は、玉器商ギルドに加わっていたようである。

文茂信局は北京の「李鉄拐斜街」にあった民信局（私設郵便局）。全泰盛も天津の民信局である。[23] 同和堆房は北運河沿いの通州にあった倉庫。いずれも商品・物資の取り引きや運送に欠かせない業種であり、これらの業種もF光緒八年序刊本の出版に参画していることは、北京と天津を結ぶ北運河沿いのこの地域において、直接商品を売買する商人のみならず、交易に関わる幅広い業種が侯邦典の活動を支持していたことを示し、地域におけるネットワークの広さと深さをうかがわせる。

以上をまとめると、第一に、F光緒八年序刊本の出版には、関帝信仰の普及に一定の役割を果たした山西商人や山西商人に関係する業種が幅広く出資していることがうかがえる。明清に隆盛を極めた山西商人もアヘン戦争以後に上海等の諸港が開かれると、経済的地位を浙江財閥に奪われてその勢いが衰えるが、[24]「関帝文献」出版の場においては依然その存在感を示していたようだ。このことは清末に至っても、山西商人が関帝信仰の中心にいたことを物語っていよう。あるいは「関帝文献」の出版という「善行」によって、山西商人の再興を願う気持ちを山西出身の関帝に託したのであろうか。

ただ、その一方で、侯邦典自身が持つ地縁や経歴が築き上げたネットワークも山西商人に匹敵する力を持っていたことが見て取れる。北運河という北京と天津を結ぶ交易のルートの中間に位置する武清県の特殊な地理的条件が、北京や天津から出資者を集める上で有利に働いたであろうし、山西商人とのつながりも自ずとでき上がっていったのであろう。また、前述のように、故郷のために防衛に当たったり、義塾を設立したり、四書を翻刻したりした侯邦典の名声の大きさも出資金を集めやすくし、F光緒八年序刊本の出版を実現させた原動力となったに違いない。

さらに、F光緒八年序刊本に出資した業種の中には、関帝を行業神としている業種も多い。李喬『中国行業神崇拝』によれば、「捐資姓氏」に見える業種のうち、皮革・絹織物・飲食（ここでは天寿堂）・典当が関帝を行業神とする。もちろん、塩商たる山西商人も関帝を行業神とする。(25) 多くが山西商人の手がける業種であるから、これらが関帝を供奉するのは当然ともいえるが、関帝を行業神とする業種だからこそ、出資を呼びかけやすかったということもいえよう。

おわりに

以上をまとめれば、F光緒八年序刊本は、侯邦典の地元である武清県を中心に、北京と天津を結ぶ北運河の流域と、関帝や山西商人の出身地である山西省から出版資金を集めており、その出資者は山西商人の関わる業種、および侯邦典の経歴と関係のある業種であった。出資者の地域的傾向から見ても、業種から見ても、侯邦典がその中心で圧倒的な存在感を示している。それは侯邦典が故郷の防衛や教育によって地域に貢献してきたことが大きく影響していたであろうことは上述した通りである。それでは、F光緒八年序刊本出版に関わるかかる特徴はどのように位置づけられるのだろうか。

「関帝文献」の中には「官」製というべき文献も多い。例えば、A『漢前将軍関公祠志』を編纂した趙欽湯は当時浙江の左轄（左布政使）であったし（文献Aの趙欽湯「重刻関志顚末」）、それを修訂した焦竑は翰林院修撰・東宮日講官等に就いたことがあった（文献Aの焦竑自序）。C『関聖陵廟紀略』は荊州知府の魏勷が当陽県学教諭の王禹書に編纂させたもの（文献Cの王禹書自序、および「修葺関聖陵廟姓氏」）。E『関帝志』を編纂した張鎮は解州知州であった（文献Eの張鎮自序）。また、「関帝聖蹟図」に大きな影響を与えた「漢前将軍壮繆侯関聖帝君祖墓碑記」を著したのはやはり解州知州であった王朱旦であり、彼自身も『続関帝祠志』（序論のⅢ―5。以下同じ）を編纂している。

特に明代には歴代の解州守が編んだ「関帝文献」が続々と出ている。万暦年間以前に出た「関帝文献」のうち、『義勇録』（Ⅱ―1）・『義勇集』（Ⅱ―2）・『重訂関王義勇録』（Ⅱ―3）・『重訂義勇武安王集』（Ⅱ―6）の編纂者はいずれも解州守である。明・呂柟「義勇武安王集序」にも、元・胡琦の『関王事蹟』を「国朝（明）の歴代の解郡守がまた数度増補して刊行している」[26]とある。

このように「官」が「関帝文献」を編むのは多分に政治的な理由によるであろう。解州は関羽／関帝の故郷であり、当陽は関羽／関帝が難に遭った地である。いずれも有名な関帝廟を有しており、長官にとってその土地をうまく治めていくには信仰を集める関帝を尊重することは避けて通れないものであったろう。「関帝文献」からは離れた例になるが、明の官僚であった潘季馴は黄河の治水の任に当たった時、関帝の「顕聖」が起こったことで関帝を信仰するようになり、遂には関帝に封号を賜るよう朝廷に奏請するほどまでになった。潘季馴は赴任当初、関帝を祭祀するよう要請されたものの、儒教官僚の立場からこれを拒否したのだが、後に関帝の「顕聖」を目の当たりにして態度を改めたという[27]。これもおそらく関帝を信仰している態度を示した方が人心を得るのに有利であり、治水工事を順調に進められると判断したからであろう。解州守が「関帝文献」を出版したのも、これと同様に人心を収攬して治政を安定させる目的があったと考えられる。

さらに、山西商人は明清の朝廷にとって、財政・軍事のいずれにおいても切り離せない存在であった。国家財政の四分の一以上は山西商人からの塩税が占め、山西商人が破格の安さで輸送を請け負ってくれたからこそ遠征先に兵糧を運ぶことが可能であった。山西商人なしでは国家経営が成り立たなかったのである。山西商人も国家から保護を受けることで成長し、莫大な富を築いた。それゆえ両者は相互依存の関係にあった。

山西商人の営業種目の代表はよく知られるように塩商であるが、その中心地は両淮（今の江蘇省東部沿海一帯）であった。第三章第一節で引いたように、「関帝聖蹟図」を制作した孫百齢は、これを公刊しようとして淮陰をまわっていたという。塩商としてこの辺りで絶大な勢力を持っていた山西商人から公刊のための出資を募ろうとしていたことは間違いない。そして両淮の人（淮安府桃源県の出身）であるＢ『関聖帝君聖蹟図誌全集』の編纂者の盧湛と出会う。彼も山西商人から資金を集めることを考えていただろう。両者がここで出会い、そして最終的に「関帝聖蹟図」を収録したＢ『関聖帝君聖蹟図誌全集』を出版することになったのは決して偶然ではない。そして、「官」もそれに乗っかった。文献Ｂには河道総督の于成龍をはじめ両淮の水利・治水を担当する官吏や塩官が序文を寄せているほか、地方官も含め多くの官吏が出版に関わっている。ちなみに文献Ｂの嘉慶六年（一八〇一）序重刊本にも両淮塩運司知事や両淮候補塩運司経歴など十二人の塩官が参与している。塩の最大の生産地であった両淮の塩政に関わる官吏が文献Ｂの出版に参加したのは、やはり最大の塩商である山西商人との密接なつながりゆえであることは間違いない。これら「官」製の「関帝文献」は明らかに政治的目的から出版されている。

これに対し、Ｆ光緒八年序刊本は「官」の関わりが薄い「関帝文献」である。そもそもＦ『関帝事蹟徴信編』の編纂者である周広業と崔応榴からして、それぞれ挙人と諸生に過ぎない（ただし、周広業が挙人となるのは文献Ｆ初刊本刊行後の乾隆四十八年（一七八三））[28]。しかし、初刊本の場合は元提督湖南学政の盧文弨と山西汾州府事の雷注度が序文を寄せており、まだ「官」とのつながりはある。一方、Ｆ光緒八年序刊本には素性が分かる範囲内では「官」の影は見えない。かろうじて侯邦典がかつて臨楡県の訓導をわずかに八か月務めた程度である。既存の「関帝文献」の重刊であるから一から編纂する必要はなく、初刊時よりははるかに容易であるとはいえ、清末には「民」の間で「官」とは無関係に自主的に「関帝文献」を刊行しようとする気運が生まれていたわけである[29]。それほど関帝信仰が人々の生活に根付いていたということであろう。だから、侯邦典は日頃から関帝を自らの理想として自らの行ないを律し、たまたま友人のところで読んだF『関帝事蹟徴信編』に感嘆してこれを重刊しようと志したのである。「官」との関わりがない以上、刊行の目的は政治的なものではない。それではF光緒八年序刊本の目的は何か。

まず、侯邦典自身が自序で言っているように、また、張瑞芳がやはり序文でF『関帝事蹟徴信編』は「広く伝わっていなくて版木も残っていない。この書物を読もうとしても購入したり書き写したりするすべがないということがままあるのも、またこの世の遺憾なことである」[30]と述べているように、F『関帝事蹟徴信編』がなかなか手に入らなかった当時の事情がある。日頃から思慕する関帝の事蹟を「数年の精力を尽くし、調査・校訂し（竭數年之精力、參覈考訂）」（侯邦典自序）ている良著であれば、なおさらそれが普及していないことに歯がゆさを覚えるだろう。正確で詳細な関帝の事蹟を伝えなければならないと考えるのは自然である。これが第一の目的であろう。

そしてF『関帝事蹟徴信編』は、「関帝文献」の中でも史実により忠実であろうと志向された〔グループⅠ〕に属する。〔グループⅠ〕の文献には、「本伝」篇の史実化といい、関帝の手紙の収録のしかたといい、その構成といい、儒教を奉じる士大夫の価値観が強く出ている。侯邦典がかかる文献Fに大きな感銘を受け、それを普及させようと考えたのは、侯邦典自身が同じ価値観を持っていたからではないか。何しろ彼も一時は訓導を務めた身であり、四書を翻刻してもいる。先にも述べたように、関帝は一般的には道教の神として認識され[31]、清代には財神という性格が付与されると共に、関帝霊籤や道教善書の『関聖帝君覚世真経』などが流行していた。しかし、侯邦典は巷にあふれていた道教神としての関帝のイメージに疑問を抱いていたのだろう。だから、文献Fを読んでそこに描かれた関帝像、そしてそのような関帝像を打ち出した編纂者に共鳴したのではなかったか。儒神としての関帝像を普及させること、これが第二の、そしてより重要な目的だったと考える。

F『関帝事蹟徴信編』の「民」間における出版は、儒釈道の三教が混合的になっていた清代とはいえ、関帝を道教神から脱却させ、儒神としての関帝を宣揚しようとする「民」における動きである。士大夫の価値観に基づいた関帝の歴史回帰の志向は、A『漢前将軍関公祠志』やE『関帝志』などに見られるように、名や地位のある士大夫によって進められたが、清末になるとその志向は民間にまで浸透していたのである。〔グループⅡ〕のように俗説や道教的要素を持った「関帝文献」も多くあるが、それらも「関帝聖蹟図」に代表されるように儒教的な要素を強く持ち、前述のように「関帝文献」は全体にわたって儒教寄りである。かかる特徴を持つ「関帝文献」の存在は、道教神としての関帝理解に一石を投じるものであるといえよう。

注

(1) 周家楣・繆荃孫等纂。早稲田大学図書館所蔵光緒十五年（一八八九）跋刊本に拠った。

(2) 辛巳秋、典客都門、在友人處、得讀是編、竊歎。……今遍覓其板、不得。因糾同志重刻、以廣其傳。……是亦平生之大願也。刻既竣、謹序。其顚末如此。時光緒八年歳次壬午四月朔、武清侯邦典謹序。

(3) 慎五侯公、樂善性成、老而彌篤。其生平存心制行。尤以誦法聖帝為兢兢。偶讀是編、慨然興慕。爰醵金付梓、以廣其傳。夫以聖帝之英靈不泯、原與尼山至聖千古同符、而是書獨能網羅散軼、考證前聞、俾後之學者讀其書、論其世、有以激發其忠義之天良。然則是書之啓牖斯民、允堪與五經・四子之書並傳。而侯公於光緒丁丑、既摹刻殿板四書。茲於是編復汲汲然力任重刊。其生平嚮往之忱、亦大略可見矣。而其功有何容湮沒哉。

(4) 原文は「下几百戸」に作るが、『光緒順天府志』巻二十八「地理志十」に「下九百戸」とあるのに従う。

(5) 原文は「西陽村」に作るが、『光緒順天府志』巻二十八「地理志十」に「西楊村」とあるのに従う。

(6) 原文は「汾陽府」に作るが、中国歴史大辞典編纂委員会『中国歴史大辞典』全二冊（上海辞書出版社、二〇〇〇年）に従って改めた。

（7）原文は「大馬村」に作るが、『光緒順天府志』巻二十八「地理志十」に「大馬荘」とあるのに従う。

（8）『光緒順天府志』巻十四「京師志十四」には崇文門外大街に「茶食衚衕」と見えるが、これは「東茶食胡同」を指す。翁立『北京的胡同』（北京燕山出版社、一九九二年）二五一・二八一頁参照。

（9）張海鵬編著『中国近代史稿地図集』（地図出版社、一九八四年）二六頁参照。

（10）通州の朱兆発は単身で侵略軍に乗り込んで説得を試みたが、銃殺された（『光緒順天府志』巻一百三「人物志十三」）。

（11）関帝信仰と山西商人の関係については、金文京『三国志演義の世界』（東方選書、東方書店、一九九三年）一四九～一五五頁（増補版〔二〇一〇年〕では一五四～一六〇頁）、渡邉義浩『関羽　神になった「三国志」の英雄』（筑摩選書、筑摩書房、二〇一一年）等を参照されたい。また、山西商人については、寺田隆信『山西商人の研究――明代における商人および商業資本――』（東洋史研究叢刊二十五、東洋史研究会、一九七二年）、佐伯富『中国史研究』第二（東洋史研究叢刊二十一之二、東洋史研究会、一九七二年）の「一〇　清朝の興起と山西商人」、佐伯富「清代における山西商人」（『史林』六〇―一、一九七七年）等を参照。

（12）常人春・張衛東『喜慶堂会――旧京寿慶礼俗』（兎児爺老北京史地民俗叢書、学苑出版社、二〇〇一年）一二〇～一二一頁。

（13）北京市芸術研究所・上海芸術研究所編著『中国京劇史』上巻（中国戯劇出版社、一九九〇年）一八九～一九〇頁。

（14）張建明・斉大之『話説京商（図文商諺本）』（中国商人謀略坊、中国工商聯合出版社、二〇〇六年）九三頁。

（15）臨襄会館やそのギルド、および会館の碑については、李喬『中国行業神崇拝』（中国本土文化叢書、中国華僑出版公司、一九九〇年）二三六～二三七頁、および佐伯有一・田仲一成編註『仁井田陞博士輯　北京工商ギルド資料集』（二）（東洋学文献センター叢刊第二五輯、東京大学東洋文化研究所附属東洋学文献センター、一九七六年）一六七・一七〇～一七一頁を参照した。

（16）注（11）所掲寺田氏著書二四九頁。尚、同書は主に明代の山西商人について論じたものであるが、寺田氏によれば、明代における山西商人の活動は、「清代のそれと、決定的に相違するものではない」（二七一頁）という。
(17) ちなみに天徳木廠は北京の建築業ギルドが光緒六年（一八八〇）八月にその会館である公輸子祠（魯班館）に建てた「重修仙師公輸祠碑記」の碑陰にその名が見える（佐伯有一・田仲一成編註『仁井田陞博士輯　北京工商ギルド資料集』〔四〕〔東洋学文献センター叢刊第三〇輯、東京大学東洋文化研究所附属東洋学文献センター、一九七九年〕六七九頁）。
(18) 羅興泰については、山西省政協《晋商史料全覧》編委会・運城市政協《晋商史料全覧・運城巻》編委会編『晋商史料全覧』運城巻（山西人民出版社、二〇〇六年）二七二～二七五頁を参照した。
(19) 清末の琉璃廠の書肆等については、孫殿起輯『琉璃廠小志』（北京出版社、一九六二年）、胡金兆『百年琉璃廠』（百年文化中国叢書、当代中国出版社、二〇〇六年）に拠った。
(20) 王合成「慶和湧白酒」（『天津檔案』二〇一三年第四期）に拠る。
(21) 清・沈家本修、徐宗亮纂『天津府志』巻二十三「輿地五」所収の「天津府城図」によれば、戸部街は天津府城内の街巷である（新修方志叢刊河北方志之一〔台湾学生書局、一九六八年〕所収光緒二十五年〔一八九九〕刊本影印本に拠る）。
(22) 佐伯有一・田仲一成編註『仁井田陞博士輯　北京工商ギルド資料集』（一）（東洋学文献センター叢刊第二三輯、東京大学東洋文化研究所附属東洋学文献センター、一九七五年）一七頁。
(23) 呉昱「略論晩清民信局的興衰」（『西華大学学報』哲学社会科学版、二〇一二年第三期）参照。
(24) 注（11）所掲佐伯富『中国史研究』第二の「一〇　清朝の興起と山西商人」。
(25) 注（15）所掲李氏著書八三～四七五頁。
(26) 國朝解郡守相繼者又增刻二三次。（A『漢前将軍関公祠志』巻七「芸文志上」に拠る。）
(27) 朝山明彦「明末に於ける関羽の治河顕霊」（『東方宗教』第百十一号、二〇〇八年）参照。尚、朝山氏は関帝の「治河顕霊」を目の当たりにした潘季馴が心から関帝を信仰するようになったと見ているようだが、おそらくそうではあるまい。
(28) 張撝之・沈起煒・劉徳重主編『中国歴代人名大辞典』全二冊（上海古籍出版社、一九九九年）に拠る。
(29) B『関聖帝君聖蹟図誌全集』には同治十三年（一八七四）の重刊本もあり、「同治十三年重刻捐資姓氏」に並ぶ出資者は

F光緒八年序刊本ほどには素性が明らかにしにくいものの、道士や書肆の名が見える。

(30) 流傳未廣而板刻無存。往往有欲讀其書而無從購錄者、亦宇宙間一憾事也。

(31) 例えば、胡孚琛主編『中華道教大辞典』（中国社会科学出版社、一九九五年）には「関帝」（一四九九頁）・「関帝覚世真経」（二九一頁）・「関帝霊籤」（一五五二頁）などの項目が立てられており、野口鐵郎・田中文雄編『道教の神々と祭り』（あじあブックス、大修館書店、二〇〇四年）には二階堂善弘「関帝　英雄、万能の神となる」を収める（六二～七二頁）。

結　論

本書ではそれぞれの「関帝文献」を構成する内容（篇）のうち、特に文献間に共通する内容に注目して論じてきた。

第一章では「本伝」篇と「翰墨」篇を取り上げた。第一節と第二節では「本伝」篇を対象とし、文献ごとにその内容を比較検討することによって、「関帝文献」の「本伝」篇が関帝信仰に対して冷静な態度で編纂された史実に比較的忠実なもの（グループⅠ）と、関帝に対する熱烈な信仰心をもって編纂され、関帝に関する言説をできる限り取り込んだもの（グループⅡ）とに大別できることを論じた。第三節では「翰墨」篇に収録される関羽／関帝の手紙を検討対象とし、後人の偽作であるこれらの手紙の分析を通して当時の人々の関羽／関帝に対する見方や、そこからうかがえる各「関帝文献」の性格等を論じた。関羽／関帝の「汚点」を拭い去ろうとする意図が見えるこれらの手紙の各文献における収録状況や「翰墨」篇の有無からは、第一節・第二節で得た「関帝文献」の二つのグループの特徴が「本伝」篇以外にも反映されていることが明らかになった。

第二章では「関帝文献」における関帝の容貌に注目した。第一節では各「関帝文献」に収録される関帝の肖像を対象として検討した。「関帝文献」における関帝の肖像は、当時すでにスタンダードとして普及していた『三国志演義』における関羽の容貌を踏襲しているが、武将よりも文官の趣があり、そこには「義」の理想を体現する関帝の「神格」を表現しようとする意図が見えた。また、明清に流行した人相術の深い影響も見て取れた。第二節では「関帝文献」においても一部の肖像に見える顔の七つのほくろが意味するところを探った。この七つのほくろは北斗七星になぞらえられており、北斗信仰において剣や旗などに北斗七星を描くことで軍事的な力を得ようとしたことと同様に、関帝の武威をさらに強化する意味合いがあると結論づけた。第三節では関帝のトレードマークであるひげを対象として検討した。『三国志演義』の関羽像がスタンダードとして普及していた以上、ひげについて「関帝文献」における独自性を見出すことは難しいため、各文献の「芸文」篇等に収録される関帝や関帝廟にまつわる文人たちの詩から関帝のひげについての彼らの認識を探った。その結果、これらの詩からもひげが関帝のトレードマークとして認識されていたことが確認され、中にはひげにまつわる伝説の流布時期を傍証する詩もあった。また、詩中に見える「虬髯」という語の意味の変化を考えた時、それは本来ひげの形状を表す語ではなく、そのひげの持ち主が超人的な偉大な人物であることを表していることが見て取れた。これらからは「関帝文献」における関帝の容貌の表現にも、それが図であっても文字であっても、当時の人々の意識がそのまま反映されていることが理解できる。

第三章では一部の「関帝文献」に収録される「関帝聖蹟図」について検討した。第一節では「関帝聖蹟図」が模倣した「孔子聖蹟図」と比較することで、「関帝聖蹟図」が複雑な系統に分かれる「孔子聖蹟図」のうち呉嘉謨『孔聖家語図』所収の「孔子聖蹟図」に基づくことや、関帝を孔子と同等の地位に引き上げるためにその生涯の序盤と終盤のエピソードにおいて集中的に「孔子聖蹟図」の内容を模倣していることを論じた。第二節では「関帝聖蹟図」に見える「孔子聖蹟図」の模倣以外の要素について検討した。その結果、実に四分の三を超える図に『三国志演義』に由来する要素など史書に由来しない要素が見えることが明らかとなり、「関帝聖蹟図」が俗文学芸術と対比して「歴史化」されているという説が成り立たないことを指摘した。第三節では『三国志演義』との関係に絞って論じた。「関帝聖蹟図」が『三国志演義』から採用したことと採用しなかったことを分析し、「関帝聖蹟図」の制作者が自ら信仰の対象とする関帝のよりよいイメージを普及させる目的の中で『三国志演義』を主体的に利用していることを述べた。

第四章では「関帝文献」の編纂や出版の目的について論じた。第一節では「関帝文献」の構成に注目して編纂の目的の一端を探った。「関帝文献」にはその嚆矢となった元・胡琦『関王事蹟』以来の核となる内容がある。その内容は関羽／関帝の百科全書と呼ぶにふさわしく、そこから関帝の儒家化という編纂目的が見える。後発の文献の一部はこの百科全書という性格を研究的視点で発展させた。史的記載に努めて関帝信仰史を総括することがこれらの文献の編纂目的である。一方、関帝の百科全書として道教善書も含めた多様な資料を取り込んだ文献もある。これらの文献はそれによって編纂者たちにとってのあるべき関帝像を示すことを編纂目的としていただろう。中には関帝を道教神とする立場からの揺り戻しと考えられる動きもあった。そしてこの両者の違いは第一章で提示した〔グループⅠ〕と〔グループⅡ〕の分類に一致する。この分類が「本伝」篇や「翰墨」篇だけではなく「関帝文献」全体について当てはまることが構成の上からも明らかになった。第二節ではＦ『関帝事蹟徵信編』光緒八年序重刊本に出資した人々の出身地や業種の分析を通して「関帝文献」出版の目的の一端を明らかにした。該書を出版したのは侯邦典という人物だが、出資しているのは彼と同郷の者や彼と関わりのあった人物・業種、また関帝信仰と関わりの深い山西商人たちであり、該書が「官」による出版物ではなく、「民」による出版物であることが分かる。ここから関帝信仰が生活に深く根ざしたものとなっていたことが再確認でき、それゆえに良著たるＦ『関帝事蹟徵信編』を普及させたいという志が見て取れる。これが第一の出版目的である。また、Ｆ『関帝事蹟徵信編』は〔グループⅠ〕に属し、儒教を信奉する士大夫の価値観がより強く打ち出されている。四書を翻刻した侯邦典も同じ価値観を持っており、道教神ではなく儒神としての関帝像を普及させようと考えたであろう。これが第二の出版目的である。そして「民」におけるかかる動きは、〔グループⅠ〕の文献に顕著である士大夫の価値観に基づいた関帝の歴史回帰の動きが、清末には民間にも拡がっていたことを示す。

以上から浮き彫りになるのは、「関帝文献」やそこに収録される諸要素には、その制作に関わった人々、またさらにその背後にいる数多の関帝を信仰する人々それぞれが抱く関帝に対するイメージ、理想とする関帝の姿、関帝に託するものなどが込められているということである。「関帝文献」とはそれらの思いが込められて作り上げられた結晶であるといっていい。ただ、各「関帝文献」を横断的に見ると、それぞれの編纂者たちの志向には二つの異なるベクトルを見て取ることができ、先述のように「関帝文献」を〔グループⅠ〕と〔グループⅡ〕に大別することができるのである。〔グループⅠ〕の編纂者たちはあるべき関帝像を史実にできるだけ近づけることによって求めた。彼らは当時世間に溢れていた出処の不明な俗説を排し、史書に根拠を見出せる要素のみを採ろうとした。それはいわば関帝の「関羽化」とも呼べる動きである。一方、〔グループⅡ〕の編纂者たちは理想とする関帝像を補強するための資料を広く集めて採り込んでいった。「翰墨」篇を設けた上で関帝の汚点を拭うために後人が偽作した手紙を積極的に収録したり、発表当時から非難の多かった王朱旦「漢前将軍壮繆侯関聖帝君祖墓碑記」とそれに基づく「関帝聖蹟図」を収めたりしているのも、そのために必須と考えられたからであろう。

とはいえ、グループの別に関係なく、双方に共通する志向がある。それは関帝の「儒家化」、関帝を孔子になぞらえようとしたり、関帝の地位を孔子と同等にまで引き上げようとしたりする動きである。序論で述べたように、歴史的には関帝は仏教の神の体系にも組み込まれているが、現在では道教の神として一般に認識されることが多い。しかし、「関帝文献」に限っていえば、基本的に儒教の力が強いといっていい(1)。第二章や第三章で述べたように、「関帝文献」に収録される肖像や「関帝聖蹟図」に関帝を孔子になぞらえようとする動きが見て取れることからもそれが分かる。特に〔グループⅠ〕に属する文献は、「本伝」篇の史実化といい、関帝の手紙の収録のしかたといい、儒教を奉じる士大夫の価値観が強く出ている。儒教・仏教・道教それぞれの要素を持ち、三教それぞれで展開される関帝信仰

るのである。

の中で、「関帝文献」は孔子と同等の地位にある儒神としての関帝を宣揚するためのツールと位置づけることができ

注

（1）〈グループⅡ〉に属する文献には道教善書を収めるものもある。B『関聖帝君聖蹟図誌全集』もその一つであるが、初めて「関帝聖蹟図」を収録していることからも分かるように重点は「儒家化」にある。善書は関帝に関する資料を博捜するという意味で収めているに過ぎない。一方、G『関帝全書』には「桃園明聖経註釈」「忠孝節義真経」「忠義経註釈」「覚世真経註証」「功過格」「戒士子文註証」などが収録され、その分量は全四十巻のうち三十三巻を占める。また、その序文も文昌帝君の口を借りたものになっている。「関帝文献」の中では道教的色彩が濃いといわざるを得ない。しかし、「関帝聖蹟図」も収録されており、従来の「関帝文献」の伝統もしっかり残されている。

参考文献目録

〔単行本〕（出版年順）

李洪春・董維賢・長白雁整理『関羽戯集　李洪春演出本』上海文芸出版社、一九六二年
孫殿起輯『琉璃廠小志』北京出版社、一九六二年
黄華節『関公的人格与神格』（人人文庫）台湾商務印書館、一九六八年二版（一九六七年初印）
佐伯富『中国史研究』第二（東洋史研究叢刊二十一之二）東洋史研究会、一九七二年
寺田隆信『山西商人の研究――明代における商人および商業資本――』（東洋史研究叢刊二十五）東洋史研究会、一九七二年
佐伯有一・田仲一成編註『仁井田陞博士輯　北京工商ギルド資料集』（一）（東洋学文献センター叢刊第二三輯）東京大学東洋文化研究所附属東洋学文献センター、一九七五年
佐伯有一・田仲一成編註『仁井田陞博士輯　北京工商ギルド資料集』（二）（東洋学文献センター叢刊第二五輯）東京大学東洋文化研究所附属東洋学文献センター、一九七六年
佐伯有一・田仲一成編註『仁井田陞博士輯　北京工商ギルド資料集』（四）（東洋学文献センター叢刊第三〇輯）東京大学東洋文化研究所附属東洋学文献センター、一九七九年
江雲・韓致中主編『三国外伝』上海文芸出版社、一九八六年
王安祈『明代伝奇之劇場及其芸術』全一冊（中国文学研究叢刊）台湾学生書局、一九八六年
井上泰山・大木康・金文京・氷上正・古屋昭弘『花関索伝の研究』汲古書院、一九八九年
北京市芸術研究所・上海芸術研究所編著『中国京劇史』上巻、中国戯劇出版社、一九九〇年
李喬『中国行業神崇拝』（中国本土文化叢書）中国華僑出版公司、一九九〇年
翁立『北京的胡同』北京燕山出版社、一九九二年

金文京『三国志演義の世界』（東方選書）東方書店、一九九三年（増補版二〇一〇年）
梅錚錚『忠義春秋――関公崇拝与民族文化心理』（《三国文化・伝統与現代》系列叢書）四川人民出版社、一九九四年
鄭土有『関公信仰』（中華民俗文叢）学苑出版社、一九九四年
洪淑苓『関公民間造型之研究――以関公伝説為重心的考察』国立台湾大学出版委員会、一九九五年
王樹村編著『関公百図』嶺南美術出版社、一九九六年
中川諭『『三国志演義』版本の研究』汲古書院、一九九八年
張成徳・黄有泉・宋富盛主編『関公故里』山西人民出版社、一九九八年
山田賢『中国の秘密結社』（講談社選書メチエ）講談社、一九九八年
李福清『関公伝説与三国演義』（雲龍叢刊〇三九）雲龍出版社、一九九九年
蘄陽子編著『万世人極――関公』全三巻、九州出版社、二〇〇〇年
趙波・侯学金・裴根長『関公文化大透視』中国社会科学出版社、二〇〇一年
蔡東洲・文廷海『関羽崇拝研究』巴蜀書社、二〇〇一年
常人春・張衛東『喜慶堂会――旧京寿慶礼俗』（兎児爺老北京史地民俗叢書）学苑出版社、二〇〇一年
二階堂善弘『中国の神さま　神仙人気者列伝』（平凡社新書）平凡社、二〇〇二年
顔清洋『関公全伝』台湾学生書局、二〇〇二年
劉海燕『従民間到経典――関羽形象与関羽崇拝的生成演変史論』（当代学人論叢）上海三聯書店、二〇〇四年
野口鐵郎・田中文雄編『道教の神々と祭り』（あじあブックス）大修館書店、二〇〇四年
張建明・斉大之『話説京商（図文商諺本）』（中国商人謀略坊）中国工商聯合出版社、二〇〇六年
胡金兆『百年琉璃廠』（百年文化中国叢書）当代中国出版社、二〇〇六年
山西省政協《晋商史料全覧》編委会・運城市政協《晋商史料全覧・運城巻》編委会編『晋商史料全覧』運城巻、山西人民出版社、二〇〇六年

田福生『関羽伝』中国文史出版社、二〇〇七年
張志江『関公』（中国民俗文化叢書）中国社会出版社、二〇〇八年
馬書田・馬書俠『全像関公』（全像民間神叢書）江西美術出版社、二〇〇八年
胡小偉『関公崇拝遡源』上下冊、北岳文芸出版社、二〇〇九年
渡邉義浩『関羽　神になった「三国志」の英雄』（筑摩選書）筑摩書房、二〇一一年
井口千雪『三国志演義成立史の研究』汲古書院、二〇一六年

〔論文〕（出版年順）

井上以智為「関羽祠廟の由来並に変遷」、『史林』二六―一・二、一九四一年
那波利貞「道教の日本国への流伝に就きて」、『東方宗教』第二号、第四・五合併号、一九五二～五四年（のち野口鐵郎・酒井忠夫編『選集　道教と日本』第一巻、雄山閣、一九九六年）
原田正巳「関羽信仰の二三の要素について」、『東方宗教』第八・九合集号、一九五五年
窪徳忠「庚申信仰と北斗信仰」、『民族学研究』二一―三、一九五七年
小川環樹「『三国演義』の毛声山批評本と李笠翁本」、『神田博士還暦記念書誌学論集』平凡社、一九五七年（のち小川環樹『中国小説史の研究』岩波書店、一九六八年）
駒田信二「関羽の顔の『重棗』について」、『対の思想―中国文学と日本文学―』勁草書房、一九六九年
吉川寿洋「北斗崇拝に関する南方熊楠の手紙」、『国語教育研究』二一、一九七五年
佐伯富「清代における山西商人」、『史林』六〇―一、一九七七年
原田正己「マレーシアの九皇信仰」、『東方宗教』第五十三号、一九七九年
小川陽一「『三国志演義』の人間表現――相書との関係において――」、金谷治編『中国における人間性の探究』創文社、一九八三年

杉原たく哉「七星剣の図様とその思想――法隆寺・四天王寺・正倉院所蔵の三剣をめぐって――」、『美術史研究』二一、一九八四年
小川陽一「明代小説の中の北斗星信仰」、『集刊東洋学』五四、一九八五年
金文京「関羽の息子と孫悟空」（上）（下）、『文学』五四―六・九、一九八六年
小川陽一「明代小説における相法――三国志演義と金瓶梅詞話を中心に――」、『東方学』第七十六輯、一九八八年（のち小川陽一『日用類書による明清小説の研究』研文出版、一九九五年）
佐藤一好「『聖蹟図』研究ノート」、『日本・アジア言語文化コース彙報』三、一九九〇年
佐藤一好「『聖蹟図』の歴史」、加地伸行『聖蹟図にみる孔子流浪の生涯と教え　孔子画伝』集英社、一九九一年
佐藤一好「張楷の生涯と詩作と『聖蹟図』」、『学大国文』三四、一九九一年
小島毅「国家祭祀における軍神の変質――太公望から関羽へ――」、『日中文化研究』三、一九九二年
上田望「明代における三国故事の通俗文芸について――『風月錦囊』所収『精選続編賽全家錦三国志大全』を手掛かりとして――」、『東方学』第八十四輯、一九九二年
王安祈「論《単刀会》与祀神活動之関係」、『戲劇芸術』一九九三年第三期
大塚秀高「関羽の物語について」、『埼玉大学紀要』三〇、一九九四年
李福清「関公肖像初探」（上）、『国立歴史博物館館刊』四：四、一九九四年
李福清「関公肖像初探」（下）、『国立歴史博物館館刊』五：一、一九九五年
尾崎保子「関帝信仰と『三国志通俗演義』の関連性について」、『学苑』六六八、一九九五年
大塚秀高「斬首龍の物語」、『埼玉大学紀要』三一（一）、一九九六年
大塚秀高「剣神の物語（上）―関羽を中心として―」、『埼玉大学紀要』三二―一、一九九六年
大塚秀高編「関羽関係文献目録兼所蔵目録」、『中国における「物語」文学の盛衰とそのモチーフについて――俗文学、とりわけ俗曲と宝巻を中心に――』、平成七年度科学研究費補助金（一般研究〔C〕）研究成果報告書、一九九六年

大塚秀高「剣神の物語（下）関羽を中心として」、『埼玉大学紀要』三三―二、一九九七年
二階堂善弘「関帝　孔子と並び中国を代表する神」、『月刊しにか』八（一）、一九九七年
胡小偉「金代関羽神像考釈」、『嶺南学報』新第一期、一九九九年
小川陽一「明清の肖像画と人相術―明清小説研究の一環として―」、『東北大学中国語学文学論集』第四号、一九九九年
竹内真彦「関羽と呂布、そして赤兎馬――『三国志演義』における伝説の受容――」、『東方学』第九十八輯、一九九九年
上田望「毛綸、毛宗崗批評『四大奇書三国志演義』と清代の出版文化」、『東方学』第百一輯、二〇〇一年
宮紀子「モンゴル朝廷と『三国志』」、『日本中国学会報』五三、二〇〇一年（のち宮紀子『モンゴル時代の出版文化』名古屋大学出版会、二〇〇六年）
王見川「唐宋関羽信仰初探―兼談其与仏教之因縁―」、『円光仏学学報』第六期、二〇〇一年
王卡・汪桂平「従《関聖大帝返性図》看関帝信仰与道教之関係」、『関羽、関公和関聖――中国歴史文化中的関羽学術研討会論文集』社会科学文献出版社、二〇〇二年
方広錩・周斉「介紹清咸豊刻本《武帝明聖経》」、『関羽、関公和関聖――中国歴史文化中的関羽学術研討会論文集』社会科学文献出版社、二〇〇二年
沈津「《聖迹図》版本初探」、『孔子研究』二〇〇二年
王裕昌「《孔子聖迹図》賞析」、『図書与情報』二〇〇三年第一期
中川諭「上海図書館蔵『三国英雄志伝』二種について」、『新大国語』第三十号、二〇〇四年第六期
中川諭「継志堂刊『三国英雄志伝』について」、『中国―社会と文化』第二十号、二〇〇五年
孔祥勝・上官茂峰「《聖迹之図》考析」、『栄宝齋』二〇〇六年第三期
完顔紹元「転折時期的南派精品　漫説《関帝聖迹図》」、『美術之友』二〇〇六年第五期
洪淑苓「文人視野下的関公信仰――以清代張鎮《関帝志》為例」、『漢学研究集刊』第五期、二〇〇七年
小久保元「関羽聖蹟図の基礎研究」、『中国語中国文化』第五号、二〇〇八年

竹内真彦「関平が養子であることは何を意味するか」、『狩野直禎先生傘寿記念　三国志論集』三国志学会、二〇〇八年
朝山明彦「明末に於ける関羽の治河顕霊」、『東方宗教』第百十一号、二〇〇八年
竹村則行「元・愈和『孔子聖蹟図』賛を踏襲した明・張楷『孔子聖蹟図』賛について」、『文学研究』第一〇七輯、二〇一〇年
竹内真彦「青龍刀と赤兎馬――関羽像の『完成』過程」、『三国志研究』第五号、二〇一〇年
游子安「明中葉以来的関帝信仰：以善書為探討中心」、『近代的関帝信仰与経典：兼談其在新、馬的発展』博揚文化事業有限公司、二〇一〇年
劉文星「《関帝覚世真経》註釈本初探：以黄啓曙所輯的三種《覚世真経》為例」、『近代的関帝信仰与経典：兼談其在新、馬的発展』博揚文化事業有限公司、二〇一〇年
李世偉「創新聖者：《関聖帝君聖蹟図誌》与関帝崇拝」、『近代的関帝信仰与経典：兼談其在新、馬的発展』博揚文化事業有限公司、二〇一〇年
周恵斌「《孔子聖迹図》版本概述」、『東方収蔵』二〇一一年第八期
竹村則行「明清文学史から見た清・顧沅『聖蹟図』賛詩」、『日本中国学会報』六三、二〇一一年
呉昱「略論晩清民信局的興衰」、『西華大学学報』哲学社会科学版、二〇一二年第三期
李小龍「唐太宗的胡子――従《虬髯客伝》談起」、『文史知識』二〇一三年第一期
仙石知子「毛宗崗本『三国志演義』における関羽の義」、『東方学』一二六、二〇一三年（のち仙石知子『毛宗崗批評「三国志演義」の研究』汲古書院、二〇一七年）
王合成「慶和湧白酒」、『天津檔案』二〇一三年第四期
竹村則行「『聖蹟全図』（康熙二十五年序刊本）を踏襲した清末・顧沅の『聖蹟図』」、『文学研究』第一一一輯、二〇一四年
佐藤実「幸せになるための人相術――『神相全編』の受容からみる近世日本における相術観念」、『社会と倫理』第三十一号、二〇一六年

〔工具書〕（出版年順）

『尊経閣文庫漢籍分類目録』尊経閣文庫、一九三四年
諸橋轍次『大漢和辞典』巻一～巻十二、大修館書店、一九五五～五九年
張海鵬編著『中国近代史稿地図集』地図出版社、一九八四年
漢語大詞典編輯委員会・漢語大詞典編纂処編纂『漢語大詞典』第一巻～第十二巻、漢語大詞典出版社、一九九〇～九三年
中国古籍善本書目編輯委員会編『中国古籍善本書目』（史部）全二冊、上海古籍出版社、一九九三年
胡孚琛主編『中華道教大辞典』中国社会科学出版社、一九九五年
任継愈主編、鍾肇鵬副主編『道蔵提要』修訂本、中国社会科学出版社、一九九五年
寧稼雨『中国文言小説総目提要』斉魯書社、一九九六年
孫殿起撰『販書偶記　附続編』（原中華上編版）上海古籍出版社、一九九九年
張撝之・沈起煒・劉徳重主編『中国歴代人名大辞典』全二冊、上海古籍出版社、一九九九年
北京大学図書館編『北京大学図書館蔵古籍善本書目』北京大学出版社、一九九九年
中国歴史大辞典編纂委員会『中国歴史大辞典』全二冊、上海辞書出版社、二〇〇〇年
朱一玄・劉毓忱編『三国演義資料匯編』（中国古典小説名著資料叢刊第一冊）南開大学出版社、二〇〇三年
沈伯俊・譚良嘯編著『三国演義大辞典』中華書局、二〇〇七年
瀧本弘之編著『中国歴史・文学人物図典』遊子館、二〇一〇年

あとがき

本書は、早稲田大学文学研究科に提出した博士学位論文「『関帝文献』の研究」に加筆・修正を加え、その後発表した論文も含めて再構成したものである。

本書の構成とこれまで発表した論文との関係は次の通りである。尚、序論と結論は博士論文を下地としている。

第一章　第一節「関羽文献の本伝について」（『芸文研究』九三、二〇〇七年）

第二節「関羽の手紙と単刀会――関羽文献の本伝についての補説――」（『狩野直禎先生傘寿記念　三国志論集』三国志学会、二〇〇八年）

第三節「関於〝関羽文献〟中的関羽書信」（『明清小説研究』二〇一一年第一期）

第二章　第一節「関帝の肖像について」（『狩野直禎先生米寿記念三国志論集』三国志学会、二〇一六年）

第二節「関帝のほくろ」（『三国志研究』第十一号、二〇一六年）

第三節「『関帝文献』における関帝のひげについて」（『三国志研究』第十二号、二〇一七年）

第三章　第一節「『関帝聖蹟図』と『孔子聖蹟図』」（『林田愼之助博士傘寿記念　三国志論集』三国志学会、二〇一二年）

第二節「『関帝聖蹟図』の構成要素について」（『二松学舎大学東アジア学術総合研究所集刊』第四十三集、二〇一三年）

第三節「『関帝聖蹟図』と『三国志演義』」（『三国志研究』第九号、二〇一四年）

第四章　第一節「『関帝文献』の構成から見る編纂の目的」（『中国古籍文化研究　稲畑耕一郎教授退休記念論集』東方書店、二〇一八年）

第二節「『関帝文献』出版の目的—『関帝事蹟徴信編』光緒八年序重刊本を例として—」（『二松学舎大学東アジア学術総合研究所集刊』第四十八集、二〇一八年）

本書の元となった博士論文を完成させて学位を取得し、さらに本書を上梓できたのは、常に温かくお導きいただいた二人の先生のおかげである。ここに特に記して衷心よりの感謝を申し上げる。

お一人目は中国の四川省社会科学院の沈伯俊先生である。中国における三国志研究の泰斗である沈先生には、筆者が二〇〇〇年から二〇〇二年まで四川大学に留学していた時に師事し、帰国してからもお会いする度に、あるいは電子メールで御指導・御鞭撻をいただいた。特に筆者が大学院を出てからも博士学位を持っていないことについてはずっと心配をおかけし、いつも叱咤激励して下さった。

残念ながら沈先生は本書の刊行準備中に逝去された。七十二歳の誕生日を迎えられたばかりで、直前までメールをいただいていただけに突然過ぎる訃報であった。一番お世話になった先生に本書をお届けすることが間に合わなかったことは痛恨の極みである。本書と共に心からの感謝を捧げ、御冥福をお祈りする。

お二人目は早稲田大学文学学術院の渡邉義浩先生である。渡邉先生には二〇〇六年に三国志学会が設立された当初からお世話になっている。漢文講読テキスト『三国志』（白帝社、二〇〇八年）の共編者にお加えいただいたり、テレビ番組の仕事を紹介していただいたりもしたが、特に筆者の博士論文の主査をお引き受けいただいたことにはいくら感謝してもし切れない。

また、四川大学古籍整理研究所の曾棗荘先生、東北大学名誉教授の小川陽一先生、早稲田大学文学学術院の森由利亜先生にも感謝申し上げる。蘇軾等の宋代文学の大家である曾先生には専門違いにもかかわらず筆者の留学時の受け入れ先になっていただき、生活面も含めて面倒を見ていただいた。小川先生と森先生には博士論文の副査をお務め下さり、公開審査会において懇切丁寧に御指摘と御助言を賜った。ただ、せっかく御教示をいただきながら、未消化のため本書に反映できていない部分もある点はお詫び申し上げなければならない。今後の課題とさせていただきたい。

その他にも多くの方々のお世話になっている。ここに全ての方々のお名前を挙げることはかなわないが、心から感謝の意を表したい。

本書の出版には汲古書院があたって下さった。出版をご快諾いただいた三井久人社長と、編集・校正をご担当下さった柴田聡子氏にこの場を借りて感謝申し上げる。

尚、本書は、平成二十八年度（二〇一六年度）における二松學舍大学特別研究員規程による研究成果であり、平成三十年度（二〇一八年度）における学校法人二松學舍の学術図書刊行費助成を受けたものである。日頃より筆者の研究活動に理解を示していただいている二松學舍の関係各位に心より感謝を申し上げる。

最後に、大学院までの在学中、留学時も含めてずっと支援してくれた両親、またいつも身近で支えてくれる妻笛子に感謝の意を込めて本書を捧げる。

二〇一八年七月十七日

伊藤　晋太郎

《“關帝文獻”的研究》中文提要

序　論

三國時期蜀漢的武將關羽在後世被神化，成爲信仰的對象。關帝信仰至遲開始於唐代，至明清時期成爲全國規模的文化現象。隨著關帝信仰的擴大和普及，元代以後，陸續地出現了收錄關羽／關帝的傳記、傳說、相關遺物，以及有關關羽／關帝的評論和稱贊關羽／關帝的詩詞等文獻。這種文獻在本書中叫做“關帝文獻”。“關帝文獻”的內容很豐富，但各文獻的內容參差不齊。出版的時期也影響著“關帝文獻”所含的內容。

本書的目的就是闡明“關帝文獻”是如何文獻，如：多種“關帝文獻”整體上有如何特徵和性格；各文獻分別有如何特點；出版“關帝文獻”的目的是什麼？；“關帝文獻”在關帝信仰中有如何作用等等。爲了闡明這些問題，本書對多種文獻共通的內容進行比較分析。採取如此辦法不僅對闡明多種“關帝文獻”共通的特徵有效，也可以刻劃出個別文獻的特點和傾向。

爲了確定本書的研究對象以及確認本書的研究意義，序論中首先概觀關帝信仰的歷史；然後給“關帝文獻”下定義並列舉元代以後出世的“關帝文獻”，同時在回顧有關“關帝文獻”的先行論著中，提出一些研究上的課題，並指出本書在研究史上的意義；最後說明本書的結構，並提示本書主要使用的七種“關帝文獻”。從元代到民國出現了很多種“關帝文獻”，把所有“關帝文獻”都作爲研究對象不太實際。因此，本書以魯愚等編《關帝文獻匯編》（國際文化出版公司，1995 年版）所收的七種“關帝文獻”，即《漢前將軍關公祠志》、《關聖帝君聖蹟圖誌全集》、《關聖陵廟紀略》、《聖蹟圖誌》、《關帝志》、《關帝事蹟徵信編》、《關帝全書》作爲主要研究對象。

第一章　關於〈本傳〉篇與〈翰墨〉篇

本章以“關帝文獻”的〈本傳〉篇和〈翰墨〉篇爲研究對象。〈本傳〉篇爲關羽／關帝的傳記，幾乎所有“關帝文獻”中皆有此篇；〈翰墨〉篇收錄關羽／關帝“親筆”所寫的書信。雖然〈本傳〉篇和〈翰墨〉篇的內容迥然不同，可是此二篇均最代表各文獻的特徵和性格。因此，本章將此二篇合爲一起論述。

第一節　〈本傳〉篇的內容和傾向

本節通過各文獻〈本傳〉篇的比較分析，弄清了其內容不同的地方，同時探討了導致內容不同的原因。然後，以此出發考察各文獻的性格。筆者發現被統稱爲〈本傳〉篇包含了兩類：第一類是冷靜地對待關帝信仰現象，以比較忠於史實的態度編纂的；第二類是懷著對關帝無比崇敬的感情編纂，並盡量收集所有有關關帝傳說的。本書稱前者爲〔Ⅰ類〕，後者爲〔Ⅱ類〕，本書使用的“關帝文獻”中，屬於〔Ⅰ類〕的是《漢前將軍關公祠志》、《關聖陵廟紀略》、《關帝志》、《關帝事蹟徵信編》；屬於〔Ⅱ類〕的是《關聖帝君聖蹟圖誌全集》、《聖蹟圖誌》、《關帝全書》。

第二節　〈本傳〉篇中所見的特殊情況

本節涉及了一些看上去與第一節的結論有矛盾的〈本傳〉篇內容，即以比較忠於史實態度編纂的〔Ⅰ類〕文獻中所見的關羽／關帝“親筆”所寫的書信以及“單刀會”的記載。筆者認爲雖有如此現象而對第一節的結論並沒有影響，因爲這些書信和記載都是從史部文獻引用的，編者一定是把這些都看做史實了。

第三節　〈翰墨〉篇中的關羽／關帝書信

第一節和第二節指出“關帝文獻”的〈本傳〉篇可分爲兩類。那麼，這個結論可不可以適用於其他篇章？本節以〈翰墨〉篇爲例來討論這個問題。主要研究對象是〈翰墨〉篇所收關羽／關帝“親筆”所寫的書信。由於找不出資料來證明

這些書信是關羽／關帝親筆所寫，從而可以推斷出這些都應是後人所僞托的。但是，正因爲這些書信是僞托的，我們才可以通過分析來弄清各“關帝文獻”的性格和編者的態度等。具體方法是通過探討各封書信的內容和後人的評價，以及各文獻的書信收錄狀況，來考察出現這些書信的原因和各文獻的性格。這些書信的內容只有跟“羈留曹營”和“大意失荊州”相關的兩種，可以看出因爲“羈留曹營”和“大意失荊州”均是關羽／關帝一生中的“污點”，所以後人肯定是想抹掉這些“污點”而捏造了這些書信。從書信的收錄狀況和各“關帝文獻”中有無〈翰墨〉篇可以看出，筆者在第一節和第二節所指出的兩種類型特徵也體現在〈本傳〉篇以外的部分。

第二章　關於關帝的外貌

一般認爲《三國演義》所描寫的關羽／關帝的外貌是關羽／關帝外貌的規範。在“關帝文獻”中他的外貌也基本上沿用《三國演義》所描寫的。不僅“關帝文獻”中收錄了題爲〈聖帝遺像〉等的關帝肖像，在〈本傳〉篇、其他採錄傳說的篇章（題爲〈靈異〉篇等），以及收錄歷代文人所作有關關羽／關帝、關帝廟詩文的〈藝文〉篇中也能看到有關關帝外貌的描寫。其中，本章以關帝的肖像和〈藝文〉篇所收的詩爲主要材料來探討只見於“關帝文獻”的關帝外貌描寫特點和傾向。

第一節　關於關帝的肖像

本節指出“關帝文獻”所收的關帝肖像有如下特點：第一，這些肖像沿用了當時常見而又典型的《三國演義》中的關羽形象；第二，因爲這些肖像都是靜態且有一種文官風格，所以能看出明清知識分子要表現的是關帝作爲“義”的化身所具有的神格性。還可以說他們要把關帝比作孔子；第三，“關帝文獻”中的關帝肖像也受到了明清時期盛行的相術的深刻影響。

第二節　關於關帝的“痣”

“關帝文獻”所收的關帝肖像也有與《三國演義》中關羽外貌的描寫不同的地方，即部分肖像上有“七痣”。本節闡明此“七痣”代表什麼：此“七痣”是北斗七星，因爲古代北斗信仰中爲獲得軍事方面的力量在刀劍、旗幟上畫北斗星，所以“七痣”與青龍偃月刀和赤兔馬一樣有強化關帝武威的作用。

第三節　關於關帝的髯鬚

本節論述代表關帝特徵的髯鬚。《三國演義》的關羽形象既已普及成各種形象的様本，想指出“關帝文獻”中關帝髯鬚描寫的獨特之處就不容易，因此本節以各文獻的〈藝文〉篇中文人所作有關關羽／關帝、關帝廟的詩歌爲材料來了解他們對關帝髯鬚的認識。從這些詩中還是能看出髯鬚被文人看作是關帝的象徵。另外，本節指出如下二點：第一，部分詩歌的內容是旁證有關關帝髯鬚傳說開始流傳的時期的；第二，詩中往往出現的“虬髯”這個詞，按照詞義的演變，本來不是說明形狀的詞，而是代表有這種髯鬚的人是非凡、偉大的人物。總之，無論是圖像，還是文字，“關帝文獻”中關帝外貌的描寫直接反映著當事人們對關帝的認識。

第三章　關於“關帝聖蹟圖”

本章以部分“關帝文獻”收錄的“關帝聖蹟圖”爲研究對象。將關帝與孔子並舉，是後人有意識地推動關帝“儒家化”的結果。其中，最明顯的例子是仿效“孔子聖蹟圖”來編纂“關帝聖蹟圖”。“關帝聖蹟圖”是將關帝的一生畫成數十副圖畫，每幅圖畫均有說明的文字。第一部“關帝聖蹟圖”初見於“關帝文獻”之一的《關聖帝君聖蹟圖志全集》。本章闡明了“關帝聖蹟圖”的編纂過程、參考的資料，以及編纂者的意圖。

第一節　“關帝聖蹟圖”與“孔子聖蹟圖”

李世偉先生在〈創新聖者：《關聖帝君聖蹟圖誌》與關帝崇拜〉論文（王見川、蘇慶華、劉文星編，《近代的關帝信仰與經典：兼談其在新、馬的發展》，臺灣：博揚文化事業有限公司，2010年）中指出：“關帝聖蹟圖”是仿效“孔子聖蹟圖”的；《關聖帝君聖蹟圖誌全集》在清初起到了推動關帝的“儒家化”、“聖人化”的作用。本節進一步深入考察《關聖帝君聖蹟圖誌全集》所收“關帝聖蹟圖”與“孔子聖蹟圖”的關係。結果，指出如下三點：第一，在多種“孔子聖蹟圖”中“關帝聖蹟圖”仿效的是明人吳嘉謨《孔聖家語圖》所收的“孔子聖蹟圖”；第二，“關帝聖蹟圖”爲了把關帝塑造成與孔子並稱的聖人，在關帝一生的開頭和最後階段集中地仿效“孔子聖蹟圖”的內容；第三，“關帝聖蹟圖”所依據的王朱旦〈漢前將軍壯繆侯關聖帝君祖墓碑記〉參照的有可能也是吳嘉謨本“孔子聖蹟圖”。

第二節　關於“關帝聖蹟圖”的構成要素

李氏論文又指出“歷史化”也是《關聖帝君聖蹟圖誌全集》的特徵。本節通過對被稱爲該書“壓卷”的“關帝聖蹟圖”的分析探討李氏的觀點妥當不妥當。“關帝聖蹟圖”雖然有些地方出自史書，但很多地方也參考了王朱旦〈漢前將軍壯繆侯關聖帝君祖墓碑記〉、《三國演義》以及民間傳說等非歷史性文獻。另外，考慮到本書已提到的特徵（〈本傳〉篇的傾向、關羽／關帝書信的收錄狀況等），很難說《關聖帝君聖蹟圖誌全集》中有“歷史化”路線，故不得不說李氏所說並不妥當。

第三節　“關帝聖蹟圖”與《三國演義》

如上所述，“關帝聖蹟圖”受了《三國演義》很大的影響。不過，“關帝聖蹟圖”中也有未採用《三國演義》情節或人物形象的地方。本節分別分析《三國演義》中“關帝聖蹟圖”採用的地方及未採用的地方。採用《三國演義》內容的圖像突出關帝的“忠”、“義”、“武”、“勇”，有的圖像爲了抹掉關帝一生中的“污點”

而採用《三國演義》的情節。未採用《三國演義》內容的圖像有避免降低關帝聲譽的目的。“關帝聖蹟圖” 在一個方面繼承了當時《三國演義》中已樣板化的關羽形象，在另一個方面對情節的採用不採用還是很有自主權。

第四章　關於“關帝文獻” 編纂、出版的目的

雖然，序文和跋文中對該文獻編纂、出版的目的已做出說明。但本章想從另外一個角度探討編纂、出版的目的。具體來說，本章從各部“關帝文獻” 的結構，以及出資人等參與出版的人來加以解釋。

第一節　從結構看“關帝文獻” 編纂的目的

本節著眼於“關帝文獻” 的結構，從這個角度探討了其編纂目的的一個方面。“關帝文獻” 以元人胡琦《關王事蹟》爲嚆矢，其內容可謂是關羽／關帝的百科全書，可以看出編纂此書的目的是關帝的儒家化。此後的部分文獻從研究的角度出發，發展了其百科全書的特點，重視對歷史的記載，其編纂目的是總結關帝信仰的歷史。但也有些文獻把多種多樣的資料當作百科全書收錄在內，就連道教善書也放在其中，這些文獻的編纂是爲了展示編纂者心目中的應有的關帝形象。二者的區別與在第一章所提出〔Ⅰ類〕和〔Ⅱ類〕的區別一致。本節證明了〔Ⅰ類〕和〔Ⅱ類〕的區別不僅適用於《本傳》篇和《翰墨》篇，也適用於整部“關帝文獻”。

第二節　從參與出版者看“關帝文獻” 出版的目的

本節著眼於《關帝事蹟徵信編》光緒八年序重刊本出資人的籍貫或行業，以此探討“關帝文獻” 出版目的的另一個方面。出版該書的中心人物是侯邦典，其他出資人是他的同鄉和跟他有關的人物及行業，還有跟關帝信仰有密切關係的山西商人，由此可見，該書不是由官方出版的，而是完全出版於民間。我們可以重新認識到關帝信仰已滲透到生活的各個角落，因此他們立志要普及《關帝事蹟徵信編》這部好書。這是最大的出版目的。《關帝事蹟徵信編》屬於〔Ⅰ類〕，〔Ⅰ

類〕文獻體現了很濃厚的士大夫的儒家價值觀。翻刻過四書的侯邦典也有同樣的價值觀，他是把關帝的形象由“道教之神”改爲“儒家之神”（當時一般認爲關帝是道教之神）。這是第二個出版目的。從民間的出版活動中可以看出在〔Ⅰ類〕文獻中所見的據有儒家價值觀的關帝“歷史化”在清朝末年已經普及到民間。

結　論

通過本書的研究可以引出如下二點：第一，雖然多種“關帝文獻”中能看到編纂者、參與出版者以及在他們背後的許多關帝信徒心目中的關帝形象，但編纂者的志向有兩種，故可以把“關帝文獻”分成〔Ⅰ類〕和〔Ⅱ類〕。〔Ⅰ類〕文獻的編纂者把關帝盡量靠近歷史上的關羽來追求理想的關帝形象（可謂關帝的“關羽化”）；〔Ⅱ類〕文獻的編纂者爲了鞏固理想的關帝形象搜集很多有關資料，如“關帝聖蹟圖”、王朱旦〈漢前將軍壯繆侯關聖帝君祖墓碑記〉等。第二，無論〔Ⅰ類〕還是〔Ⅱ類〕，都有一樣的志向，即關帝的“儒家化”。儒釋道三教都信奉關帝，關帝信仰在三教之內分別發展，在如此情況下，可以把“關帝文獻”看做宣揚儒神關帝的工具。

著者紹介

伊藤　晋太郎（いとう　しんたろう）

1974年生まれ。東京都出身。

2003年、慶応義塾大学大学院文学研究科博士課程中国文学専攻単位取得満期退学。

2017年、早稲田大学大学院文学研究科にて論文により学位取得、博士（文学）。

現在、二松學舍大学文学部中国文学科教授。

訳　書

劉煒『秦漢　雄偉なる文明』（図説中国文明史4、創元社、2005年）

「関帝文献」の研究

二〇一八年九月十五日　発行

著者　伊藤晋太郎

発行者　三井久人

整版印刷　株式会社理想社

発行所　汲古書院

〒102-0072　東京都千代田区飯田橋二―五―四

電話〇三（三二六五）九七六四

FAX〇三（三二二二）一八四五

ISBN978-4-7629-6618-7　C3098